Rosália Roseiral

Maria Guimarães Sampaio

Rosália Roseiral

Outras estórias sem compromisso com a história...

*... compromissa um pouquinho quando
homenageia figuras da música brasileira*

EDITORA RECORD
RIO DE JANEIRO • SÃO PAULO

2008

CIP-Brasil. Catalogação-na-fonte
Sindicato Nacional dos Editores de Livros, RJ.

S184r Sampaio, Maria Guimarães, 1948-
Rosália Roseiral / Maria Guimarães Sampaio.
– Rio de Janeiro : Record, 2008.

ISBN 978-85-01-07753-0

1. Romance brasileiro. I. Título.

CDD 869.93
08-0623   CDU 821.134.3(81)-3

Copyright © Maria Guimarães Sampaio, 2008

Ilustrações:
– fotos p. 39, 123: Mirabeau Sampaio
– foto p. 263: autor desconhecido
– desenhos p. 45, 51, 135, 154, 161, 187, 193, 209, 237: Maria Guimarães Sampaio
– documentos p. 234, 243, 252: originais

Projeto gráfico: Regina Ferraz

Todos os direitos reservados.
Proibida a reprodução, armazenamento ou transmissão de partes deste
livro, através de quaisquer meios, sem prévia autorização por escrito.

Direitos exclusivos desta edição reservados pela
EDITORA RECORD LTDA.
Rua Argentina 171 – Rio de Janeiro, RJ – 20921-380 – Tel.: 2585-2000

Impresso no Brasil

ISBN 978-85-01-07753-0

PEDIDOS PELO REEMBOLSO POSTAL
Caixa Postal 23.052
Rio de Janeiro, RJ – 20922-970

EDITORA AFILIADA

Minha mãe, com seu rádio sempre ligado e levando-me a shows, concertos e tocatas, deu-me o gostar da música. Numa madrugada de 1969 minha mãe morreu ao som do samba que vinha de uma festa no Grêmio do nosso bairro. Norma Guimarães Sampaio: minha mãe deixou em minha memória o som deste livro. José Mirabeau Sampaio: meu pai deixou em minha memória histórias da Bahia, da faculdade de medicina, da farra, do cassino... Arthur Guimarães Sampaio: meu adorado irmão Tutu me telefona a cada música tocada na Educadora que nos remeta ao rádio de nossa mãe, aos casos de nosso pai, mantendo vivas nossas lembranças e nossas saudades.

Para Marle Oliveira e Jussara Silveira.

Agradeço a Célia Aguiar, Charlot (Carlos Antonio Ribeiro), Ieda Santana, Isabela Laranjeira, Janaína Amado, Jú (Juliana Sampaio), Jú (Jussara Silveira), Luciano Freitas, Macalé (Dermeval Passos), Marle Oliveira, Nanan (Maria Luiza Guimarães da Veiga), Paloma Jorge Amado, Tutu (Arthur Guimarães Sampaio) e Zé Claudio, leitores atentos das primeiras versões de Rosália; a Alicinha Abreu, André Sampaio, Aninha Franco, Carmena Maria Guimarães, Edy Oliveira, Eny Lima Iglesias, Graça Ferreira, Jota Velloso, Nené (Néslia Barretto), Ti Gui (Lia Silveira), Mabel Velloso, Mãe Clarita (Clara Velloso), Maria Inês Guimarães Teixeira da Rocha, Rodrigo Velloso, Sampa-lhê-lhê (Graciete Quadros) e Teresa Cristina Libório (minha comadre), ouvintes não menos atentos.

A Marco Antonio Barbosa e Érico Strapasson, minha gratidão extrapola olhos e ouvidos, veio do fundo do peito. Mais do que cirurgião um e oncologista o outro: seres humanos inigualáveis – sem a competência dos queridos doutores, talvez não estivesse eu aqui para mais essas estórias.

A família de Rosália Roseiral   15

Rosália Roseiral   39
Casamentos?   45
Vão-se os cassinos... e o amor?   51

Travessia do Atlântico   87
Lisboa   91

Alento & Indagação   123
Novo alento   135
Novos   161
& Mais novos   187
Indagações   193
Festas & tocatas   209
Correnteza   237
Enquanto isso...   261

Anotação final e relação das músicas   263

Nós somos as cantoras do rádio
Levamos a vida a cantar
De noite embalamos teu sono
De manhã nós vamos te acordar

Alberto Ribeiro, João de Barro, Lamartine Babo

A família de Rosália Roseiral

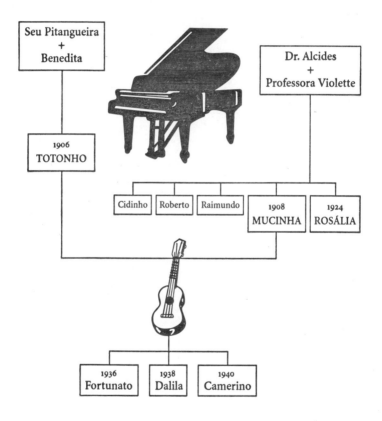

Garganta do Caquende, quase a chegar ao Jardim de Nazaré, assoma magnífico casarão em meio a jardins de perfumadas-coloridas flores e pomares de perfumadas-saborosas frutas. Villa Roseiral. Não há uma só rosa dentre as normas, margaridas, magnólias, açucenas, hortênsias e dálias. Roseiral é a família proprietária. O bacharel Alcides Roseiral, professora Violette, sua esposa, e o pequeno Alcides Filho (tirante a criadagem, velhos parentes e agregados, moleques de recado). Saraus acontecem com freqüência quando o dr. Alcides apresenta ao piano canções e sonatas, chorinhos do mais popular ao mais requintado Ernesto Nazareth. Professora Violette a cantar, amigos a recitar. Corre o ano de 1908 quando professora Violette, em parto rápido e sadio, traz à luz a menina Heloína – para todo o sempre Mucinha.

Na Avenida Stella (beco no dizer de preconceituosos – ou invejosos? –, Vila na boca de outros) nasce Antonio, cresce Totonho, forma-se bacharel em Direito dr. Antonio da Mata Pitangueira. Casa-se Totonho com Mucinha.

Nasce Antonio de parto muito difícil, resultando na salvação do pequeno e conseqüente morte da mãe – corre o ano de 1906. Seu Pitangueira, o pai, chofer e faz-tudo em casa do Comendador, vê-se sozinho com um recém-nascido em sua casa novinha arrumada com tanto amor por seu bem-querer Benedita, que se foi assim, sem mais nem menos... Seu Pitangueira, desamparado em sua tristeza, está sozinho (nem consegue se aperceber da fiel e querida irmã sempre abeirada, nem dos vizinhos que o rodeiam, das comadres a cuidar do pequenino). Nunca mais há de ver a luzidia beleza negra de sua Bené... nunca mais aquelas cadeiras a remexer no samba-de-roda. Terá um dia vontade ainda de pegar a violinha para fazer a roda do samba mais o cumpade Cacau do Pandeiro?

Em rua das mais largas da cidade, qualquer um ao passar, renhenque-renhenque no bonde, se delicia a apreciar o mar que se mostra e esconde entre&atrás de imensos casarões plantados em incomensuráveis terrenos (roças seriam?). Poucos distinguem, a certa altura, entrada entre duas grandiosas mansões. Avenida Stella emplacada ao lado do número 235. O corredor separado dos belíssimos jardins do Comendador por gradil trabalhado em ferro fundido.

O Comendador, na passagem do século XIX para o século XX, cortou seu quintal, construiu lá no fundão a Avenida Stella (se homenagem à filha do irmão mais velho ou à Casa das Estrelas, sua primeira casa de negócios, nunca foi dito nem perguntado) e deu, de papel passado, aos empregados que há anos e mais anos consigo trabalhavam.

Fortunato Pitangueira, menino de recado em Nazareth das Farinhas, carroceiro, caixeiro. Vem como faz-tudo para a capital no final do XIX, torna-se chofer quando o Comendador importa um dos primeiros automóveis da Bahia ao raiar do século XX.

Quatro pares de sobradinhos, nunca ninguém compreendeu por que o Comendador numerou as casas de 21 a 28, cada par geminado de uma banda e solto da outra. A avenida debruçada sobre o mar, protegida da pirambeira por gradil: mirante para a Bahia de Todos os Santos. Canteiros onde florescem bananeiras-de-jardim vermelhas, amarelas, lilases... enfeitam o corredor e a avenida.

♪

Camisa branca (imaculada), sob paletó puído que tenta ser par da calça muito gasta. O homem sai da repartição depois da algaravia da partida dos jovens colegas. Rapazes em mangas de camisa, mocinhas de minissaia. Sabe: o chefe, o chefe do chefe, os colegas que ali se empregam e desempregam com mais facilidade do que ele muda de roupa querem vê-lo pelas costas de uma vez por todas. Ao menos deixe de usar o paletó, lhe dizem – como se pesasse neles complemento tão vital à dignidade de um homem.

O homem jamais deixa o paletó no encosto da cadeira e parte para a rua em folias e falcatruas como tantos do seu tempo de moço o fizeram. Os de hoje vão e vêm durante o expediente sem disfarce algum, sem preocupação do que pensem ou deixem de pensar se estão ou não no serviço; sem dar importância às filas de usuários nem aos processos a se acumular sobre mesas.

O homem, ano após ano (tantos e tantos, perdeu a conta), assinando ponto no livrão, batendo ponto em moderno relógio de cartões. Recebendo processos de entradas registradas a lápis-tinta em grandes cadernos de capa dura e preta, o avanço das tabelas de entradas de processos batidas em máquinas elétricas e arquivadas em pastas AZ.

Os colegas da repartição pública foram deixando de usar paletó, das camisas de manga comprida em cores discretas às vivas estampas e aos vermelhos em manga curta até as camisas-de-meia (ditas *t-shirts*). Estas, o homem sempre usou como roupa de baixo. Deixaram o sapato de amarrar pelo mocassim sem meia, chegaram ao sapato de tênis e ao sandalhão. Os colegas da repartição pública federal não sabem o número do telefone (o homem possui desde o tempo do telefone de corda intermediado por telefonistas). Endereço de dr. Antonio da Mata Pitangueira? Só ao chefe compete sabê-lo. Como só ao chefe competiu saber do *adeusinho*, aquele habitual despedir vespertino de dr. Antonio, dito entre dentes – seria o último depois de 41 anos de serviço público. Os colegas ficaram sabendo apenas pela publicação da aposentadoria no Diário Oficial do dia 20 de junho de 1970.

Rosália... Mais filha que cunhada de Totonho. Mais filha que irmã de Mucinha. Quando Totonho casou, veio o contrapeso de acém. Dez anos a idade da menina. Veio a menina, veio o piano e veio o par da conversadeira; veio o cofre trancado de chave e segredo perdidos, a mobília de casal, alguns livros, todas as partituras. Tantos anos de namoro e noivado, o homem lembra o nascimento da cunhada-menina – filha póstuma, o pai morrera deixando a mulher aos seis meses de gravidez.

Quando a viúva morreu, em meio a dores lancinantes, consumida em poucos meses por escondido câncer, eram passados dez anos da mudança das Roseiral para a Avenida Stella. Vizinhos, o noivado a prolongar-se (a intimidade também), casam-se Totonho e Mucinha com apenas uma ida ao fórum – levando Rosália pela mão.

Rosália, menina sabida, inteligente, de pouco precisar ligar para a escola. Cantar, cantar, cantar. Nas festas da escola, aniversários dos vizinhos. Parentes? Já não os têm: *morreram todos.*

♪

A mãe de Totonho, fugaz lembrança, apenas um *portrait*, com a marca *Gaensly & Lindemann* no rodapé, a comprovar sua brevíssima existência. Seu Pitangueira, o pai de Totonho, contou com a solteira irmã Adelina para ajudá-lo a criar o filho, como se ajudaram um ao outro desde a infância órfã, Adelina criando Fortunato, Fortunato criando Adelina. O velho nem chegou a ver o filho formado (quanta luta!). Sempre minguado o salário... a necessitar dos adjutórios de Adelina a arrumar belos tabuleiros com balas de mel perfeitamente redondas embrulhadinhas de três em três em papel-manteiga, como em papel manteiga se embrulham os pirulitos em forma de cone, tantos sabores... mel gengibre canela queijo, mais bala de jenipapo e outras guloseimas por ela feitas para o menino vender de porta em porta. Tia Adelina, de braços dados mais o querido afilhado Totonho, a entrar na formatura (quanta alegria! ver seu menino doutor de anel no dedo). Sobreviveu apenas para vê-lo aprovado no concurso e nomeado para a repartição federal. Se outros parentes havia lá em Nazareth das Farinhas, nem da parte do pai, muito menos da parte da mãe... Totonho nunca soube. Da mãe... apenas o guardado retrato, cochichos sobre a má querença da família dela pelo casamento com o branco. Da mãe... o nome... Benedita da Mata. Do pai, Fortunato Pitangueira, boas e vívidas lembranças – o aprendizado do violão, do samba-de-roda, talvez uma dúzia de variados retratos, como aquele montado sobre cartão florido mostrando seu Pitangueira metido em uma farda engalanada, quepe e luvas, o pé direito a mostrar a polaina pousado sobre o estribo do automóvel. Dedicatória do Comendador no verso do cartão em bem desenhada caligrafia: *A despeito da família Lanat affirmar ser dela a primazia do primeiro automóvel chegado à Bahia, registra-se n'esta photographia o meu automóvel! Que desembarcou-se do mesmo vapor anteriormente ao desembarque do automóvel da família supracitada. Chapa por mim batida em apparêlho photographico desembarcado do mesmo vapor. Bahia, 1902. Photographia offerecida ao seu chauffeur Fortunato Pitangueira – ass. C.dor F.co Ant.o*

𝄞

Do lado de Heloína Roseiral, a sempre Mucinha, as perdas se sucederam – dois irmãos foram-se ainda meninos, mortos de febre amarela; Alcides Filho, o irmão mais velho, já rapaz, primeiranista de Direito, colega de Totonho, levou um tiro na porta do Tabaris. O assassino tendo sido Beréco, homem de nunca errar tiro, muito menos de ser preso, ficou tudo por isso mesmo. Mais de setent'anos se passaram até deslindar-se a tragédia. Dr. Alcides Roseiral – brilhante jurista, pianista de primeiríssima, excelente intérprete de Chopin – enterrou o filho (desiludiu-se da prisão de Beréco, amigo de potentados) e durante uma semana trabalhou freneticamente no bem situado e renomado escritório de advocacia. Após a missa de sétimo dia, às 7 da manhã no Mosteiro de São Bento, vai para o escritório, onde, a portas fechadas, reúne-se ao sócio: *Caro compadre, preparo-me para longa temporada no exterior, esta dor da perda de Cidinho está a matar-me*. Desfazendo grande embrulho tirado do cofre, mostra papéis, procurações, escrituras, esmiúça detalhes, toma certas e determinadas providências legais – no final, já amarrando o pacote, *en passant*, o envelope lacrado: *Este, para o caso de morte, afinal... nunca se sabe, quem está vivo está morto* (escorrem lágrimas). *Cuido que o prezado amigo far-me-á favor em assumir certos compromissos meus de formas a que nada falte em meu lar. Sábes o bem que te quero e o quanto confio em ti* (contendo o choro). *Será longa a minha viagem. Muito longa! Para partir... espero apenas a passagem do próximo vapor. Amanhã, já não contes com minha presença. Espero que contenhas tuas saudades como tento conter as minhas*. Tranca o cofre, entrega chave e segredo ao sócio, com quem troca longo e apertado abraço, toma da bengala e do chapéu e parte. Saindo do prédio, cruza-lhe, rapidamente, à lateral um senhor, mais um vulto do que uma realidade. A realidade o envelope em suas mãos. Olha com cautela o envelope branco sem sobrescrito, mete na algibeira. Em casa, como de costume (mesmo nestes dias tão difíceis após a morte de Cidinho), filha e esposa o esperam a prosear na varanda, cada qual recebendo o beijo na testa. Diferente de todo dia, em que ele senta para dois dedos de prosa, ainda metido em seu jaquetão antes de trocá-lo por *robe de chambre* de seda, dr. Alcides desculpa-se, irá ao gabinete ultimar umas notas para a viagem já próxima: *Se for possível, minha cara Violette, atrase-se um pouco a ceia.*

No gabinete-biblioteca, retira do bolso a carta recebida, rasga o envelope, senta-se na poltrona vermelha, nem calmo nem ansioso – apenas senta-se e lê. Uma leitura conturbada, mesclada a um estupor no rosto, uma comichão nas mãos. Ao término, em gesto irado, embola os papéis e atiça longe. Com um suspiro, levanta-se da poltrona, cata a bolota, pondo-a sobre a escrivaninha. Abre a porta inferior da estante, sentando na banqueta em frente ao cofre... *três para a direita até o 08... uma completa para esquerda até 84 e... para a direita até 47, claque-claque*, gira a tranca, abre a pesada porta. Retira da primeira prateleira uma escritura e a passagem do vapor, colocando-as no canto esquerdo da escrivaninha. Senta-se. Escreve escreve escreve. Colhe a bolota de papel, estira cada página sobre a escrivaninha – alisando bem com uma e outra mão, junta-as à folha recém-escrita. Pregando-as todas com um alfinete, coloca dentro de envelope. Apõe o sinete sobre o lacre vermelho. Sobrescrita. Retorna à banqueta, guarda na gaveta do cofre o envelope recém-lacrado – fecha a porta, *claque-claque*, gira a tranca, olhando pra nada, divaga em perdidos pensamentos enquanto rodopia rodopia rodopia o segredo do cofre. Quando não atende ao costumeiro *a mesa está posta!* a filha bate à porta e nada... Ela entra com vagar e depara-se com o pai ali... assim... alheio... a girar e regirar o segredo do cofre, olhar perdido!

O atendimento imediato de dr. João Caribé, logo acompanhado de outros sábios da Escola de Medicina, de pouco ou nada adiantou. O até então desempenado, jovem, aí por volta de seus quarenta e tal anos de idade, de repente corcovado... olhar ausente a andar em círculos, a soltar palavras desconexas. Às vezes demonstra vontade de querer ir ao escritório, vagamente perdidamente... daí a permissão da visita insistentemente solicitada pelo "sócio" a querer certificar-se do que de fato está a ocorrer. Na cidade, no fórum, corre um certo disse-me-disse. À presença do desquerido de Mucinha e Violette, Alcides Roseiral aparenta um vago lampejo de consciência, tentando escandir alguma palavra, sustenta a cabeça, põe-se ereto. As duas sentem-se culpadas por tanto adiarem a visita. O "sócio" com um olhar de soslaio para elas. Alcides Roseiral avança, mãos feitas garras, em direção à garganta do "compadre", que o detém travando-lhe os pulsos. Alcides Roseiral desmaia; novos acudimentos dos sábios da Medicina baiana de nada adiantaram. Encasmurrou-se: em poucos dias morreu (de tristeza, segundo a família; suicídio, todos souberam – o que dá na mesma, afinal).

Professora Violette grávida de seis meses, Mucinha aos 16 anos de idade, concluindo o curso de piano no Conservatório Bahiano, iniciando o de professora no Instituto Normal da Bahia. A grande casa do Caquende de repente vazia – vazia de todo.

A viúva resiste galhardamente a tão terríveis perdas até parir Rosália três meses depois. Foi a conta... Ao dar como concluída a missão de botar sua criança no mundo, enxerga tudo claramente. A morte de seu amado Cidinho em violento ato do tal Beréco... o sujeito sequer conhecia o garoto. De modo algum conhecera de fato o homem amado, pai de seus filhos. O homem amado com quem vivera jamais a abandonaria, nunca deixaria a filha nem tampouco o esperado filho na barriga da mãe. Quem se deixou morrer era um Alcides para ela desconhecido. Aquele morto não era o seu marido. Prostrou-se. A valença de Mucinha é o adjutório de tia Adelina, desvelando-se a cuidar da professora, amparando Mucinha nos chororôs da pequena Rosália. Dr. João Caribé nos cuidados médicos, na prosa prazerosa, no conselho amigo. A inconveniente presença do "sócio" do falecido a atrapalhar e aborrecer.

Informal reunião familiar, seu Pitangueira se pronuncia: *Ê gente boa... Eu sei que todo mundo aqui é doutor... mas, se não for de muitio incomodar, me permitem dar meu pitaco? — Como não, seu Pitangueira? Vosmicê pode não ter alisado os bancos da ciência, como costuma dizer, mas vosmicê sabe que respeito demais sua sabedoria, vosmicê bem sabe quanto prezo suas opiniões,* é Mucinha respondendo. *— Apois, mi'a fia, sei que vosmicês tão costumados com o casarão... o casarão tá grande por demais pra vosmicês, mi'a fia. A casa de um finado compadre meu lá n'Avenida Istela tá fechada... eu tive a osadia, consutei di venda ou aluguê... essas coisa... — Já estou a alcançar onde vosmicê quer chegar, penso eu. — Apois... apois... vosmicê é astuta, tem tutano! É isso mermo, mi'a fia, era muitio do bom carregá a pequeninha Rosália mais a senhora mãe professora Violette e mudar todo mundo pra morá vizinho de nóis? — A idéia não é nada má, seu Pitangueira... Que achas disso, Totonho? Depois de tão tristes acontecimentos talvez até fosse de bom alvitre tirar mamãe cá deste casarão tão cheio de recordações... Ademais... São tão jeitosinhas as casas da Avenida Stella!*

A conversa por aí envereda, frutifica, até mesmo trazendo uma certa alegria — se assim se pode dizer, àqueles dias tão pesados e pesarosos de Mucinha. A professora Violette não toma o menor conhecimento. De nada adianta Mucinha ficar horas esquecidas ao pé da cama a acariciá-la, a contar dos planos. A idéia de mudança é o alento de Mucinha, traz-lhe um novo ânimo a despeito das negativas do "sócio" de dr. Alcides, soberbo: *Mas como? Deixar uma casa própria... No Jardim de Nazaré! Por uma casinha de beco? Uma casinha de aluguel! Ó céus! O que pensarão de mim? Que seria eu um larápio a empurrar a família de meu compadre e SÓCIO para a rua da amargura?* Palavras inversas ao pensamento — quanto antes se visse livre delas, melhor; jamais veriam nem saberiam da quantidade de apólices deixadas por dr. Alcides, sequer os altos rendimentos confiante o meu preclaro compadre e mestre ao deixar aos meus cuidados... apólices ao portador excluídas de tão engendrado testamento! ah! o meu compadre... quem sabe dos caprichos do meu amado mestre? certamente seria sua intenção que fossem minhas as apólices! ah! meu mestre, meu mestre sempre desconfiado do mulatinho enamorado da bela mucinha. como tudo teria sido diferente se a potranca houvesse me aceito... espevitada mucinha a desprezar-me em troca do mulatinho, bem apoiada pela insolente da mãe a alcovitar tal chamego. pois que o tenha, ele sim que a leve junto com a mãe à rua da amargura. Rapidamente passando dos pensamentos às palavras: *Quiçá venderão a Vila Roseiral? Tal quimera não consta do arrazoado do meu insigne amigo e compadre dr. Alcides... E minha **res-pon-sa-bi-li-da-de**? (Data venia, aqui me pronuncio no significado intrínseco do termo). Afinal, onde ficam meus encargos? Ao menos façam-me uma procuração para que eu possa co-gi-tar da venda do imóvel e conseqüente administração do capital;* mutatis mutandis *sou eu o tutor!* Mucinha, aos 16 anos, de repente feita mulher diante das imprevistas e impreteríveis obrigações: *Mas quem está a falar em venda de imóvel é* (irônica) *vosmicê, doutor! Preocupe-se com o arrazoado, como diz vosmicê, doutor! Deixe-nos em nossa tristeza, nosso luto. Acaso perceberá o estado em que se encontra mamãe?*

Estaria o "sócio" interessado em tais minudências? Está, sim, a sentir esvaírem-se o plano e a ambição de mantê-las sob tirania. Dentro de si confunde-se entre desejos de ganância pela fortuna ou desejos da pura maldade de tê-las humilhadas sob o seu tacão. Contrariado, insistente, continua: *O compadre deu-me plenos poderes os quais quero cumprir firmemente no azo de bem fundamentar os desejos do de cujus. Quer queiram, quer não queiram,* **eu** *recebi o envelope lacrado para abertura* post-mortem, *eu sou o inventariante do espólio. Data venia, passemos à biblioteca, faz-se necessário abrir o pequeno cofre doméstico.* – *Ora, doutor* (Mucinha sarcástica), *se vosmicê possui plenos poderes oferecidos pelo senhor meu pai por meio de procurações, arrazoados, envelopes lacrados e coisas que tais, como vem vosmicê nos cansando a repetir... ora ora, senhor advogado! Não seria demasia vir agora com essa abundância de data venia e latinórios outros intrometer-se em nossa vida particular? Sem ao menos respeitar que mamãe não está senhora de si? Quer locupletar-se mais do que já está?* – *Minha jovem! Vosso pai ainda não esfriou embaixo da terra e já estás petulante assim; aonde pensas que chegarás com tamanha insolência, se sabes que todas vocês estão aqui, ó, sadias ou doentes, na palma da minha mão! Gaba-te da inteligência que tens* (Mucinha jamais se gabou de nada) *e queres enganar a ti própria? Sabes bem, sou eu o plenipotenciário dos bens e capitais de vosso pai! Não delegarei a senhor ninguém os meus poderes; se me aprouver, dar-vos-ei minguada mesada ou nada! Vai, anda, cuida de abrir o cofre da biblioteca, falta-me a escritura desta casa* (não sabendo ele, tal escritura estava em cima da escrivaninha junto com a passagem do vapor para a Europa quando do encontro do desvairado Alcides a girar e girar o segredo do cofre. Muito menos saberia do documento agora repousando no gavetão da cômoda de Mucinha. Embaixo das camisolas, rodeado de calçolas – roupas íntimas de mulher, roupas que ele jamais haveria de conhecer de perto.)

Dr. João Caribé tentara inutilmente amainar os ânimos. Busca, com delicadeza, pôr a mão sobre o ombro do "sócio" de dr. Alcides, a encaminhá-lo para a porta (percebe o olhar iracundo do sujeito, o respirar de quem pretende réplicas e tréplicas), altera o gesto para de dedo em riste, voz grave e possessa atirar: *Rapaz! A porta é serventia da casa! Anda! Chispa daqui!* O sujeito, outro jeito não tem, bate em retirada. O velho amigo Caribé Médico (como é chamado por Mucinha) em poucas palavras instrui para nada se autorizar ao "sócio" e reafirma... nada de maiores preocupações, tem certeza, em breve professora Violette estará em plenas condições físicas e mentais, pronta a resolver qualquer problema, ativa como é de si, estará pronta a criar sua menina, cuidar da casa, tomar alunos de explicações – se assim o desejar. Mucinha não se aflija – contarão com o obséquio dele próprio (o velho e bom amigo Caribé Médico sempre presente e solícito) e da família de Totonho – na qual tanto confia.

Em menos de um mês a família Roseiral de casa montada no alugado sobradinho de número 26, parede-meia com o 25 dos Pitangueira. Na primeira manhã da nova morada, professora Violette amanhece mais espertinha – em uma semana está em pleno vigor, podendo Mucinha voltar aos estudos do piano, à frequência do Instituto Normal. Embora a tristeza da perda do filho jamais a tenha abandonado, professora Violette retorna às atividades, aos cuidados com a pequena Rosália, ao canto, à vida! Em linhas gerais, relataram à professora do entrevero acontecido com o sirigaito. Outras acrimônias viriam até achar-se por bem esquecer a existência daquele ser execrável. Tal esquecimento significaria esquecer de todos os bens conhecidos ou intuídos. Defenderiam a Vila Roseiral e o que dentro dela houvesse. Ao não encontrarem chave nem segredo do cofre doméstico, ninguém mais lembrou ou se deu à curiosidade de abrir o cofre.

Harmoniosamente, filha e mãe completam a mudança. O conjunto de junco da varanda da Vila Roseiral apertou-se na nova varandinha. Na sala de visitas, o piano de cauda preenche o espaço acompanhado da indispensável conversadeira de jacarandá e palhinha. Mesa de 12 lugares na nova sala de jantar nem pensar. Mesa redonda da antiga sala de almoço com cadeiras de jacarandá e palhinha, cabendo ainda uma pequena marquesa. O quarto maior recebe a mobília do casal – apertada, mas cabe: a cama e o berço da neném, o roupeiro, o par de criados-mudos, o lavatório e a penteadeira. No quarto de Mucinha, sem maiores dificuldades, a chamada cama de ferro (linda, de bronze dourado!), roupeiro e penteadeira (dispensada a cômoda). No terceiro quarto, o pequeno cofre pessoal e a biblioteca do dr. Alcides. Simples prateleiras substituem o grandioso conjunto-de-gabinete (escrivaninha e estantes em vinhático com portas de vidro, puxadores com marfim encastoado e esculpidos florões arrematam e enfeitam as ricas peças vendidas à OAB). Os livros, por ocasião do casamento de Mucinha, foram doados à compradora do gabinete. Na OAB inaugura-se a Biblioteca Professor Alcides Roseiral. Criadagem e aderentes tomam novos rumos. O cão Onix vem com a mudança, adapta-se rapidamente, freqüenta todas as casas da Avenida. Quanto aos infinitos móveis, tranqueiras e traquitanas, alguns foram vendidos, outros tantos dados, os muito queridos guardados com Caribé Médico na casa de São Tomé de Paripe – muitos outros, enjeitados, restaram no casarão para uso ou lixo dos inquilinos da Vila Roseiral.

Na saleta de entrada, professora Violette arruma pequena escrivaninha para dar explicação de matérias. Espalhada a notícia nas escolas da Graça, Vitória, Canela, Garcia... foi preciso até rejeitar alunos. Rosália, uma neném linda, mansinha no berço de vime posto ali na passagem da saleta para a sala de visitas ou disputada para graças e carinhos da meninada e de tia Adelina, sempre a levá-la para o 25, com a desculpa de a menininha não desviar a atenção de alunos nem professora.

Quando da morte de Alcides Filho, seguida da morte de dr. Alcides, professora Violette fez de tudo para Totonho ao menos freqüentar o escritório de advocacia repleto de clientela: *Afinal, o compadre de Alcides era seu sócio apenas de boca, um mero discípulo a quem meu marido deu corda, até demais. Como de boca era o compadrio daquele rapaz oferecido; cortei-lhe o pepino logo da primeira vez que o sirigaito a mim se dirigiu tratando-me de "comadre": Comadre?, disse-lhe eu, acaso dei-te honra de batizar filho meu? Nem filho tens para que eu houvesse batizado! Não pulei nem pularia fogueira de São João contigo.* Não houve modos nem jeito nem jeitinhos que demovessem Totonho de seguir no propósito de terminar a faculdade, concursar-se e seguir carreira pública. As aulas pela manhã, o emprego vespertino, como escriturário em uma das empresas do Comendador. Totonho preferiria voltar a vender balas de porta em porta a conviver com o indivíduo. Se não aceitara ir para o escritório a convite do fraternal amigo Cidinho, muito menos agora! Melhor assim. Com banca de advogado teria Totonho se dedicado como se dedicou à carreira de Rosália? Juntando-se ao malfadado sócio seria mais um a quem o sabidório teria para imputar as próprias falcatruas e ladroeiras. Foram tantas e tão bem-feitas que às Roseiral, ao fim e ao cabo, restou apenas a Vila. Nunca vieram a saber do gado mantido a engordar e dar bom rendimento em fazenda no interior do estado. Não conseguiram entender o porquê de tamanha confiança depositada naquele rapazola. Dr. Alcides o conhecera como aluno seu na Escola de Direito. Um janota chaleirista à visão de todos, menos para a de dr. Alcides.

♪

Na Avenida Stella (beco no dizer de preconceituosos – ou invejosos? –, Vila na boca de outros), onde nasceu, cresceu, casou, criou os filhos e onde pretende morrer, Totonho assistiu aos vizinhos ir-indo enquanto todo dia todo dia às sete e trinta da manhã sai Totonho para a repartição aonde chega dr. Antonio da Mata Pitangueira às quinze para as oito (ou pouco mais se o bonde atrasa). Retorna às quinze para o meio-dia para almoçar. Tira o paletó, afrouxa o nó da gravata, abre o colarinho, arregaça as mangas da camisa. Logo mais a mesa está posta: Mucinha, a mulher, a presidir; Totonho; a cunhada Rosália; as crianças: Fortunato, Dalila, Camerino. *Pai, você trouxe as figurinhas do meu álbum? Será que hoje sai o macaco 17?* – *Tá pedindo figurinha, mano? E já contou ao pai do bafafá hoje na escola?* – *Bafafá nada, maninho, foi só uns empurrõezinhos no baba do recreio...* E o pai: *Bafafá fiz eu hoje na repartição!* Todos, na maior animação, querem logo saber, adoram os inusitados pipocos do pai (raramente os dá em casa). *Vocês lembram o árabe que me apareceu vendendo o violão* Del Vecchio? – *Quem vai esquecer? Com o prazer que dá ouvi-lo tocar, e com o som maravilhoso que você tira?* –

Alto lá... som que tiro não... som que o Del Vecchio *me dá!* – *Tá bem, pai. Conta!* – *Quanto tempo tem isso mesmo?* – *Uns seis meses, se tanto; mas, vai, conta!* – *Paguei o preço que ele me pediu, não paguei?* – *Claro, Totonho, todo mundo sabe que não gostas de pechinchar...* – *Tenho culpa dele vender o que não conhece? Tenho culpa do violão valer muito mais do que ele me cobrou? Não tenho! Tenho culpa dele não saber identificar que é um violão assinado, da lavra do próprio lu-thier Angelo Del Vecchio? Não tenho! O que eu não contei a vocês é que o descarado do sujeito, um mês depois, mais ou menos, tendo ouvido comentários sobre o* luthier, *me procurou a choramingar, esposa doente, carestia etc., que errou no preço, assinatura,* luthier... *sem saber do que falava... terminei por lhe dar mais alguns mil-réis, deixando claro que os dava por querer dar, que pagara o preço justo pedido e aceito sem nada contrapor. Pensei estar encerrado o assunto. A partir daí, três vezes três, noves fora... o sujeito na repartição. Vocês sabem o horror que tenho de imiscuir minha vida particular na repartição! Hoje, não pensei duas vezes, quando o fila-da-mãe apareceu com sua arenga, subi de tom: "Gringo fila-da-puta, você quer tomar um tiro?" Ao tempo em que abria a gaveta lateral da escrivaninha.* (Totonho começa a rir.) *O cretino virou as costas e saiu correndo. Não contei conversa, alucinei! Pulei minha carteira e, com a mão fingindo um revólver, saí correndo atrás do fila-da-puta pelo comércio afora até ele pongar numa marinete. Escafedeu-se!* (Totonho e todos riam tanto, foi difícil fazer e ouvir-se o comentário final.) *Quem é mais doido? O sujeito que pensa ter um homem armado a lhe dar carreirão? Ou eu, geeente...* (tome-lhe risada) *do dedo fazendo revólver?*

Diferentemente das casas dos colegas dos meninos, aqui não se chama pai e mãe *o senhor* e *a senhora*. Semelhante à das casas dos colegas dos meninos, a trivial comida do dia-a-dia: uma quiabadinha hoje, um bife de caldo ou de panela amanhã, lombo, galinha ensopada com batata... sempre complementados com uma verdurinha cozida, feijão, arroz e farinha; feijoada cozido macarronada! Às sextas peixe fresco de escabeche ou salada de bacalhau na brasa; as crianças adoram os extraordinários feijão-sacudido e molho lambão que acompanham as mantinhas feitas na chapa ou o feijão-de-leite com moqueca. Não adianta refugar comida alguma: *Quem não quer comer é porque já comeu ou vai comer*, a mãe diz enquanto retira o prato feito com tudo que tem na mesa. Cobre com um prato fundo emborcado. Guarda até a fome do malcriado chegar. Diferentemente das casas dos colegas dos meninos, aqui se conversa de tudo à hora das refeições: alegrias e tristezas, mortes e nascimentos. Nada se esconde das crianças. Desde bem pequenas visitam, com os pais, recém-paridas e doentes. Vão a enterros, aniversários, casamentos. Do aperto econômico também se fala. Semanada para as crianças aprenderem a cuidar do próprio dinheiro. A proibição: zanga ou bate-boca na hora das refeições. Se houve algum aborrecimento entre eles, fique-se calado porque o comer não se pode nem deve misturar ao brigar. Se alguém insistir num falar alto querendo provocações ou discussões acirradas, tanto faz tratar-se das crianças ou dos adultos, sua saída da mesa é pedida pelos demais.

Após o almoço, Totonho senta na preguiçosa da varanda, tira uma soneca de 15 minutos. Escova os dentes, lava o rosto, vai para a repartição. Ele retorna de tardinha, pacote de pão abraçado pelo jornal *A Tarde*. Toma banho.

Tomado o banho, os colegas da repartição não o reconheceriam. Se lá, a vestimenta de dr. Antonio da Mata Pitangueira é a mesma desde sempre e a casmurrice é o semblante natural, aqui, há muito o pijama substituiu-se pelos shorts, bermudas e camisa-de-meia, sendo o sorriso bem-humorado o semblante de Totonho. Conversas cheias de verve, forradas de ironias, temperadas por todo tipo de leitura. Adora esculhambar certos colegas aos quais se refere como possuidores de *cultura de Seleções* ou *intelectualóides de merda* e outros tantos pejorativos como *subliteratos, reacionários que durante anos pensaram ser modernos a me debicar pelas costas quando quem sempre debicou deles fui eu com aqueles trajes* démodé *com que sempre freqüentei a ridícula repartição apenas para aporrinhar a canalha.* Põe-se a *la volonté* e até chegar a hora da sopa e do café-com-leite-e-pão-com-manteiga dá conta do jornal – muitas vezes rondando a cozinha, prova o bolo de aipim, pega um beijuzinho, amanteiga uma banda do pão torradinho na grelha. Mucinha, a mulher, na cabeceira da mesa; o homem à sua esquerda, de frente para a cunhada (há quantos anos o mais velho dos meninos não está sentado ao seu lado? a menina e o caçula a envelhecerem junto com eles).

Depois da sopa e do café-com-leite-e-pão-com-manteiga (variando o acompanhamento entre bolo de aipim, batata-doce ou fruta-pão, cuscuz de tapioca ou de milho, ovo mexido, bolo de puba...), marido e mulher passeiam de mãos dadas pelo mirante da Avenida Stella por uma meia hora, entre recordações e planos de futuro, des(a)fiando a felicidade. Na volta, ela à máquina de costura, à escrita de arranjos ou ao piano. Ele, à máquina de escrever Royal na feitura de recibos e contratos de aluguel ou aos livros: livros-caixa de controle e engrandecimento dos dinheiros de Rosália ou à mais eclética leitura: direito civil e comercial, contabilidade, romances de capa e espada ou Zé Lins do Rego, Graciliano Ramos, Jorge Amado... O casal nunca precisou de muitas horas de sono. Nem há cansaço que leve Totonho e Mucinha a ponto de dormir sem gostosear – nem que seja um tiquinho, um carinho aqui, uma trepadinha ali...

♪

meninos... o mais velho, médico (há anos fora fazer residência em são paulo, por lá casou, teve filhos, ficou!); o caçula, advogado e músico da orquestra sinfônica; a menina, arquiteta, trabalhando no escritório de diógenes rebouças. os três estudando música desde bem pequenos... o mais velho dedicado à flauta (tocará ainda em são paulo?... demora-se tanto a dar notícias!); o caçula é literalmente homem dos sete instrumentos; a menina a cantar sem maiores compromissos... sabendo usar seus diplomas construindo a própria vida. se não consegui utilizar o diploma de bacharel em direito (soube ensinar aos meninos?). não que não tenha sabido utilizar o meu, no tempo de recém-formado, concursado, havia carreira no serviço público. depois é que a coisa se estropiou toda, me restando um pouco mais do que bater carimbos – mas apenas na repartição a vida veio a se resumir à pasmaceira, cá fora... o lufa-lufa é danado. a vida e a trabalheira são outras. Totonho não é homem de sofrimentos. Permite-se a convivência com a burocracia da repartição a qual freqüenta em trajes e modos de pirraçar a canalha preguiçosa e reacionária que o rodeia. Assiste por lá passar, desde a revolução de 30, os juracisistas defensores do Estado Novo, os "fachistas" e anti-semitas da Segunda Guerra Mundial, os apaniguados do golpe militar de 1964. No começo, quando todos eram concursados, discutia-se, dialogava-se. Aposentaram-se uns, outros se transferiram. Foram surgindo os pára-quedistas, os desembarques de trens da alegria se sucedendo. Totonho a cantarolar: *Maria Candelária / é alta funcionária / saltou de pára-quedas / caiu na letra "o" oh, oh, oh, oh*. Com essa gente nova Totonho logo cansou de debater. Cansou de assistir a cada mudança de governo, intrigas e bajulações em torno de novos chefes. Não mais se possuía posição política, a sinecura instalada, o caso agora era apoiar a posição do político-padrinho, o contínuo a adular o escriturário, que é puxa-saco do subchefe, este a babar ovo para o chefe, o chefe lambe-botas do diretor lambe-cu do deputado federal (que se diz íntimo do presidente, a quem sequer cumprimentou alguma vez). Totonho sempre teve horror aos adesistas de qualquer espécie. Adota atitude aparentemente subserviente que não lhe encobre a altivez. Separa o emprego da vida que é a sua. Não mexam em seus calos... Tentaram até. Mas depois de assistirem alguns tremendos esporros proferidos por Totonho, deixaram-no quieto a cumprir suas obrigações.

Mucinha no comando da casa. Só não conseguiu impor a TV na sala. Isto Totonho nunca permitiu. Se permitisse, teria conseguido manter unidos os meninos? A TV chegada justo quando eles andavam perto de se formar, com menos tempo para os bate-papos e lazeres. Por que mais status para a TV do que para o rádio? E o ateliê para a máquina de costura dela, os livros dele, o estudo dos meninos, o rádio e o piano de todos? Por que dividir o tempo precioso das tocatas com a TV? Com a TV na sala a vida teria continuado a ser contada e trocada em volta da mesa? De comum acordo a decisão definitiva: a TV instalada na saleta de entrada (simples passagem). Em cima os quartos. Embaixo, sala de visita, que se integra à sala de jantar por arcada. No mais, cozinha, quartinhos, lavanderia... no fundo do quintal o ateliê-alma-da-casa a ocupar toda a largura do terreno. Estantes de livros; armário para partituras; escrivaninhas para as crianças estudarem; um velho cofre de cara para a parede faz vez de aparador para o rádio; mesinha com a máquina de escrever Royal de Totonho junto à máquina de costura Singer de Mucinha. Tudo escanteado, formando um ambiente aberto e livre para o piano de cauda de Mucinha, soltas cadeiras e estantes de partituras; de frente para o quintal, centrada, está uma grande porta ladeada por dois janelões – amplos, baixos, cujos largos parapeitos, pela altura que têm, não são parapeitos, são parabundas: usados como bancos.

Rosália Roseiral

Rosália a tocar, tocar, tocar... Tanto de ouvido, como por partituras – que as sabe ler muito bem. Rosália a escutar o rádio, copia as novas músicas em voga em bem desenhadas pautas. Cedo deixa de freqüentar o conservatório, detesta o estudo formal. Adora as aulas de Mucinha. A alegria da música é presença constante no sobradinho. Ao piano alternam-se as irmãs, Totonho ao violão. Se gostam da trilha de uma fita de cinema, não têm hora para dormir até tirar as músicas de ouvido. Muitas vezes passando-as para a pauta. Compradas novas partituras, as tocatas de sábado à tarde são mais apreensivas, dedicadas ao conhecimento e estudo dos novos arranjos de Mucinha para as recentes aquisições. A rapaziada em busca dos assustados vai aos poucos se retirando. Não faltam os duetos memoráveis da soprano lírico Mucinha com a contralto Rosália.

A menina escolheu de presente de 15 anos a autorização para cantar no programa de calouros da Rádio Associação. Totonho faz a vontade. Enfarpela-se, faz-se acompanhar da esposa belamente composta com luvas e chapéu, sapatos forrados com a mesma seda estampada de flores do vestido (a encobrir recente gravidez do músico talentoso que mostrou ser desde pequenino – aos quatro anos já distinguia um tom menor de um tom maior e aos cinco, na festa do 2 de Julho no Campo Grande, chorou ao ver a Banda do Corpo de Bombeiros executar o *Dobrado lágrima de pai*). Voltaram com a promessa de participação em alguma matinê de auditório e o aparelho de rádio Philips ganho pela menina. Primeiro lugar ao interpretar *Ontem, ao luar*. O silêncio reverente do público a escutar embevecido "aquela menina afinadíssima" explodiu em calorosos aplausos à última nota de

> *Ontem, ao luar,*
> *nós dois em plena solidão,*
> *tu me perguntaste o que era a dor*
> *de uma paixão.*

O escolado animador do programa de calouros comove-se. Sai do roteiro, retém a menina pelo braço. Deixa se prolongar o aplauso... Ao retorno do silêncio, não se contém: *Menina, onde aprendeste assim cantar? Como escolheste a linda canção, repertório de "gente grande"?* E Rosália, toda mimosa, segura de si, não se faz de rogada: *Oh, senhor, criei-me em meio a tocatas... Meu cunhado Totonho ali está* (apontando para ele na platéia), *é exímio ao violão, minha irmã Mucinha, ali, ó, ao lado dele...* (mais uma vez apontando – e modestamente) *canta melhor do que eu, exímia pianista. Nas tocatas desfiamos repertório de Chiquinha Gonzaga, Ernesto Nazareth, Cândido das Neves, Catulo da Paixão Cearense... E dos modernos também...* Roteiro abandonado, o animador dirige-se ao auditório: *Então, dona Mucinha... não queres nos dar o prazer? Então, seu Totonho, não acompanhas a esposa?* (voltando-se para o conjunto regional) *Aqui nosso companheiro empresta o violão.* O auditório em peso: *Canta! Canta! Canta!* Músico nato já se sabe como é, o casal não contou conversa, subiu ao palco:

Tu disseste em juramento
entre o véu do esquecimento,
que o meu nome é uma visão...
Tu tiveste a impiedade
de sorrir desta saudade
que me mata o coração!
Se o retrato tu me deste,
foi zombando, tu disseste
do amor que te ofertei...
E eu, em lágrimas desfeito,
quantas vezes, junto ao peito,
teu retrato conservei!

Eu sei também ser ingrato;
meu coração, bem vês, já não te quer.
Eu ontem rasguei o teu retrato
ajoelhado aos pés de outra mulher!

Eu que tanto te queria,
eu que tive a covardia
de chorar este amargor,
trago aqui, despedaçado,
o teu retrato, pois, vingado,
hoje está o meu amor...
As sentenças são extremas,
faça o mesmo aos meus poemas
rasgue os versos que te fiz...
Não te comova o meu pranto,
pois quem te amou tanto, tanto,
foi um doido, um infeliz!

Antes de completar 18 anos Rosália faz parte do *cast* da Rádio Associação, logo mais será a *crooner* da Orquestra de Vivaldo Bomfim. Programas de auditório na rádio, bailes nos clubes da capital, sertão e recôncavo. As viagens pelo interior da Bahia trazem vasta experiência. Conhecer, conviver, aprender com excelentes músicos, o orgulho de Rosália. No princípio, acompanhada de Mucinha, viaja com maestro Vivaldo. Depois sob a responsabilidade dele. Mais uns dois ou três companheiros. No interior juntam-se a excepcionais *jazz-bands* lideradas pelos mestres de banda locais. A alegria de Rosália: as descobertas dos bons compositores e arranjadores perdidos nas brenhas da Bahia. Como mestre Almiro Oliveira, exemplo vivo do saber musical, excelente professor. Veio a formar gerações de músicos e cantores. Muito Rosália aprendeu. Tornou-se amiga da família desde o primeiro encontro. Mestre Almiro ensinou-lhe a "soltar a voz" de forma personalíssima. Característica marcante para a carreira de Rosália. Muito diferente da aprendida no conservatório. Até mesmo Mucinha, grande musicista, absorveu ensinamentos do então jovem mestre de banda. Vira nascer as filhas do mestre, Marle e Edy. A esposa, dona Mirênia, ficou para sempre como referência de dignidade e elegância na amizade de toda a vida.

CASAMENTOS?

Em certa festa junina no Club Bahiano de Thenis, um rapaz vem no intervalo de descanso da *crooner* tirá-la para dançar. Algo nada habitual. Seu Vivaldo percebe o movimento no fundo do palco, regendo, nada pode fazer, quando dá fé os dois já rodopiam pelo salão. Aos olhos dela, rapaz mais lindo nunca vira: mais para alto que para baixo, cabelos negros contrastando com a alvura da pele, olhos verdes, grossos bigodes emoldurando boca carnuda – voz macia, delicada educação. João de Albergaria Limoeiro, ou simplesmente Joãozito, é calouro aos 20 anos de idade. Rosália, aos 18 anos, em seu corpinho de mulher esguia – cerca de 1,65 metro, clarinha, bonitinha, gostosinha, namora o *estudante de medicina*.

Se antes Rosália já havia tirado linha com alguns rapazes, não chegara a namorar, agora... o dito amor à primeira vista. Namoro curto, não há senões da parte de Totonho nem de Mucinha. Afinal, Joãozito, estudante de medicina, é um rapaz educado, filho de pais decentes e, se da parte dele não há possibilidades para o sustento do casal, independência financeira não falta a Rosália para adquirir a casa ao lado da do cunhado (onde residira menina). Independência financeira não falta a Rosália para reformar e mobiliar a casa com móveis *chippendale* importados, contratar empregada, comer do bom e do melhor e logo mais adquirir um automóvel Packard. Por gosto próprio apenas passariam a morar juntos. Ao cunhado e à irmã nenhum desconforto causaria, pois, a eles, nunca importou o diz-que-diz da vizinhança. As maledicências invejosas por detrás dos sorrisos benfazejos a elogiar os primeiros sucessos na Rádio Associação, as apoquentações quando da primeira ida de Rosália ao Rio de Janeiro. Porém o pai do rapaz não permitiu tal avanço "de ajuntamento", como dizia, sem as bênçãos de Deus, exigindo casamento na Igreja. Queria o filho – além de médico – vivendo em um lar abençoado, não queria netos pagãos. Netos não viriam. Ela maninha, ele de ovinho suspenso. O ovo suspenso não impediu nem atrapalhou aquele rolão quilométrico de baloiçar ao mínimo triscar nem impediu as mais gostosas e inventivas trepadas. Fossem na bela cama *chippendale*, no tapete da sala, na mesa da cozinha... ou uma rapidinha num banheiro do clube ou no camarim do cassino; nos passeios aos longínquos Outeiro da Vigia e Abaeté ou nas perdidas praias depois do Farol de Itapuã.

Até Joãozito chegar ao meado da faculdade tudo são flores. Se pode, acompanha Rosália à rádio, aos bailes de clubes chiques e principalmente ao Cassino Palace Hotel, onde, excluídos os espetáculos internacionais, a grande atração é ela! a estrela de primeira grandeza! maior nome do cartaz na Rua Chile. Rosália Roseiral a todos encanta com sua voz de contralto, seu repertório impecável: dos nacionais Noel Rosa, Assis Valente, Geraldo Pereira, o jovem Dorival Caymmi, Almiro Oliveira... ao tango argentino, boleros, rumbas e salsas caribenhas. Arranjos maravilhosos do maestro Vivaldo para sua bem montada orquestra, onde pontuam os bambas Carlos: o Veiga em belos solos de pistom, o Lacerda com seu piano inimitável. Fred Dantas no trombone, Wilson Café no bongô ou nas maracas, entre tantos outros músicos batutas.

O visível contraste entre os dois não impede a felicidade dela enquanto ele a ama. Ou assim aparenta. Ela, inteligente, alegre e esporrenta, humor finíssimo, intuição à flor da pele. Ele, se burro não é, não prima pela inteligência – é aquela coisa chata do rapaz esforçado, voltado para o estudo opaco, dirigido, lutando a ferro e fogo por boas notas. É o típico ignorante que fala besteiras com imponência. Apenas o ramerrão das aulas práticas e teóricas na Escola do Terreiro de Jesus, nos hospitais. O implacável caminhar para a ginecologia e a obstetrícia. Nenhum destaque. Nem mesmo quando tenta enveredar na política estudantil. Em pouco tempo se afasta pela total incapacidade oratória e a nenhuma tendência a uma compreensão global da estrutura política nacional e internacional, anos de ebulição da Segunda Grande Guerra. Mais ou menos dessa época há um destaque, negativo, é verdade, porém destaque. A polícia do interventor Juracy Magalhães, em torno do Terreiro de Jesus, vai fechando o cerco da Escola de Medicina, onde estão reunidos os estudantes no anfiteatro Brito. A polícia fortemente armada e com ordens duríssimas do tenente interventor – atirar se preciso for. Porém, antes da invasão, adentra apenas um sargentão. Debela-se um certo zunzunzum, parecendo um princípio de vaia. Fala o sargento: *Trago ordem de prisão para todos, exceto se vocês denunciarem os responsáveis pela baderna, estes então serão levados.* Alguns segundos de silêncio (tirante um certo balbucio no miolo do anfiteatro), ressoa a voz serena e forte do baixinho transmutado em gigante naquele momento: *Diga ao senhor interventor que este movimento não tem responsáveis* (rápido e pesado silêncio), *há UM responsável: EU, Antonio Vianna Dias da Silva!* Levado Toninho Vianna veio a saber-se o motivo dos balbucios no centro do anfiteatro. Fora Joãozito, lívido, a murmurar: *Se ninguém falar, eu delato... não sou eu quem vai prejudicar a própria carreira deixando-se prender.* Azar o dele de ter nas cadeiras vizinhas Zé Mirabeau a lhe atiçar um *Cala a boca canalha!*, ameaçando dar-lhe uma gravata, e Jú Guimarães a cuidar de espalhar o caso junto com recém-criado apodo: *Joãozito o Pusilânime.* Dias depois da encrenca, Joãozito avista Jú Guimarães na esquina do Terreiro de Jesus, levando à boca um picolé redondinho. Abestalhado, pensa poder esculhambar o colega. Grita, de lá dos degraus da catedral: *Chupando, hein, Jú!* Recebe imediata resposta: *E guardando o pau pra enfiar no seu cu!*

Em pouco tempo Rosália estará cantando no Cassino da Urca, em suas duas viagens anuais ao Rio de Janeiro:

para gravar o 78 rotações de carnaval e para o disco de meio de ano. Da primeira viagem, sempre vaidosa, volta especialista na maquiagem, sombras coloridas sobre os olhos, imensa boca vermelha. O batom desenhando além do traçado natural. Muito *rouge*... Mais exigente com sua modista dona Inês a se esfalfar na criação de roupas perfeitas no corte e no desenho, a aceitar os bons e maus humores de Rosália. Dona Inês sempre cantando, sem o menor pejo de estar diante da grande cantora. Rosália Roseiral se diverte com a amiga modista além de fazê-la confidente.

Enquanto impera o amor, não há problema algum para Joãozito acompanhar as duas viagens anuais de Rosália ao Rio de Janeiro. Quando, todo solícito, acompanhou-a na primeira gravação no meado do ano de 1943, até cumpriu fielmente as recomendações de Totonho quanto aos contratos da gravadora e do Cassino, inclusive encorajando e ajudando a esposa a impor o lado B escolhido para seu primeiro disco. Nenhuma cogitação quanto ao lado A, Rosália ganhara *Dora* do amigo Dorival – baiano coqueluche do Rio de Janeiro –, que a trouxe para a gravadora. Para o lado B apresentação do trabalho de desconhecido autor dos "homens da gravadora", conversa curta por totalmente convincente pela qualidade da música e letra apresentadas de *Paisagem Sertaneja* com arranjo para dois violões, viola, flauta transversa e delicado pandeiro.

Na viagem do começo de 1945, para o disco de carnaval, Rosália ainda conta com a companhia de Joãozito – terceiranista de medicina, dedica-se a mais visitar maternidades, hospitais, colegas... do que mesmo fazer companhia a Rosália. Não a acompanha no meado desse mesmo ano.

Como justificativa os plantões e as muitas amizades dela no Rio de Janeiro. Melhor assim, Mucinha acompanha a irmã inclusive gravando ao piano bela introdução para a valsa *Sempre Viva* de Almiro Oliveira, mais uma vez presente e contribuindo com o sucesso dos discos de Rosália. Entre idas e vindas ao estúdio de gravação Rosália conhece jovem cantora portuguesa, a quem assistira, no ano anterior, no Cassino Copacabana. Rosália para sempre arrebatada pelo fado. Amália Rodrigues, já cantora e atriz de sucesso no outro lado do Atlântico, viera em 44 para quatro semanas no Brasil e permanecera quatro meses; agora, com uma Revista no Teatro República, canta às segundas no mesmo Copacabana, grava seu primeiro disco: *Ai mouraria / da velha Rua da Palma / onde eu um dia / deixei presa a minha alma (...)* A identificação entre as duas é imediata, a amizade é para toda vida, com visitas Lisboa–Bahia. Dez anos depois, Rosália, já afastada dos palcos, assistindo Amália cantar na boate Night and Day no Rio de Janeiro, é instada pela amiga a cantar um fado – o que só houvera feito em público em Portugal, e o faz com *grande beleza e recursos vocais dignos de uma velha e experiente fadista*, como diz Amália ao final da interpretação de Rosália para o primeiro grande sucesso da amiga no Brasil: *Se de mim nada consegues / Não sei por que me persegues (...)*

VÃO-SE OS CASSINOS...
E O AMOR?

Enquanto impera o amor não há problema algum para Joãozito acordar de madrugada quando Rosália chega do cassino. Vão os dois, em carinhos, esquentar um leite. Ele a contar de um parto difícil... uma criança tirada a fórceps. Ela, morta de pena do sujeito que naquela noite estourara a banca no cassino para em seguida perder até o último tostão. Enquanto impera o amor não há problema algum para ele acompanhá-la aos sábados a noite toda no Cassino Pálace Hotel. Aos abraços e beijinhos nos intervalos de descanso dela, um uisquinho lento, na mesa de canto ao pé do palco. A mais beber as fortes canções dela do que mesmo o malte escocês. Nunca se arriscou na roleta nem no bacará, fica sem graça diante das tiradas do colega Jú Guimarães – humorista de marca! Praticamente esconde-se do colega Zé Mirabeau para sequer ouvir os ácidos comentários quanto ao puritanismo dele, Joãozito, que rejeita freqüentar mulheres & cabarés, distancia-se da jogatina, mas não sente vergonha alguma em ser gigolô da gloriosa Rosália Roseiral. Enquanto impera o amor não há problema algum para ela acordar às sete, tendo ido dormir às duas ou três para, com o querido, tomar o desjejum de café com leite, ovo frito, banana cozida e outras guloseimas. Enquanto impera o amor não há problema algum para ele em reacordá-la ao meio-dia e meia para o banho juntos, quase todo dia uma trepadinha, o almoço bem posto por Jovelina. Inigualáveis moquecas, malassada aprendida quando a ama trabalhou em casa de dona Magá, o xinxim de galinha, o escaldado de camarão – quantas delícias! Durante a manhã sai ele a dirigir o belo Packard. Raro grená entre os negros automóveis dos professores medalhões. Afora o colega Jú Guimarães, que às vezes aparece a guiar um Buick verde do pai, é Joãozito o único a "possuir" um automóvel. Lá para as duas da tarde Rosália coloca almofada para melhor se ajeitar no imenso banco do Packard. Leva o amor até o Hospital Sagrada Família no Bonfim às segundas, quartas e sextas. Às terças e quintas ao Santa Isabel. Dias de alegria para a meninada. A tia encomprida o caminho, leva os sobrinhos para tomar maltado com bolinho na Cubana. Na volta, ensaiar novas canções, a irmã ao piano a ajudá-la, as crianças fazendo os deveres da escola. Às vezes, vão as duas às compras (principalmente partituras – cujo freguês já telefona a cada recebimento das novas músicas editadas) na Rua Chile para depois, lá pro final da tarde, buscar o maridão em hospitais. Um dia ele dispensou tal ida. Alegou ser muito puxado para ela emendar o passeio com os preparativos para a noite. Logo mais justificou não poder acompanhá-la ao Rio de Janeiro pois os plantões o impediam. E de atraso do bonde ao atraso da marinete Joãozito foi refugando a sopa com Rosália antes de sua ida para o Cassino Pálace Hotel. E de cansaço em cansaço de difíceis partos foi ele deixando de acordar para o leite quente da chegada dela. E em nome do descanso dela, foi ele convencendo-a a não levantar para o desjejum em comum. Não havendo mais com quem tomar o leite quente do retorno ao lar, Rosália passou a tomar um "quente" à saída do cassino. Não um leite, diga-se, pois tal não estava disponível. O "quente" de lá era um belo dum conhaque. Ao "quente" da saída, acrescentou outro "quente" no penúltimo intervalo, logo mais acrescentando mais um ao primeiro. Em pouco tempo havia quentes do primeiro ao quinto e uma Rosália trôpega a adentrar no seu Packard dirigido pelo chofer Edgard Rogaciano – um homem trigueiro por volta de 30 anos, casado, pai de um casal de filhos; magrinho, ágil. Joãozito a empurrou aos quentes. Agora sequer pressente a sua chegada, sequer ouve o baque ao despejar-se na cama *chippendale* vestida com a roupa do show. Ela não se preocupa de ao final passar no camarim, apenas dedicando-se aos três ou quatro conhaques-saideira. A ele, o que interessa ouvir ou deixar de ouvir a chegada de Rosália? Se está exausto do currir escola e hospitais, desassossegado está de tirar linha com a colega de classe hoje & um flerte com uma caloura amanhã, tenso por manter namorinho de portão com uma normalista no Barbalho – por mais de um mês –, além do amigamento com uma *moça* do cabaré na baixada do Largo do Theatro, mais consumido ficará ao pegar de namoro firme com enfermeira mãe de filhos. Joãozito não enxerga a embriaguez de Rosália. Joãozito não se movimenta para acompanhá-la na alegria (sóbria) quando, em 1945, no dia do armistício, as ruas da Bahia ficam apinhadas em comemoração ao fim da guerra, derrota de Hitler, vitória dos Aliados. Joãozito empurrou Rosália aos quentes. Joãozito deu pouca ou nenhuma importância à proibição do jogo em 30 de abril de 1946 e ao conseqüente fechamento dos cassinos pelo recém-eleito presidente da República, general Dutra. Joãozito provavelmente nem reparou a decorrente depressão em que entrou Rosália. Não fora a eterna assistência da irmã e do cunhado, ninguém sabe o que seria dela. Nem parecia ser quase-médico aquele *maurido*. Não fora a velha amizade do dr. João Caribé, levando Rosália e a irmã para sua casa em São Tomé de Paripe a cumprir medicação e recomendações propostas pela jovem psiquiatra dra. Teresa Libório, ninguém sabe o que teria sido de Rosália. Os dias passam lentos. Mucinha a se desdobrar no encorajamento para a irmã tomar um pouco de sol... um banho salgado... *Afinal, minha mana, basta sair de portão afora e estamos no mar!* Para Rosália, a máxima caminhada são os poucos metros a separar a varanda da mangueira que sombreia estendidas redes presas a mourões. Ali deixa-se ficar, faz de conta que dorme, em tenebrosos pensamentos intercalados de cantarolar choroso a desmentir a soneca e assustar Mucinha **ó deus por que não me levas? se não queres levar-me dá-me coragem para acabar com a vida preciso falar falar e falar – não consigo... presa dentro de mim nesta tristeza que eu não gosto e dia mais dia vai entrando cada vez mais por mim inteira esta tristeza sem jeito nem razão... tão pesada!** *Este amor quase tragédia / que me fez um grande mal (...) eu quero é meu sossego / tão somente (...)* **de que adianta virem me dizer de minha vida interior? não me basto eu me canso de mim valem-me as amizades mas não me valho eu – não me agüento quando vejo a escapar-me o que consegui tão penosamente... dói... dói-me inteira, muito! medo que tudo se exploda e minha vida fique de pernas pro ar como estou agora... muito chata! ou maluca?! tenho de me livrar inteira deste terror que tem sido tudo isto em minha vida e será minha ruína pensam que estou neste estado por conta dos cassinos que se fecharam ninguém percebe... joãozito consegue fazer-me odiar o canto este canto agora a representar apenas ganhar ganhar ganhar – ganhar dinheiro pra quê? culpas minhas todas minhas por amar mais do que posso.** *esta história de um amor (...) tu me deste luz e vida / destruindo-me depois.*

Pela primeira vez Rosália falha em sua gravação anual para o carnaval. Não fora a eterna assistência da irmã e do cunhado a vida toda – transformando em imóveis o sucesso de Rosália, desde a escolha e compra de lojas e casas (tirante a casa do cunhado, toda a Avenida agora a ela pertence) até os bons e bem cobrados contratos profissionais e de aluguéis (são tantos os imóveis que Edgard Rogaciano diariamente vai daqui a acolá a receber e depositar). O cunhado, mais do que advogado a elaborar contratos, a dispensar maus empresários e tirar inquilinos inadimplentes, verdadeiro guarda-livros a fazer declaração do imposto de renda, a escriturar entradas e saídas, reinvestir, manter e engrandecer a fortuna de Rosália (diferentemente das coitadas Linda e Dircinha Baptista, que viriam a perder fortuna, saúde e lucidez). A depender do cretino do marido tudo teria ido por água abaixo. Não chega a ser perdulário nem estróina mas gosta de exagerado conforto... lá isso gosta! Além da santa ignorância (um pouco de burrice mesmo), naquela mansidão de proseador presunçoso a dizer coisas do tipo *não seria bom aplicar em papéis do Tesouro Nacional?*

Brigas não há. Ele com seu sangue de aratanha e voz mansa a "desvelar-se" por Rosália, porém levando-a a ataques de fúria quando cinicamente nega namoradas e amásias – quanto mais juras de amor imorredouro Joãozito murmura, mais Rosália sente a certeza da certeza dos ciúmes que sente deixando sair aos gritos e impropérios o ódio vindo lá das entranhas, arrebanhando bibelôs das prateleiras e atiçando pela janela, quebrando pratos e copos. Joãozito: o bonzinho; Rosália: a louca. Joãozito... como diz o colega Jú Guimarães: *um sujeito que pensa que é gente, que tem alma e só não come capim porque os outros reprovam.*

Pudera... o audível são os gritos e quebra-quebras dela; o visível são os "quentes" tomados por ela no Cassino Pálace Hotel como visível é o quatrupilhar madrugatício de Rosália (amparada pelo fiel Edgard Rogaciano). O invisível só a ela fora visível. Dissabores entre quatro paredes. Maquinações infernais de Joãozito ao forçar amizade de Rosália com a Nelly: *Tu, sempre pronta a amparar os aflitos, nega apoio à meiga Nelly apenas por ser amizade dos meus plantões? Não vês o desamparo da coitada com a má querença do marido, rodeada de filhos pequenos?* A quotidiana tortura psicológica. E o desamparo dela, Rosália? Má querença de marido? Há pior abandono do que este a ela imposto, mascarado de bom-mocismo? O crescente afastar-se, o sumiço dos carinhos, os longos intervalos das trepadas, as grandiosas mentiras fantasiadas de *científica verdade* (deu-se ao desplante de agora querer ler Freud). O invisível, os anos de conversa mansa dele cujas frases soltas passeiam pela cabeça de Rosália, a girar mais do que as luzes da "Festa da Mocidade" *agora... minha formatura está aí...* (ainda faltam dois anos!) *você sabe... o mestre Ranier está todo pro meu lado* (a verdade? Joãozito a puxar o saco do professor em tempo de rompê-lo todo), *promete-me indicar clientes... se tu montas meu consultório na Rua Chile... ai, minha querida, verás o que é correr dinheiro, não mais precisarás perder tuas noites... além do mais, sabes bem, minha querida, com a carreira que se me apresenta, não ficará bem ter eu uma esposa cantora... noites perdidas? Deixa-as para mim a fazer partos* (jamais, jamais Joãozito fora capaz de compreender que noites de canto são noites ganhas, nunca perdidas) *...verás, serei o mais conhecido obstetra da* *cidade... ah! Bem conceituado... Precisas deixar a rádio, a orquestra, os bailes.* Até aventar a hipótese dela estar sendo explorada pela irmã e pelo cunhado Joãozito foi capaz. Nesse dia, quase Rosália matou Joãozito.

Rosália, saída da depressão, apresenta-se algumas poucas vezes na Rádio Associação, em duas ou três boates, a seguir parte para nova temporada no Rio de Janeiro. Quando Jorge Amado conta a Caymmi da depressão recém-vivida pela amiga e do casamento que ia de mal a pior, finalmente os dois conseguem que ela aceite o tão repetido e reiterado convite para um retorno ao Rio de Janeiro não apenas em rápida passagem para gravação de disco. Viesse disposta a espairecer, trabalhar, demorar-se... Além das rádios, fervilha a noite nas boates, não faltando trabalho para uma cantora do gabarito de Rosália. Dentre os muitos discos gravados nessa temporada que se prolonga por quase dois anos, um em especial estourou! Fosse na Rua do Ouvidor no Rio de Janeiro, na Barão de Itapetininga em São Paulo, na Rua Chile na Bahia, fosse de Recife a Porto Alegre, Belém ou Manaus... dos alto-falantes das casas de música apenas saía *O que é que a baiana tem?*, de Caymmi, ou *Falsa baiana*, de Geraldo Pereira. Do último 78 da temporada não restou lembrança, sequer tendo sido prensado: ela deu o siricutico, voltando para formatura do marido na Bahia. Lá do Rio de Janeiro, o sucesso, as entrevistas para a *Revista do Rádio* e *O Cruzeiro*, a moradia no Hotel Glória substituída pela residência em sobradinho adquirido na Tijuca (na Vila da Mariz e Barros, vizinho à dona Pombinha, Maria e Neide – família do amigo Walter Boaventura) não impedem as cartas e telegramas a conduzir o cunhado na compra e arrumação do consultório na Rua Chile. Debelada a depressão, dois anos de viagem tão cheia de trabalho, sucesso e novidades; dois anos de flertes vários (a que não dava a menor bola) não foram capazes de abalar a paixão avassaladora e doentia nutrida por aquele homem já *tão longe de mim distante*. Deu o siricutico e voltou para a Bahia decidida a reconquistar o seu amor.

Para os parentes e amigos, que tinham como favas contadas a permanência definitiva de Rosália no Rio de Janeiro, foi um golpe quando ela não aceitou sequer um dos muitos pretendentes; uma decepção quando ela começou as investidas, compelindo Totonho a aquiescer em tudo que Joãozito propusesse para aquisição de sala e montagem de consultório na Rua Chile – com instrumental e mobiliário importados; uma tristeza quando três meses depois da primeira diligência para compra do consultório Rosália anunciou o retorno. Não foi surpresa quando, depois de tudo passado, Rosália mostrou a lata de biscoitos da Confeitaria Colombo com a correspondência do pústula: *A primeira carta, Mucinha, recebida assim que me instalei no Glória, por vez primeira vi Joãozito perder as estribeiras: assevera que minha partida se dera por conta de enrabichamento por homem, insinua tratar-se de Dorival. Melhor nem leres, diz-me coisas horrorosas, chama-me de prostituta e coisas piores. Chorei dias seguidos, nem sei como saía à noite para cantar na boate. Não respondi, nem abri a segunda nem a terceira cartas vindas logo a seguir. Continuam aqui, lacradas! Deixou de escrever-me durante os quase dois anos que vivi no Rio de Janeiro, manifestando-se com um telegrama três meses antes do meu retorno, vês?* (mostra um telegrama da Western: "AMOTE PT AGUARDE CARTA PT OSCULOS DO SEMPRE TEU JOAOZITO"). *Daí até minha chegada foram juras de amor, promessas, saudades. Vistes no que deu mal de-*

sembarquei. Mucinha a escutar, apreciar e pensar ai quão boba a minha pobre irmã, sem nunca permitir que faltasse mesada ao canalha não serei eu a contar-lhe que o 26 passou este tempo em mãos de jovelina não serei eu a dizer-lhe que não houve aumento de preços nem necessidade de mais livros... aumentou-se sim a despesa do canalha com casa montada para a nelly e seus filhos no aprazível bairro do rio vermelho daí o exigido aumento de mesada – não fôssemos vizinhos era bem capaz de trazer a teúda e manteúda pra dentro de casa.

Rosália desembarca no aeroporto de Ipitanga trajada em vestido estampado de saia godê, saltos sete, *nécessaire* lilás, luvas e chapéu. Uma belezura! Joãozito, em terno de linho branco engomado, discreta gravata-borboleta azul-escura de bolinhas azuis claras – lenço da mesma estampa saltando do bolsinho do paletó, brilhosos sapatos marrom e branco, recebe-a calorosa e carinhosamente como se crise alguma jamais os houvesse afastado. Felicidade envolve todos: Mucinha, Totonho, as crianças mais alegres do que sempre a correr em volta da tia apresentam Jim: cachorrinho muito felpudo branco com uma bola preta no meio do corpo e meia máscara preta também. Rosália, baixinho, ao cunhado: *E nosso segredo? Aprontaste a surpresa?* Discretamente, sem resposta falada, passa-lhe um pequeno envelope. Joãozito, sorridente, conversa com um aqui, agrada Jim ali, abraça a mulher ajudando-a a indicar as malas ao carregador, e já vai apressando a todos, *urge o retorno, há compromissos a cumprir na cidade, a viagem é longa,* encaminhando-se para a direita, onde estacionara o Packard de Rosália, mal consegue controlar a irritação, *fui eu quem veio dirigindo, fui eu quem estacionou o automó-*

vel: à direita! Não queiram vocês me levar para a esquerda (**até nisso esse bando de loucos é esquerdista!**), e voltando-se mais para Rosália, naquela mansidão educada demais tentando encobrir a tirania: *Pois é, minha querida... neste dia tão importante para todos nós, o fiel Edgard Rogaciano? Escafedeu-se, a mim, pelo menos, não deu notícia.* Para as irritações ou tiranias, encobertas ou disfarçadas, claras ou escuras, proferidas por Joãozito a família não dá a menor bola e em alegre algaravia lá se vão todos para a esquerda, no rumo de Edgard Rogaciano em frenéticos adeuses, braços ao alto, largo sorriso a competir em tamanho com o Hudson preto no qual se encosta. Rosália atrasara um pouco os passos. Retém Joãozito de costas para a cena. Envolve-o pelo pescoço, encara. Olha nos olhos de Joãozito, com uma ternura... (Nem ela mesma sabia ainda possível.) Ternura não correspondida por Joãozito, desvia o próprio olhar. Esvai-se a ternura dela: o ser escorregadio apresenta-se antes do esperado. Rosália sustenta o olhar, Rosália sustenta o abraço – a cabeça rodopia: Rosália sustenta! Joãozito a perder terreno. Não pode frouxar as rédeas. Controla a impaciência. Nisto ele é mestre quando deseja conseguir seus objetivos. Conhece bem Rosália. O consultório está pronto exato como sonhou. Rosália é mulher de revertérios. Controla a impaciência, imagina devolver um olhar terno. Ela finge acreditar na simulada e ensaiada ternura. Beija-lhe a face. *Vamos, já nos esperam.* Só então ele percebe o assanhamento das crianças em torno de Edgard junto do Hudson preto estalando de novo (**tão compatível com um doutor obstreta** passa em seu pensamento). Rosália abraçada a Joãozito parece caaalma... Rosália larga-se de Joãozito, cumprimenta Edgard Rogaciano efusivamente, volta-se para o marido: *Ó João* (**lá vem revés,** pensa Joãozito ao ouvir-se João), *estou enganada ou acabavas de dizer-me que Edgard Rogaciano escafedeu-se?* Silêncio geral. A mão ao decote retira o pequeno envelope recebido momentos antes das mãos do cunhado. De dentro do envelope retira reluzente chave. Coloca na palma da mão. Estende na direção de Joãozito. Até as crianças parecem ter virado estátuas de sal. Silêncio sepulcral. Joãozito, olhos arregalados quase a sair das órbitas, abre e fecha a boca seguidas vezes, as palavras não saem. Jim solta um fino curto rápido latido. Joãozito abre os braços encaminhado-se para Rosália, gagueja *Mi-min-minha querida!* A mão direita espalmada com a chave exposta é rapidamente fechada e o braço jogado para trás enquanto com a mão esquerda barra a aproximação do marido: *Tens razão no que estás a pensar, esta é a chave do Hudson, e o Hudson foi adquirido para ti, o Hudson SE-RI-A, seria teu, NÃO SERÁ. Vamos nós dois no velho Packard.* Durante a guerra, com o contingenciamento da gasolina, o Packard ficou guardado sobre cavaletes em uma das garagens do Comendador. *A família segue com Edgard Rogaciano no Hudson.*

A viagem de Santo Amaro de Ipitanga para a cidade se faz mais longa do que normalmente já é. Joãozito interrompe pesado silêncio: *Rosinha, minha filha, chega-te pra cá, abraça-me, minha querida... — Minha querida, minha querida é tudo que sabes dizer? Palavras ao vento, são o que são. Teu olhar (ou falta de) tudo desmente.* (longo silêncio, pensamento de Rosália fervilha **eu e joãozito, joãozito e eu – ai que ódio! por que amo mais do que posso? o pulha merecia uma cantoria, não darei ousadia...** *não, eu não posso lembrar que te amei...* **a música é tão nova e joãozito tão imbecil, capaz de pensar que virei compositora. arre! merda!**) — *Realmente, Rosália, realmente não compreendo, min...* Engole em seco o viciado e falso minha querida. Palavras provocação seriam. Ai, as iras santas de Rosália. O automóvel em movimento nessa rodagem cheia de curvas construída pelos americanos durante a guerra. *Não compreendo, Rosália, o motivo da zanga. – Não compreendes nada, João; NADA, João! E quem nada é peixe, João. Aliás, até pareces um peixe... escorregadio... Essa boca fazendo biquinho, procurando o ar que de mim roubas. – Mas, Rosinha, min... – Não tem mas nem meio mais! Rosinha? Rosinha uma porra!* Tome-lhe mais três quilômetros de silêncio e pensamentos sinistros. A estrada dos americanos a chegar em Campinas, o velho Packard ronronando. Firme. Lento. *Façamos um acordo, Rosália, sabes o quanto gosto de ti. Façamos um acordo de paz, tudo será... eu diria tudo será como antes. Mas não, não direi que tudo será como antes, direi que tudo será ainda melhor do que antes. Serei eu, a partir de poucos meses a de tudo nos prover... o consultório será um sucesso, verás... Sabes da nova? Pagas minhas alvíssaras? O mestre Ranier já fala em aposentadoria prometendo-me sua clientela. E mais, incute-me, o mestre Ranier, a idéia de preparar-me para o concurso a catedrático... Mais ainda, adia a aposentadoria da faculdade até sentir-me pronto para enfrentar o concurso. Repares, Rosália, como o mundo se abre à nossa frente* (e aqui Joãozito pisa em falso). *Ouça-me, Rosália querida* (o vício do fingimento), *sabes o quanto gosto de ti.* Até então Rosália, mesmo pensando misérias, suportara a voz monocórdia do marido, disposta mesmo a procurar o inverso de um pé de briga, disposta à paz. Viera do Rio com a intenção de reconquistar o amor, controlar a própria natureza (impunha-se culpas). Pensava estar decidida em seus propósitos, porém a temporada de quase dois anos no Rio de Janeiro a fizera esquecer aquele tom, a fizera revestir-se apenas de saudade e bem-querer. Mas ali, agora, pouco depois da dor do fugidio olhar, Rosália sente, a cada palavra dita por Joãozito em voz monocórdia, neutra, distante, o quão difícil será. O tanto a abdicar para conviver com o **Doutor** João de Albergaria Limoeiro. Tenta ser tão monocórdia quanto ele. Impossível para o poço de emoções de sua natureza. *Gosto de ti... insistes, repetes* (engole a exclamação), *não te dás conta dos anos que não me falas em amor? Pois ouve-me tu: sobre mim. Eu? Eu te amo, Joãozito* (engole outra exclamação). E o resto foi silêncio, Rosália em pensamentos **fraca doída de haver enganado a mim mesma depressiva... não gosto da palavra! não ser nem estar depressiva que porra! estou depressiva — não vou me deixar deprimir minha fraqueza mistura dores físicas e do coração dor de cabeça entupimento dói muito lá dentro de mim uma fraqueza de mim uma saudade — dele ou de mim? ou do amor impossível?** *meu deus / meu deus / por que me abandonaste / se me sabias fraca?* até o velho Packard embicar no 235 e em grande dificuldade percorrer o corredor no rumo do Mirante, volteando no recorte feito por Totonho no jardim da primeira casa da Avenida Stella. Não alcança a porta de casa agora ocupada pelo Hudson preto estalando de novo. Rosália salta sem nem olhar para Joãozito. Caminha tranqüila, cumprimentando todos e cada um dos vizinhos. Não chega à sua casa, entra na 25 da irmã. A família no jardim da 26 em festa preparada por Mucinha, porém realizada em casa de Joãozito e Rosália. Os convivas aparentam nem ver. Ao dobrar o portão, Rosália largou o sorriso do lado de fora, na Avenida, e embicou em marcha acelerada casa adentro. Mucinha segreda a Totonho: *Seguras o macofóbico quando chegar!* Corre atrás de Rosália. De passinho em passinho, de cômodo em cômodo no térreo, sobe ao primeiro andar... nada. Pensa Mucinha claro, **rosália só iria mesmo para o ateliê**. Atravessa o quintalzinho, entra na penumbra de cortinas cerradas do ateliê. Rosália debruçada sobre o piano fechado chora um chorinho miudinho de criança magoada.

Poucos dias de azáfama nos cuidados finais de arrumação do consultório, Joãozito é todo amor e carinho. Toda a raiva sentida na manhã da chegada Rosália esvai na mesma noite. Deitados, ela amuada e de costas para ele, sente levíssimo alisar em suas madeixas, as costas da mão de Joãozito, leeeve a passear em sua face. Quase sem sentir já virou-se e está frente com frente. Corpos inteiramente colados. Ele apenas em calças de pijama. Beijos chupões coladas como há muitos e muitos anos não dava nem recebia. Já sente o entumescidíssimo rolão de cá pra lá e de lá pra cá em suas coxas. Ele a tirar-lhe a camisola (só usa calçola quando sai de casa). Ela a soltar o laço do cordão abaixando-lhe o pijama até onde o braço alcança e com o dedão do pé puxando/empurrando a calça até lançá-la longe podendo sentir completamente a gostosura da rola de Joãozito a passear-lhe por todo o corpo. Entre os peitos dela o primeiro gozo dele, Rosália banhada de gala boa. Ele a cobre de beijinhos desde os cabelos até a pontinha do pé. Ela vai a lambidinhas que começam do saco, indo ao implante do peru e por ali rodeando, subindo, descendo e de repente os dois em abraços corpos colados e mais uma vez o rolão em ponto de bala a procurar a xota. Ele de barriga para cima, ela a cavalgá-lo em ais e uis de estupendos e repetidos gozos. Ambos bombardeados de tanto gozo, deixam-se ficar ao léu...

Quando a formatura finalmente se deu, já lá três anos se fazia da guerra mundial acabada, mais de dois da proibição do jogo e fim dos cassinos. No salão nobre da faculdade Joãozito entra de braço dado com a mãe para a colação de grau, a pedido da própria Rosália: *É justo entrar com a mãe, eu, amanhã ou depois, poderei nem mais ser sua mulher.* Dito entre risinhos. Pensava, agora, seria para sempre A mulher de Joãozito. Corridos esses dias e noites de trepadas e gozos mis a Rosália não restava a menor dúvida, seriam felizes para sempre como nos filmes de Hollywood. Haviam inaugurado o consultório a rigor: em orgasmos quilométricos! *Já combinei com o maestro Vivaldo, não cantarei no teu baile, serei tua, inteiramente tua, dançaremos a valsa, dançaremos a noite inteira!*

O mesmo Club Bahiano de Thenis onde seis anos antes se conheceram e por vez primeira dançaram. A mesma Orquestra de Vivaldo Bomfim. O que esperar dessa noite, senão romance e felicidade?

Baile. Mesa de pista do formando João de Albergaria Limoeiro. Totonho, Mucinha e Rosália mais bela do que nunca em um tomara-que-caia azul-real bordado em vidrilhos e paetês no corpete justinho levantando os seios, marcando bem a cinturinha e daí se abrindo em longa e ampla saia drapeada. A esperada felicidade fora apenas mais um dos delírios de Rosália. Não há conversa de Totonho nem caso de Mucinha que faça o sorriso voltar. Expressão aflita, olhar a circular o rinque. O formando, em desculpas por ter de ir cumprimentar colegas e professores, sequer senta-se, num vaivém desassossegado. *Calma, Rosália minha irmã... não dês gosto a esse homem em ver-te desinquieta assim, dissimules ao menos a cada visita de colega dele à mesa, todos tão delicados, atenciosos contigo... – Ora! Calma... calma porque não és tu, Mucinha, a passar vexame... Ademais... Quero mesmo que os colegas assistam ao desprezo que o canalha me dedica! Verás o angu-de-caroço que farei acaso por aqui passem o Jú Guimarães ou o Zé Mirabeau; por estes dois, ai ai! Nem sei se o cafajeste tem medo ou respeito! – Vês lá, minha cunhadinha, não vás fazer bobagem para amanhã ou depois perderes a razão. Se ainda o queres, comporta-te. Se não o queres mais... tomemos as providências legais, corretas! – Deixa estar, Totonho, não te preocupes. Espero o comportamento dele na hora da valsa.*

Joãozito não foi homem de não vir buscá-la para a valsa. Até isto Totonho e Mucinha temiam. Antes não tivesse vindo, talvez assim Rosália acabasse com tudo de uma vez. Um valsar frio, burocrático! Pior, por mais de uma vez Rosália flagra os olhares da enfermeira Nelly e o recíproco de Joãozito. Disfarça como se fora ela, Rosália, a traíra. De volta à mesa, em surpreendente calma: *Minha mana... vou deixar o dito pelo não dito... se quiseres ir embora mais Totonho, que vão, mandas Edgard Rogaciano voltar. – Loucura é essa, Rosália, estás maluca ou acaso pensa que estamos? Deixar-te aqui? A troco de quê? – Vou fazer o que sei, cantar!* Levanta-se, Totonho quer acompanhá-la, ela não permite. Em total desalento permanece o casal à mesa.

Minutos depois a orquestra silencia. *Alô, Alô!* os olhares convergem para o palco, onde, majestosa, sorridente (ninguém diria o grau de aporrinhação que lhe vai n'alma), Rosália Roseiral fala ao microfone: *Querido público, hoje o maestro Vivaldo concedeu-me não acompanhar a orquestra para acompanhar meu marido em seu baile de for-*

matura... Porém... que homenagem maior uma CAN-TO-RA pode prestar ao seu amado? Deixemos de lengalenga! Homenageemos esta briosa turma que acaba de colar grau em medicina, dedicando o meu primeiro número da noite, ao meu marido dr. João de Albergaria Limoeiro. Música, maestro!

*Nosso amor que eu não esqueço
e que teve o seu começo
numa festa de São João
morre hoje sem foguete
sem retrato e sem bilhete...
sem luar... sem violão.
Perto de você me calo
tudo penso e nada falo...
tenho medo de chorar.
Nunca mais quero seu beijo
pois meu último desejo
você não pode negar.*

*Se alguma pessoa amiga
pedir que você lhe diga
se você me quer ou não
diga que você me adora
que você lamenta e chora
a nossa separação.
Às pessoas que eu detesto
diga sempre que eu não presto
que meu lar é um botequim
que eu arruinei sua vida
que eu não mereço a comida
que você pagou pra mim.*

Os dois últimos anos da década de quarenta são de angústia, sofrimento e bebedeiras. Depois do abandonado disco sem lançamento, a gravadora passou a refugar sistematicamente qualquer tentativa de contato feita por Totonho. A saída repentina do Rio de Janeiro, onde, além da gravadora, mantinha contrato com boate e rádio. A despeito das imediatas providências tomadas por Totonho, tomou licença na repartição e passou um mês em tratativas no Rio de Janeiro, as oportunidades foram rareando para Rosália. De objetivo apenas um contrato de seis meses na boate para depois do carnaval de 49 e a concordância da amiga dona Pombinha, vizinha do sobradinho na Vila da Mariz e Barros (beco no dizer de preconceituosos – ou invejosos? –, avenida na boca de outros), em tomar conta da casa.

Na Bahia, pela tradição, amizades e conhecimentos, externamente a coisa não é tão difícil. Relevam-se as bebedeiras de Rosália, os amigos dão-lhe músicas inéditas. Se não há gravadora, a grande audiência da rádio faz de cada novo lançamento de Rosália sucesso na boca do povo de sambas de Batatinha e de Riachão, boleros marchas valsas de Almiro Oliveira. Nada se assemelha à situação entre as quatro paredes do número 26 da Avenida Stella nem à mudança da rotina e dos costumes do 25. O consultório a todo vapor, segundo Joãozito. Em sua arenga é capaz de reproduzir um fantasiado cotidiano: partos à noite e de madrugada, assistência e aprendizado de cirurgia com o Mestre Ranier, plantões, visitas a pacientes nos hospitais: *Como não, Rosália? O mestre se não se aposentou da clínica como prometido, só a freqüenta duas vezes por semana, já*

tendo transferido mais da metade de suas pacientes para mim... apenas às quartas recebe em consultas para cirurgia que as realiza às segundas. Os partos são todos meus agora como o dia-a-dia da ginecologia. O mestre já me afirmou que continua com as cirurgias até considerar-me pronto... como continua na cátedra até eu me considerar pronto para o concurso. Não, não dará vez a seu assistente, que provavelmente será o meu concorrente. O miolo da conversa não deixa de ser verdade, porém a realidade é bem outra. O que Rosália não vê, pressente, intui. Ela não se engana com a "simpática" Nelly, sabe que 50% dos partos e as noites varadas em plantões são noites trepadas e dormidas na casa montada no Rio Vermelho para a amante. Intui que a decantada clientela não existe na quantidade dita e anunciada – se assim fora, Rosália tem certeza, Joãozito já teria ido embora do 26. Vem a saber, por fonte fidedigna, a maioria das pacientes prefere se espremer na sala de espera por longas horas nos poucos dias de consulta do dr. Ranier. Diferentemente do período anterior, Joãozito não lhe nega cama. Enganosamente a cativá-la para *fazer amor*. Como se ela não percebesse, ali é apenas sexo. Como se ela não soubesse do amor... *o amor é o ridículo da vida,* **como diz a amiga dalva de oliveira.**

Em uma mescla de envergonhamento e proteção nas constantes bebedeiras e escândalos, os meninos-adolescentes compreendem a vida da tia, tomam horror a Joãozito. A quem nunca foram mesmo muito apegados. Pedem aos pais, suspenda-se por uns tempos as tocatas. Não é justo transformar-se a alegria e o prazer da família em eterno suspense. Rosália brigará hoje? A quem desfeiteará na próxima semana? Qual instrumento será atiçado janela afora... Não querem os amigos assistindo a tamanhas cenas. Não querem a tia mais exposta a comentários do que já é pela vida pública na Rádio e na Boate.

Às semanas ou quinzenas de cachaça, seguem-se outras tantas de emborcamento. Só aceita ver a irmã e a sobrinha. Manda recados para Totonho expulsar Joãozito de sua casa. Diariamente, embriagada, ela mesma cuida da expulsão (falsa). Totonho, triste, aos balbucios, *briga de marido e mulher ninguém mete a colher*, cuidando de transformar o dito em realidade, atento à mulher e aos filhos, *ajudemos no que esta menina precisar e aceitar, mas, por favor! Não dêem vocês opiniões sobre o calhorda, principalmente não julguem nada! Já me basta não mais conseguir pronunciar-lhe o nome*. Anda aborrecido por só ter encontrado solução na mentira. Para estancar as comportas abertas a derramar cada dia mais dinheiro para o canalha, mente para Rosália: o dinheiro aplicado findou-se, os inquilinos estão a atrasar os aluguéis. Cuida para nada faltar em alimentação e roupas, mas traz tudo em corda curta. Às semanas ou quinzenas de cachaça, seguem-se outras tantas de emborcamento. Só aceita ver a irmã e a sobrinha. Largada na cama a dormir, mal se alimentando, recusando-se a ir ao consultório da dra. Teresa Libório. Quando os escândalos são maiores a ponto de sair no jornal, a doutora aparece por conta própria na Avenida Stella. Invariavelmente desemborca numa estranha excitação, a querer comprar novos móveis, dar presentes caros, trocar automóvel... Numa dessas vendeu o velhíssimo Packard e comprou uma Rural-Willys americana com um gradeado horroroso nas laterais, fingindo madeira, sobre um "azul-cheguei" ainda mais feio.

Em 1950 acontece o imprevisto... morre o dr. Ranier. A clientela começa de fato a transferir-se, as cirurgias (caríssimas) agora são de Joãozito. Abre-se o concurso.

Vês, Rosália, agora deixas de cantar? Vês o estado em que te encontras? Acabada, magra, doente! Aproveitas que estás há quinze dias sem pôr álcool na boca... Dou-te uma última oportunidade, largas de vez a bebida, tomas de Totonho a administração de teus bens e aplicações, contratas um contador para tudo verificar, não estás a ver que é impossível tudo ter se acabado assim, de uma hora para outra? Rosália quieta, em seus momentos de lucidez sempre soube da mentira do cunhado, sabendo também ser para sua própria proteção. *De imediato saímos deste beco, alugamos uma casa enquanto construímos no terreno que compraste na Graça.* Rosália se fazendo de mais largada... No juízo, ir ao armazém comprar algo com que refrescar a garganta: *Vou pensar, João... Dormes aqui hoje ou tens compromisso? – Meu bem...* (tenta alisar seus cabelos, é delicadamente repelido) *era mesmo o que tinha a dizer-te, viajo, viajo por três dias, vou a um congresso em São Paulo. – Precisas de Edgard Rogaciano para o embarque? – Um colega pega-me no consultório no meio da tarde, já levo a mala. – Vai...* diz vagamente. Desejaria cantar **vai vigarista / boa viagem / amor não é negócio / pra ninguém tirar vantagem / eu tenho certeza que o cabotino não viaja...** *– Ficarás bem, tenho certeza e, não me esquecendo... qual a verdade do debate nos jornais? Fazes ou não temporada na boate Oceanía? – João... não é Oceanía, é Oceânia e bem sabes que não gosto dessa grã-finagem da Barra, não gosto para dançar como freguesa que dirá para cantar!* Mentira, Rosália soubera da freqüência dele com a Nelly e só por isto o proprietário conseguiu o contrato para a temporada. *Logo vi, meu bem... são mais que horas, vou-me... – Vai...* fala mais uma vez. Levanta-se a falar de si para si **eu tenho certeza que o cabotino não viaja**... Vai trocar de roupa cantando:

> *Vai, vai mesmo*
> *Eu não quero você mais*

Da janela do quarto grita para Mucinha, avise a Totonho, cumprirá o contrato da boate Oceânia – acabando a angústia vivida por dias de vou-não-vou. Vai para a varanda da frente e chama por Edgard, suba, quer dar-lhe algumas coordenadas. E bem de perto... *Edgard, meu filho, vai ali no Colon comprar uma ampola... – Mas, dona Rosália, a senhora prometeu... Hoje a senhora canta pela primeira vez na Oceanía... Lá não são os amigos da senhora, não é o povo que a senhora tá acostumada... ou dona Rosália, me faz esse favor, não me manda comprar uísque não... – Eu não sei onde estou com a cabeça, Edgard, para ficar aqui ouvindo tuas sapiências! Mas sabe que hoje vou ouvir-te? Mas antes, dize-me lá... é a boate que teu patrão freqüenta com a amásia, não é? – Em primeiro lugar minha patroa é a senhora e, segundamente, como eu vou lá saber uma coisa dessa, dona Rosália, eu nem sei se o doutor tem amante! – Ai, ai, ai, seu Edgard, se tua patroa sou eu... que fidelidade deves então ao teu doutorzinho?*

Rosália olha das coxias... Mucinha e Totonho em mesa de pista. Como supunha, Joãozito no cantinho mais escuro possível. Abraçado à amante em público. A ousadia será tal? Não se importara com a presença dos cunhados? Ou não os vira? O primeiro ímpeto é de um salto atravessar o salão e lascar a mão na cara dele **eu tenho de imaginar algo melhor eu encontro maneira de dar uma neles é hoje o ponto final hoje eu acabo com tudo... calma! muita calma não posso perder minha razão meu juízo – esse cabotino quer me foder mas antes eu fodo com ele cansei cansei cansei! santo edgard que me convenceu a não beber ele sabia... meu sábio particular sabia o que eu encontraria aqui!** Volta para a saleta-camarim, pede a Edgard para chamar o proprietário, que vem encontrar uma Rosália plena de animação: *Meu camarada... tive uma idéia... se aceitas, poderemos... nem sei o que poderemos... sei, sei! Com uma troça ingênua poderemos enfeitiçar a clientela! – Dona Rosália bem sabe o quanto lutei para tê-la em minha boate! Dize-me... – Anuncias que, apesar dos ditos e não-ditos durante a semana nos jornais Rosália Roseiral virá, porém enquanto isto, como tinhas contratado uma substituta cuja voz muito se parece à minha, ela cantará fora de cena, sendo, a qualquer momento por mim substituída sem que o público saiba. Que cantarei algumas canções ainda fora de cena para depois ver quem acerta em qual música comecei a cantar. Quem acertar (e ninguém acertará, pois não há o que acertar) ganhará duas doses de uísque ou algo que o valha. – Graaaande idéia! Que belo estratagema, dona Rosália! Há de ser divertido!*

Combinado e feito. O regional à vista do público, a "cantora secreta" inicia com um animado *pot-pourri* de Noel:

> *O orvalho vem caindo*
> *vai molhar o meu chapéu*
> *e também vão sumindo*
> *as estrelas lá no céu. (...)*

Quem é você que não sabe o que diz
meu Deus do céu, que palpite infeliz (...)
Eu já chamei você pra ver,
você não viu porque não quis.
Quem é você que não sabe o que diz? (...)

Agora eu vou mudar minha conduta
Eu vou pra luta
pois eu quero me aprumar.
Vou tratar você com força bruta
pra poder me reabilitar
pois esta vida não está sopa (...)

Da imbecilidade de Joãozito todos sabiam. Mas Rosália também sabia, ele não acreditaria em tal engodo. Permitindo o regional se demorar em improvisações em cima do próximo samba de Sinhô, perscruta da coxia, tenta enxergar na penumbra da boate o cantinho onde houvera visto o casal de amantes... conhece bem o canalha, percebe sua inquietação. Na deixa acertada, entra:

Jura, jura, jura
Pelo Senhor
Jura pela imagem
Da santa cruz do Redentor
(pra ter valor a tua jura)
jura, jura
de coração
para que um dia
eu possa dar-te o meu amor
sem mais pensar na ilusão.

Daí, então, dar-te eu irei
O beijo puro na catedral do amor
Dos sonhos meus, bem junto aos teus
Para fugir das aflições da dor

Repete por duas vezes, ao final das quais, a um floreado no violão sete cordas de seu Edson, dá-se a reviravolta dos "alegres" sambas para a plangente

A minha casa fica lá detrás do mundo
onde eu vou em um segundo
quando começo a cantar

Como disco emperrado repete os versos, passa quase imperceptível para a casa de Joubert de Carvalho:

Minha casa é tão bonita
Que dá gosto a gente ver (...)
Minha casa não tem nada
Vivo só, não tenho amor.

Rosália está com a macaca nesse dia! Preparara cada movimento de sua "vingança musical". Pressente. Joãozito o Pusilânime sairia de cena ao dar-se conta do engodo; ao ter certeza da humilhação imposta por Rosália não esperaria o provável escândalo. Prevê. Por mais tolo pudesse ser, distinguiria pela voz a sua lucidez, saberia: ela não havia tomado um trago sequer. E mais: lúcida, a tirania de Rosália é muito pior do que qualquer desordem provocada pela embriaguez. Rosália dentro de suas previsões e malícia combina com Edgard: *Não se faça visível a Joãozito, "cerque lourenço", com suas peculiares pantomimas, vá embrulhando o garçom para o adiamento de entrega da conta, obrigando assim Joãozito a escutar todo o recado.* E tranqüilamente, de olho naquele determinado canto escuro, continua:

> *Eu não sei se o que trago no peito*
> *É ciúme, despeito, amizade ou horror*
> *Eu só sei é que quando o vejo*
> *Me dá um desejo de morte ou de dor*

Colando com

> *Junte tudo o que é seu*
> *Seu amor, seus trapinhos*

Que se costura a

> *Deixe*
> *Que eu siga novos caminhos*
> *Em busca de outros carinhos*
> *Matemos nosso passado*

O regional dá mais uma reviravolta e, gloriosa, com um facho de luz sobre si, Rosália adentra o pequenino praticável posto à guisa de palco, dançando na maior animação:

> *Ó abre alas*
> *Que eu quero passar*
> *Ó abre alas*
> *Que eu quero passar*
> *Eu sou da Lira*

Não posso negar
Ó abre alas
Que eu quero passar
Ó abre alas
Que eu quero passar
Rosa de Ouro
É quem vai ganhar

Emendando, sem nem tomar fôlego (disto ela nem precisa, tem de sobra, ainda mais se sóbria), com a mesma animação e o olhar, atravessando a penumbra, cravado em Joãozito, vai com duas de Ataulfo (e Edgard sabe, pode agora liberar o garçom)

Vai, segue o teu caminho,
Que eu seguirei o meu
Se a saudade me apertar
Morro de dor mas não vou te procurar (...)

Vai, vai mesmo
Eu não quero você mais

Escandindo os versos, finaliza repetindo algumas vezes:

Vai! Mas vai mesmo!
Eu não quero você mais
Nunca mais

Quanto ao pequeno e faceiro agradecimento feito por Rosália à nova casa e ao, por ela chamado, novo público, antes de continuar a noite de lindas canções, não restaram tantas lembranças como a que ficou para sempre na memória de todos ali presentes dessa estréia à base da brincadeira, prontamente deslindada, de se fazer passar por outra enquanto desfiava um repertório jamais visto encadeado de forma tão apropriada para os doídos de males do amor.

Mesmo dentro dos seus mais recônditos e repetidos pensamentos, **é imperioso que eu ature o mau gênio e os desmandos dessa mulher até conseguir construir a casa da graça – onde ela não vai morar! preciso me vestir da mais santa paciência até realmente obter independência financeira capaz de prover a mim, a nelly e aos filhos dela com o padrão de vida a que aquela mulher me acostumou... automóvel, não posso deixar de ter... a casa há de ter mais conforto do que esse sobradinho de beco a que a maluca é tão afeita, uma louca! alucinada! com o dinheiro que tem! morar assim... até quando, meu deus? até quando aturarei tamanhas humilhações. se a vida me trouxe até aqui, irei até o fim! que eu me controle a cada instante até sair com tudo como tenho planejado!** jamais Joãozito imaginara ser corrido dessa forma. O final daquele *amor quase tragédia* Joãozito temia dar-se de forma drástica. As bebedeiras de Rosália, cada dia mais sem controle, levavam o andar da carruagem para um desfecho imprevisível, porém escandaloso. Jamais, jamais o Pusilânime imaginara final assim, tão público e tão particular. Obrigado a ali ficar, mudo, quedo, a ouvir animados sambas ou malemolentes canções com letras parecendo escritas por Rosália diretamente para ele, não conteve as lágrimas. Ele, o desentoado o descompassado o avesso da música, sentiu vontade de cantar *relembro sem saudade o nosso amor* mas os versos de uma canção teimavam em se embaraçar aos versos de outra *você há de rolar como as pedras que rolam na estrada / sem ter nunca um cantinho de seu / pra poder descansar.*

Conseguindo finalmente sair da malfadada boate, prefere as escadas ao elevador. À tentativa de Nelly em acariciá-lo, dar-lhe uma palavra, toma-lhe a mão e, de mãos dadas, encaminha-se para a escada. Sua frio ao delírio de ver-se preso no elevador rodeado de homens distorcidos a aumentar e diminuir de tamanho mulheres de bocas muito vermelhas a entrelaçar-se uns aos outros a rir gargalhar a apontar sua face rubra e borbulhada de suor. Para Nelly: *Não me digas nada...* a alucinação esmaecendo ao pisar o último degrau no salão de mármore preto e branco do edifício Oceânia. Atravessa a grande porta de ferro trabalhado. Recebe a inigualável frescorola do Farol da Barra, começa a sentir-se refeito até avistar, fagueiro, recostado na Rural Willys: Edgard Rogaciano. O sangue-frio subiu, coração acelerou, sentiu ódio. Como se a figura daquele homem ali à sua frente, pessoa por quem nutre total antipatia – antipatia advinda da inveja que sente da dignidade e decência do outro... Como se a figura daquele homem ali à sua frente, que o olha e cumprimenta, como se nem o visse – desdenhoso a ignorar a existência de Joãozito... Como se a figura daquele homem ali à sua frente, tranqüilo e sorridente, tomando a fresca da barra, tirando linha com as empregadinhas domésticas que remancharam em seu *footing* noturno ao pé do Farol da Barra, a transmitir a mais pura felicidade... Como se a figura daquele homem ali à sua frente (sabe-se lá por quê) representasse sua própria ruína, seu próprio fracasso. Como se ao ver Edgard Rogaciano, o homem de caráter, como se ao ver Edgard Rogaciano, o fiel, sentisse todo o peso do próprio apelido: Joãozito o Pusilânime.

Joãozito necessita falar com aquele homem! E para isso precisa juntar todas as forças restadas dentro de si. Precisa não estar perto de Nelly. Precisa encontrar a primeira palavra a ser dita. E faz tudo errado... *Edgard, salafrário! Não sei onde ando com a cabeça que não lhe meto uma surra aqui mesmo em frente à boate Oceania! Amante da patroa, bom filho-da-puta é o que você é!* – *É melhor o senhor se acomodar, doutor, primeiro de tudo porque o senhor sabe que sinhá Naninha* (apelido da soqueira de bronze) *está na mão; se acomode porque o senhor sabe que não sou salafrário, o senhor sabe quem tem amante e o senhor sabe quem é puta... não é dona Rosália nem minha mãe!* O Pusilânime faz falsas tentativas de desvencilhar-se do braço da amante, ganha tempo para chegar a turma do deixa-disso, como de fato chegam os colegas de Edgard: *Bem, bem, estou mais calmo, peço desculpas a seu Edgard, e se me permite um particular...* Afasta-se para o outro lado da Rural pedindo a Nelly para o esperar no Hudson preto (claro! Ele havia conseguido ficar com o carro). *Perdi a cabeça, seu Edgard, desculpe, por favor. O senhor não estava lá na boate, não viu o que sua patroa fez finalmente comigo.* Edgard quieto, como se não houvera estado lá em cima, quieto ouvindo sem ouvir essa conversa entrecortada, envergonhada. *Faze-me um favor... talvez melhor converses com Totonho... não voltarei à Avenida Stella... pedes a Totonho que me procure, se não temos divórcio... dizes a Totonho que providencie lá com sua papelada o meu desquite, o que me é de direito... pois tenho direitos, não tenho?* – *Doutor João, eu só tenho a dizer... nada disso é da minha alçada e nem fica bem a um sim-*

ples chofer saber tais coisas. Peço ao senhor para reconsiderar me dando outro recado, se quiser, porque isso aí, ó... (batendo com o indicador direito na orelha direita) *entrou por aqui e, ó* (levando a mão esquerda do ouvido para o espaço), *saiu por cá! – Passar bem, seu Edgard* **(vou eu ter de entrar em contato com aquela família de loucos).**

O leão-de-chácara da boate contou ao patrão da altercação havida com o chofer da cantora, disse que um senhor aparentemente decente deu gritos junto da caminhonete de Rosália Roseiral e ele, o leão-de-chácara, não ouviu uma só palavra da resposta respondida. Ficou pronto para intervir se fossem às vias de fato, mas o sujeito empregado da cantora era muito calmo, o tal senhor chispou, entrou num Hudson preto: evacuou. Errou no verbo, queria dizer evadiu-se, acertando, sem saber, na definição de Joãozito: um cagão. O patrão do leão-de-chácara contou à patroa do ofendido. Esta nada disse à irmã nem ao cunhado. A caminho de casa, no carro: *Então, seu Edgard, teu patrãozinho foi dizer-te lérias? Soube que o Pusilânime andou a dar chiliques na porta da boate – Oxente, dona Rosália... Que prosa mais desencontrada é essa? – Seu Edgard, seu Edgard... vês lá o que andou a suceder-se! – Ó dona Rosália, a senhora antes me permite dizer... foi o dia de todos quantos já vi... que a senhora cantou mais bonito! Beleza, hein, seu Totonho! Me diga, dona Mucinha... Que riqueza! Que nobreza!* Edgard em todo entusiasmo. Rosália na frescata. Feliz com o feito, felicíssima com a receptividade do público. Considerando a boa ajuda de Edgard Rogaciano, foi deixando-o pensar que estava desconversando. *Mas vamos voltar ao começo da prosa... diz-me o que engoliste do Pusilânime! – Já que a senhora insiste... primeiramente, sem querer ofender, o doutor Joãozito não é meu patrão, nem nunca foi* (Rosália a rir-se discreta da pilhéria sempre rejeitada por Edgard), *segundamente, o doutor Joãozito foi me dizer umas coisas que... entrou por um ouvido saiu pelo outro... eu disse a ele. Pronto foi isso.* E nada mais foi dito nem perguntado porque já chegavam à Avenida Stella – tão perto do Oceânia.

Rosália continua com tranqüilidade e sucesso a temporada na Barra assim como, bem disposta, passa seus primeiros dias de descasada, apenas contando o tempo para a próxima viagem. Recentemente a amiga Amália passara dois dias na Bahia e deu como acertado de pedra e cal o contrato trazido em mãos, bastando Totonho verificar e devolver assinado para Lisboa.

Com canalhas toda precaução é pouca! Totonho leva Rosália ao escritório de dra. Ana de Castro, exímia em direito de família, para combinarem da necessidade de deixar desde já a dra. devidamente constituída. O silêncio do salafrário não configurava boa coisa. A dra. Ana, colega de turma de Totonho: *Ora, amigo Totonho, não preciso lhe dizer, o tipo de emprego federal ao qual você é concursado não impede sua atuação no tribunal, muito menos na vara de família, o tal ex-marido de facto poderá até entrar com queixa-crime e você poderá advogar para Rosália. Você tem carteira da Ordem, foi excelente aluno e essas bobagens com que trabalhamos não se esquecem. E outra, você mais do que ninguém está capacitado para excelente desempenho por conhecer*

o caso a fundo. – Aninha, mas eu também passo os próximos seis meses no exterior. – Não há problema, Rosália constitui a mim e a você, faço o que for necessário; pelo que vocês me contam, será uma vexata quaestio, você volta da Europa a tempo de dar seguimento e ganhar todas as querelas.

Tão certo assim, realmente a família conhece Joãozito a ponto de prever as mudanças de suas peças no tabuleiro. De sua fatídica corrida da Boate Oceânia ao dia da partida do Vera Cruz foram 46 dias contados. Exceto os bilhetes trocados no dia seguinte do ocorrido, foram 45 dias de silêncio.

Bahia..... 1950
Estimado Totonho, Bom-dia
Peço-lhe o favor de mandar pelo portador minhas malas de roupas e caixas com meus livros.
Atenciosamente, João

Totonho respondeu não possuir em sua residência nenhum pertence de algum João. Encaminhasse o pedido a quem de direito, identificando a si e ao portador devidamente autorizado a conferir objetos e assinar listagem. De imediato intitulou uma nova pasta "Querela do Pusilânime". Instruiu Rosália de como proceder e junto com ela e Mucinha arrumaram malas e caixas. Elaborou/datilografou uma lista com todo o conteúdo, de cuecas a anéis, canetas e prendedores de gravata. Na mesma tarde novos bilhetes. Totonho no dia seguinte foi ao cartório reconhecer as firmas.

Bahia, ... 1950

Senhora Rosália Roseiral Limoeiro,

Favor mandar pelo portador desta, sr. José Francisco de Souza, portador de Carteira de Identidade do Instituto de Identificação registro geral N.—; série E —; Secção G — os livros e roupas que me pertencem. O referido portador está autorizado a receber os objetos, assinar o que necessário seja como se eu próprio fôra.

Ass. Dr. João de Albergaria Limoeiro

(com carimbo do CRM)

Rosália ronda, dando pitacos e cantando:

> *Devolvi*
> *O cordão e a medalha de ouro*
> *E tudo que ele me presenteou*

enquanto Totonho datilografa a resposta-listagem, em duas vias com carbono dupla face. Conferida e assinada pelo portador:

```
Bahia,.... 1950
S̶e̶n̶h̶o̶r̶ Doutor João de Albergaria Limoeiro,
A seguir lista dos objectos ora devolvidos a
qual vai por mim assinada em todas as folhas, e
da mesma forma assinada e conferida pelo sr.
José Francisco de Souza.

LISTA DE OBJETOS DEVOLVIDOS AO DR. JOÃO DE AL-
BERGARIA LIMOEIRO No Dia ___ de 1950, nesta Ci-
dade de Salvador no estado da Bahia.
```

Jóias:

01 relógio "International", com corrente, ouro
01 relógio "Pateck Philippe" com pulseira, ouro
01 relógio "Omega" com pulseira, ouro
01 relógio "Mido" aço
01 anel em ouro com monograma JAL entrelaçado
01 anel em ouro com a esfinge de São Jorge
01 anel em ouro com safira cabouchon
01 aliança de casamento (que você nunca usou, com meu nome gravado dentro)
01 aliança de casamento (que usei até o dia de ontem, com o seu nome gravado dentro)
(lembre-se que o anel de formatura, em platina, com uma esmeralda e dois diamantes está em seu dedo anelar da mão direita, assim como no anelar esquerdo está o anel com o diamante solitário de 5 quilates)
01 caneta Parker folheada a ouro incrustada a cobra da medicina no bocal
01 termômetro em invólucro em ouro similar a caneta
01 prendedor de gravata em ouro com uma cobra de olho de esmeralda
01 alfinete de gravata com uma pérola
01 caneta Pelikan preta e verde
01 maleta contendo estetoscópio, tensiômetro e alguns medicamentos
01 quadro de formatura de 1946
Huma dúzia de retratos seus, de formatura, oval em passepartout de Jonas-o retratista da moda
Huma photographia de seus pais, marcada I.Mendo no rodapé

Livros: quarenta e dois livros de medicina conforme lista n°2 anexa

Vestimentas:

10 pares de sapatos cromo alemão pretos
10 pares de sapatos cromo alemão marrons
12 pares de sapatos de tipos e cores variadas
03 pares chinelos
02 pares pantufas
01 chapéu Panamá
01 chapéu Ramezoni
06 ternos casimira escura
03 ternos tropical inglês
03 ternos risca de giz
02 Summer-jack
01 smoking
01 fardamento de gala do CPOR - completo
12 ternos de linho branco
20 jalecos de cambraia de linho
24 camisas brancas de colarinho em tecidos diversos
robes de chambre e cuecas de seda, lenços, pijamas de algodão e de seda, gravatas longas e gravatas borboleta, meias e outras peças de roupa conforme lista n°3 anexa

Rosália Roseiral Limoeiro
ass. Rosalia Roseiral Limoeiro

Recebi e conferi os objetos relacionados nesta lista
e nas duas anexas, também assinadas;
Bahia 1950
Ass: José Francisco de Souza

Travessia do Atlântico

A saída do navio marcada para as quatro da tarde, o oficial de justiça entrega a intimação no final da manhã. O Pusilânime, com sua pouca inteligência, jamais captou a inteligência daqueles que agora coloca como opositores. Se ele pensa em brigar com Rosália... na realidade o entrevero é com toda a família, capitaneada por Totonho. O biltre perdeu tempo ao planejar minuciosamente a chegada da intimação para a hora da viagem. Como é de seu costume, soltando propinas, previu, dentro de seu curto juízo, a viagem imediatamente desfeita. Cumpre-se mais uma vez a movimentação e união familiares de maneiras jamais alcançadas nem entendidas por Joãozito. Simplesmente mandam Edgard levar a intimação para dra. Ana de Castro juntada ao recibo da Companhia de Navegação comprobatório da ausência de Rosália. E esquecem do assunto.

Esquecem é maneira de dizer. Mucinha e Totonho tranqüilizam Rosália, mas ela embarca em estado d'alma de tormentos e preocupações. Dividida entre a comoção do prazer de sentir-se livre do guante de Joãozito mas com a impressão do pavor de sabê-lo em maquinações infernais, cercado de advogados venais, a abrir processos eivados de mentiras e calúnias.

LISBOA

Terminada a temporada na boate Oceânia, renovada por duas vezes, impossível outras renovações, pois em cima da hora de embarcar no *Vera Cruz* e cumprir contrato em Lisboa previsto para seis meses. Totonho toma uma merecida licença-prêmio para acompanhar a cunhada em sua primeira viagem ao estrangeiro. O sucesso de Rosália em Lisboa e Porto é infinitamente superior ao até então vivido na Bahia e Rio de Janeiro. São flores e mais flores toda noite de senhores fãs, convites para jantares e cafés. As cartas chegadas do Brasil trazem a vida estudantil dos meninos, as tocatas saudosas sem a presença de Totonho e Rosália, votos de saúde e notícias de dra. Ana, enfrentando brilhantemente os advogados de Joãozito, travando tudo, não deixa andar nada.

De todos os fãs, Rosália simpatiza, antes de sair para um segundo jantar, com alguém sobre quem se cochicha ser homem casado e namorador. Ela está apenas a alimentar flertes por simples distração, **antes que eu me apaixone vou cortar esse malandrinho pra que procurar sarna pra me coçar?** Começa a dar trela ao segundo da fila. O engenheiro Baptista Santos, mesmo não podendo estar diariamente no Casino de Cascais, envia de terça a sexta um ramo de rosas vermelhas e aos sábados uma caixa de finos chocolates suíços – sempre acompanhados de sucintos e delicados cartões. Homem bem-apessoado, aí por volta dos cinqüent'anos de idade, discreto, contrário à ditadura de Salazar, seus negócios são mais em França, não se tendo retirado de Portugal por conta da mãe residente em uma quinta no caminho de Sintra, a quem dá completa assistência. Mora em boa casa no bairro da Estrela. Em Portugal, para as aparências, possui uma empresa construtora propositadamente pequena de modo a não ter estrutura para realizar obras de governo. Não por intenção de melhor aproximação, rapidamente acamaradou-se de Totonho, a quem só trata como Advogado Dotoire Antonio, assim como trata Shenhoira Dona Rosália. Muitos cafés ou tacinhas de champanhe foram tomados pelos três camaradas antes ou depois dos shows em animadas conversações até Rosália aceitar o renovado convite de ir um domingo à Quinta das Fontainhas da Shenhoira Dona Vicentina. Antes impôs uma condição. *Engenheiro Baptista Santos, não me habituo ao tratamento português de dizer-se a profissão... se me permite, gostaria de chamá-lo Doutor como usamos lá em nossa terra mas ficaria muito grata mesmo é se me chamasse Rosália, ao meu cunhado Totonho, só assim me sentirei à vontade para freqüentar vossa família.* – Minha cara... se tudo fosse isto, se passo a tratá-los p'lo prenome é justo qu'assim o façam comigo também... Vicente. – Aí não, doutor, é diferente, ninguém o trata assim, cheguemos a um meio-termo, Baptista. – *Ora pois pois q'stá muito baem!*

Ao adentrar o portão se divisa a primeira fontainha. Lá detrás vem vindo a senhora dona Vicentina enxugando as mãos no aventalzinho branco com bordados coloridos da Ilha da Madeira – uma certa leveza ao traje negro, triste e pesado, a contrastar com o semblante sorridente da viúva, aí pela casa dos setent'anos. A casa é de uma arrumação milimétrica e limpeza absoluta. Lembra a Rosália sua casa mais a de Mucinha. Entre Rosália e dona Vicentina dá-se uma simpatia imediata, o bem-querer chega a jato.

De braços dados passeiam as duas no olival e no vinhedo. Rosália embevecida descalça-se para se agachar e beber água no córrego. Rosália pasma ante a atividade de dona Vicentina. Produz vinho e azeite em sua Quinta com a ajuda de um casal de empregados da mesma faixa de idade dela. Para a colheita vêm uns dois rapazitos da vizinhança ganhar uns trocados. No pequeníssimo pomar frutas bastantes para se comer frescas e para alguns potes de geléia. O fogão a gás não dispensou o fogão de lenha instalado em ampla cozinha onde se reúnem os parentes e amigos nas invernadas.

Nesse domingo, na volta, o engenheiro Baptista Santos acompanha-os até o saguão do hotel, onde é convidado a tomar um vinho do Porto no apartamento de Rosália. Logo mais, Totonho, deixando elogios à senhora dona Vicentina, retira-se para seu quarto, desculpa-se pelo cansaço do dia cheio, embora muito agradável. Primeira de uma longa seqüência de noites de muito carinho e algum papai-e-mamãe (**pena que a cama não chegue aos pés do infame do joãozito** pensa Rosália ao acordar no dia seguinte, diante do enfarpelado engenheiro Baptista Santos).

Em uma semana Rosália muda-se para a Estrela levando Totonho a tiracolo. O amorico com o Dotoire Baptista Santos, de quem ganha jóias, mimos e viagens a Paris, segue de vento em popa e vem bem a calhar porque a vencer-se o quinto mês começam novos convites para Lisboa, Coimbra, Cascais, Porto... Nos dois últimos meses, livres do hotel, com o apoio do Dotoire Engenheiro e liberdade para receberem os amigos músicos, Rosália e Totonho dedicam-se a aprimorar os ensaios/estudos feitos até então com certa dificuldade. Em uma tarde, em casa d'Amália, Rosália é dada como pronta e o primeiro contrato assinado para cinco noites de fado no Café Luso. O marco do abandono do repertório brasileiro, um mês depois do término da temporada do Casino de Cascais (data apropriada para a presença d'Amália – como ouvinte!).

Totonho retorna ao Brasil com ampla coleção de fados e sua guitarra portuguesa embaixo do braço, além de discos e métodos da viola para Camerino vir a lhe acompanhar. Rosália passa muito bem, a tomar moderados tintos e alguma champanhota. Bons amigos e muito boas e bem acompanhadas noites com o Dotoire, a quem Totonho passa o encargo de sempre estar atento aos contratos. Todas as boas casas de fado disputam a presença da brasileira. Se lhe falta o sotaque da terrinha, sobra-lhe encantamento, interpretação, afinação e potência de voz para cantar o fado. A cada três semanas Rosália se dá uma de descanso, quando vai a Paris com o Baptista renovar idéias e guarda-roupa... Totonho retorna ao Brasil um pouco antes de vencer seus seis meses de licença, completamente tranqüilo quanto ao bem-estar de Rosália, não havendo problema algum em deixá-la vencer os próximos meses sem companhia familiar. Nas próximas férias grandes chegarão os três sobrinhos e a irmã Mucinha.

BREVE NOTÍCIA DE JOÃOZITO. O Hudson preto saído do Farol da Barra, chispado pela Avenida Oceânica vence Ondina, Paciência, garganta do Rio Vermelho, adentrando nos cascalhos da Fonte do Boi. Dentre as pequeninas casas – quase todas de porta e janela com jardinzinho na frente –, Joãozito alugara a única avarandada de muitas portas e janelas, solta em grande terreno. Nelly entra para ver se suas crianças estão bem e retorna. Encontra Joãozito na varanda lateral, senta na mureta ao lado dele, descalça os pés... *Fala, homem! Não vai amofinar agora, vai? Não era isto que queríamos? Ou somente eu queria seu afastamento da cantora? Seu consultório ela não é doida de tomar... na faculdade... que poderes tem ela? O que você teme afinal, João? – Eu não temo nada, Nelly, nada! Apenas meus planos eram outros! Tive de engolir muito sapo até aqui, mas você sabe, eu tenho meus planos, minhas metas! – João, suas cirurgias continuam... a clientela certa no consultório... estudar para o concurso? Você tem o conforto necessário para estudar aqui em nossa casa! – Ora, Nelly, seu conceito de conforto é muito diferente do meu. Você se satisfaz com pouco, pensa que viver nesta casa avarandada atirada neste cu-de-mundo é viver bem.* **o hudson preto envelhecendo se continuam as cirurgias e partos e consultório o tempo para estudo vai se espremendo vendo o dia chegar sinto-me despreparado sabendo que a torcida é toda para meu oponente sabendo que o oponente me é superior sabendo que se perco o concurso perderei clientela perdendo clientela... adeus casa na graça! sem contar o tempo e dinheiro perdidos com advogados processos querelas! direito adquirido? direito adquirido uma ova! nem o consultório o filho de uma mãe do totonho registrou em meu nome... quer agora me cobrar aluguel protelações protelações...**

JOÃOZITO E O CONCURSO PARA CÁTEDRA. Na prova escrita o concorrente obtém quatro décimos a menos. Joãozito imediatamente começa a vangloriar-se. Na oral, a banca formada pelo diretor da Escola de Medicina da Bahia, os catedráticos de ginecologia das faculdades do Rio de Janeiro e Pernambuco no anfiteatro Brito lotado. Torcidas claramente divididas é maneira de dizer porque a Escola inteira está pelo concorrente, havendo uma meia dúzia de gatos pingados por Joãozito.

O inicial suspense é o sorteio de quem será o primeiro examinando. Joãozito entende ser mais vantajosa a primazia. Perdido, perdido e meio. Com sua característica vilania comenta pelos cantos, o sorteio teve cartas marcadas. **se não vou ser o primeiro a dissertar... pelo menos fique para mim o ponto "parto a fórceps"** é o pensamento de Joãozito enquanto se procede o sorteio do ponto para o concorrente. *O ponto sorteado para a prova oral do dr. Marco Antonio é o de número nove: parto a fórceps.* Joãozito desmonta-se no fundo do auditório. Dr. Marco Antonio faz um rápido preâmbulo de como considera desproposidado o uso do fórceps nos dias atuais e dos perigos de tal uso, em seguida entrando no âmago da dissertação. Fecha sua apresentação no exato momento em que a sirene encerraria o tempo da exposição. Joãozito psicologicamente recomposto. Sendo um dos últimos defensores do parto a fórceps na Bahia, entende ter sido péssima a apresentação do concorrente. Até mesmo seus pouquíssimos adeptos sabem da brilhante defesa do dr. Marco Antonio.

Sorteio do ponto para o segundo candidato: ponto número quinze, "as novas técnicas da cirurgia cesariana". Dr. Marco Antonio defendera com brilho seu conceito contrário ao uso indiscriminado do fórceps. Dera a melhor aula já vista em exames de cátedra naquele anfiteatro, mostrando clara, completa e definitivamente desde os tipos de casos em que se faz indispensável o uso de tal procedimento até detalhes da utilização adequada do instrumento. Diferentemente, Joãozito o Pusilânime, cujo apelido não fora por acaso, acovardou-se. Acovardado, apenas ele próprio não o sabe. Assume a postura encagaçada visível até a um cego e parte para o ataque irracional e pessoal contra o concorrente. Perora! E perora... e perde-se. Como um novelo de lã quando se perde a ponta do fio. Olha insistentemente o relógio de pulso e o relógio de bolso, tenta entrar na essência do ponto. O ódio e a inveja lhe deram a fluência do ataque. Fluência de repente esvaída, porque malograda no vazio de olhares atônitos de seus poucos acólitos. Perde a fala. Na exata metade do tempo obrigatório de explanação Joãozito profere a frase *Obrigado Senhores... desculpem haver avançado no tempo...* retirando-se incontinenti para jamais pisar os pés no Terreiro de Jesus.

TOTONHO RETORNA À BAHIA. Na manhã de 15 de março de 1951, Mucinha, Dalila, Camerino, Fortunato, seu Edgard e alguns amigos, todos ansiosos, aguardam a atracação no cais do porto. Muitos adeuses respondidos por Totonho na amurada do convés do *Santa Maria*. Desembarca com uma caixa de instrumento em cada mão. Festa mesmo é em casa. Apesar da quinta-feira, a turma toda filou aula para receber Totonho desembarcado com caixotes de bagagem. Careceu contratar um carreto. A distribuição de presentes sempre com repetidas advertências de Totonho... *São lembranças de Rosália.... foi Rosália quem escolheu.... Rosália quem mandou...* Para Mucinha, além de pequenos badulaques, como o "galo de Barcelos" (cada amigo dos meninos também recebeu um) e uma infinidade de lenços e toalhinhas bordadas do Minho (foi também o presente das senhoras amigas), veio um serviço para almoço – com 36 pratos, cinco terrinas de variados tamanhos, travessas – em cerâmica marrom com precioso trabalho de pintura em relevo. Um São José d'azulejos para ser assentado ao lado da porta de entrada do ateliê. Para os senhores amigos garrafas de vinho. Para si, Totonho trouxe a guitarra portuguesa e para Camerino a viola de acompanhamento. Para Fortunato, muitos discos, chapéus e camisas típicas. Para Dalila outros discos, livros, blusas bordadas da Madeira. Partituras para toda a família.

Ainda com cerca de um mês de licença pela frente, a primeira providência de Totonho é marcar encontro com dra. Ana. Quer atualizar-se do processo de desquite litigioso de Joãozito. Quer tomar atitudes na delenda. Recebe da colega oferta para contar com a infra-estrutura do escritório. As coisas andam bem encaminhadas. Sua chegada é a tempo de mais uma apelação e em poucos meses esteve tudo liquidado.

A vida seguindo normal, apesar da imensa falta de Rosália sentida por parentes e amigos. Nas tocatas não se quer nada além do fado. Posto o São José d'azulejos na entrada do ateliê houve entronização com bênção de padre Alfredo, a família cantando o que veio a se tornar o "prefixo" de suas guitarradas:

> *Numa casa portuguesa fica bem*
> *Pão e vinho sobre a mesa*
> *Quando à porta humildemente bate alguém*
> *Senta-se à mesa com a gente*

Em Lisboa, não faltando trabalho nem amigos, Rosália aceita apenas apresentações de dois ou três dias em Porto, Coimbra... Gosta mesmo de se apresentar no Café Luso, de freqüentar as guitarradas em casa de amigos e de recebê-los para tocatas em casa. Não dispensa as visitas a dona Vicentina. Na ausência de Baptista chega a passar dois ou três dias, no início da semana, na Quinta das Fontainhas – adora ajudar no tempo da colheita das uvas e na prensa das azeitonas.

Briga consigo própria por lembrar-se de Joãozito. Nunca chegou à conclusão alguma se ficou feliz ou triste com as cartas de Totonho.

```
Bahia, 20 abril de 1951
Rosália,
Estimo que estejam, você e o Baptista, com
saúde e paz. Aqui todos bem. Mandam beijos. Se-
rei breve, apenas para colocá-la a par de como
andam as querelas judiciais.
    Na próxima terça-feira, 24 do corrente, julga-
se a nossa appellação no processo de Limoeiro.
    Penso ter a victoria, apesar do inconveniente
da appelação ser particular, foi a maioria do
Tribunal contra o uso desse recurso, em casos
taes, não havendo o da parte pública.
    Mas, como o caso é summamente escandaloso, e
eu o tornarei ainda mais, na tribuna, no acto
do julgamento, penso já estar com os votos se-
guros do relator, que é uma das excepções do
Tribunal áquella interpretação, e o do Pacheco,
faltando-me conhecer o do Procópio, ultimo da
turma.
```

Causou grande estranheza a falta de recurso do Juiz de Direito notando-se, sem estranheza, a do Promotor, porque aquelle tem nome feito e acatado no Tribunal e o outro é um anonymo, aggravado pela circusntância de ser irmão do Fausto.

Si vencer, como espero, será grande victoria e logo lhe communicarei para ahi.

Um abraço do cunhado e amigo

Totonho

Bahia, 30 de junho de 1951
Rosália,

Estimo que estejam, você e o Baptista, com saúde e paz. Aqui todos bem. Mandam beijos.

Aqui dou conta de que finalmente é chegada ao final toda a contenda que tantos dissabores nos causou. Derrubei uma por uma todas as mentiras e calumnias do energúmeno.

Fallei no Tribunal, nada escapando do que eu sei sobre o canalha do João Limoeiro.

Foi um verdadeiro escândalo no Tribunal, pelo effeito produzido pelas verdades enunciadas em tom de não deixar dúvidas...

Nossa victoria é justa e completa. Como previ e como lutei, Joãozito o Pusilânime saiu como entrou, com uma mão na frente e outra atrás. Minto, elle saiu como entrou NÃO! Está devidamente comprovado nos autos: saiu formado em medicina, com especialização, consultório montado cujo conteúdo demos de lambuja, com altos valores comprovados o que muito nos serviu para ganharmos a causa da requerência de posse do imóvel pello qual elle terá de pagar aluguel. O automóvel, licenciado em nome d'elle, pelo estado deplorável em que deixou ficar, não fizemos questão - mais uma lambuja (aqui pra nós, reprovei-a ao devolver as jóias, mas ao final foi bom porque fiz juntada do recibo, o sujeito pleiteava não tê-las recebido terminando por ser elle motivo de chacota no Fórum por tantas cuecas de seda e tudo o mais).

Por hoje é só, receba as bênçãos minhas e de Mucinha, os beijos dos sobrinhos que andam a contar os dias para a viagem no próximo dezembro.

Um abraço do cunhado e amigo

Jotonho

Rosália não aceita trair Baptista. Sem a companhia de Mucinha para ajudá-la livrar-se de maus pensamentos, dentro de si tem certeza, pensar em Joãozito é trair o homem com quem vive, um homem de delicadeza e educação como ela jamais conhecera. Na verdade amara Joãozito além do suportável. Para sua natureza extrovertida além de pragmática é doloroso trazer dentro de si o segredo e a dubiedade. Da boca pra fora (no racional, como dizem) o amor por Joãozito foi vencido à custa de sofrimento, traição e maus-tratos eu não posso amar quem tanto me maltratou... sou uma louca... ter ao meu lado quem me dedica todo o amor do mundo e estar a pensar no ingrato... não... eu não mereço baptista *não queiras gostar de mim / sem que eu te peça / nem me dês nada que ao fim / eu não mere-*

ça eu não mereço baptista... a essa altura da vida além de cantora atriz... não! não sou uma atriz! não é impossível ter dois amores e eu tenho eu amo baptista... a cama me faz falta... é isto! um homem maravilhoso como baptista, completo na generosidade, no caráter em tudo e por tudo não é justo que não o seja também na cama ora se me faz falta a boa cama que tive... se eu sei o que me dá prazer se eu sei como é bom fazer de tudo com quem se ama... um homem bom e carinhoso como baptista ficar num ridículo papai e mamãe com calças de pijama no meio da perna, camisola só alevantada... farei de baptista o homem que ele merece ser feitas suas íntimas descobertas, decisão tomada, Rosália, só de pensar, amanheceu numa felicidade há muito desconhecida. À noite, avisou ao patrão *hoje peço que troques meu horário, deixa-me cantar nos inícios. – Mas, dona Rosália... o público a espera aos finais...* Terminada sua função no Café Luso, aos princípios como previra, convida Baptista para uma ronda a ver as colegas Lucila do Carmo, Maria Fernanda, Hermínia Silva, Alfredo Marceneiro... Dois ou três fados em cada, uma tacinha de champanhe... Bons encontros, carinho no escurinho, boas conversas, chegaram à Estrela em boa hora. Rosália faz desta a primeira de muitas e muitas noites prazerosas. Lenta e docemente, leva Baptista a despir-se e despi-la por inteiro, cada um a conhecer o corpo do outro em demorados "exames" de alisares macios, beijinhos a caminhar por todo o corpo com maior "especialização" em torno das virilhas, ais e uis em gostosos tremores, língua no ouvido, na nuca, cavalgadas, meia-noves, agá-tesas... Um homem bom como Baptista merecia ser bom de cama. Tornou-se aluno exemplar e criativo, em pouco estava ensinando o abc à professora.

Lisboa, 12 de outubro de 1951

Meus queridos,

Beijos meus e de Baptista para todos que espero esta encontre com saúde. Aqui nós vamos muito bem.

Acabo de receber carta onde me anunciam a chegada para 20 de dezembro. Já conto os dias. Minha felicidade só não é completa pela saudade infinda que sinto de todos e cada um de vocês. Das prosas 'particularíssimas' com Mucinha; das benditas discussões com Totonho e seus preciosos conselhos; da seriedade exagerada de Fortunato; da cagavoandice de Dalila; da curiosidade musical de Merino; de nossas tocatas, de nossos amigos. Conto os dias para abraçá-los e beijá-los, para fazermos a "nossa" guitarrada "q'stou a sabeire" dos progressos de Merino e Totonho na guitarra e na viola. Baptista já anda às voltas para adquirir <u>a melhor</u> guitarra para o "sobrinho" pois assim já os trata aos três. Ele também ansioso para escutar as nossas tocatas, tenho tocado ao piano chorinhos para ele e os amigos — bons amigos que vocês haverão de gostar. (Lembra-se Totonho? De um não sei o que impeditivo do Baptista ir ao cais? E que de lá fosse eu para a quinta de Dona Vicentina? pressentindo a tristeza que me viria, aprontou-me uma de suas maravilhosas surpresas, quando retornei a Estrela, dois dias depois estava a sala de visitas remodelada e o Steinway dominando o ambiente! Do mesmo tipo do de Mucinha) Um homem como este... está para ser inventado (Deus ouviu tuas preces, Mucinha).

Ai "q'stou" a alongar-me... quando a razão desta é para determinar, sem direito a réplicas de Totonho, que o próprio desde já providencie suas férias para dezembro, e *que venha! Voltará de avião nos primeiros dias de janeiro, vocês outros ficando, como combinado, até março (os meninos perderão uns poucos dias de aulas).*

Não admitiremos (e nisto muito me recomendaram Dona Vicentina e Baptista) passar o Natal com a família incompleta. Já temos tudo como será. Natal na Quinta das Fontainhas e reveillon na Estrela.

Beijos saudosos da irmã, cunhada e tia
Rosália

Baptista contratou uma carrinha com chofer para bem à vontade e unida a família fazer os passeios programados.

Os dias na Quinta das Fontainhas e em casa foram completamente "cheios" entre conversas, tocar e cantar. Os planos de passeios e visitas a museus e igrejas são para janeiro. Rosália em contentamento sem igual, boquiaberta em ver o desenvolvimento de Merino na guitarra portuguesa. Totonho "especializado" no acompanhar da viola. Na primeira tocata de mesmo, no casarão da Estrela, sábado entre o Natal e o réveillon, está presente a nata dos fadistas lisboetas. Faltou a senhora dona Amália, quase vizinha, porém no momento fora da capital. A família dá um verdadeiro show de chorinhos e um pouco de samba, os amigos portugueses não dispensam. O ponto alto é quando a querida senhora dona Rosália canta acompanhada por Camerino e Totonho, antes fazendo um daqueles seus deliciosos e curtos discursos agradecendo a acolhida de Lisboa, especialmente os amigos ali presentes e ausentes também, e *especialicissimamente ao Baptista, meu amado, minha vida, meu tudo.*

Grande, grande era cidade
E ninguém me conhecia

Velhos guitarristas unânimes na afirmação, o menino é uma promessa espetacular. O senhor Silva acerta as aulas do menino, pois será inaudito prazer dar-lhe a formação, Baptista é enfático no convite para o menino ficar com eles: *Além do estudo proveitoso ao Camerino, a alegria da tia em tê-lo conosco.* – *Vamos ver... vamos ver sem precipitações... a escola, a vontade de Merino.*

Dia 3 de janeiro Totonho retorna à Bahia, Baptista a seus negócios em França e Rosália a suas noites no Café Luso. Complicadíssima a ida dos meninos para assistir à tia por conta do regime salazarista absolutamente rigoroso – pra não dizer outras coisas. Se Rosália não sai todo dia, prepara cuidadosamente o programa do dia seguinte, sempre forrando as carteiras de todos eles para os passeios. Na Baixa os meninos enlouqueceram ao ver o elevador de Santa Justa. *A tia não contou da miniatura do Lacerda!*, Castelo de São Jorge, Alfama, *o "elevadoire da Bica" com parecença ao nosso Plano Inclinado* e assim vão eles em descobertas e identificações, tomando tento de nossa colonização a observar a arquitetura, as ruelas e tanto mais. Religiosamente, na chegada do vôo às 18h da sexta-feira, estão a esperar Baptista no aeroporto, ansiosos para a ida à Quinta das Fontainhas visitar dona Vicentina. Aos domingos almoçam na Quinta ou nas Hortas nos arredores de Lisboa – quase sempre passando na volta para saborear os inigualáveis pasteizinhos na *"Única Fábrica dos Pastéis de Belém"* como diz a placa da fachada. Nunca sendo demasia mais uma visita ao Mosteiro dos Jerónimos, o desfrute da vista para o Tejo dominado pela Torre de Belém.

Em fevereiro a carrinha segue levando a família Roseiral Pitangueira para uma semana (ou mais) ao norte do país. Faz um frio desconhecido, mas nada que a alegria e animação de todos não consigam esquentar (além dos bons casacões recém-adquiridos). Estar na bela e adorável cidade dentro das muralhas, os lindos azulejos de santos pintados em azul e branco como branca e azul é Óbidos *e pensar que foi um dos presentes de casamento que o rei Dinis deu ao casar-se com Isabel de Aragão no século XIII.* Em Nazaré os meninos ficam abismados com a beira-mar coalhada de barcos em sua praia, as viúvas de negro, pescadores remendando redes, senhoras nas esquinas com seus fogareiros a fritar sardinhas e assar castanhas... *Minha tia... minha tia... você não me contou das baianas de acarajé d'além-mar*, é Dalila às gargalhadas fazendo arrelia. Continuada por Camerino. *As de lá vestem branco e as daqui preto, é o próprio time do Vasco da Gama.* Vê-se na cara de seu Manoel, o chofer, ele não está a gostar da esculhambação. Em Porto o frio incomoda um pouquinho, porém as andanças esquentam. Domingo assistem à missa. Mais pela emoção do ritual, beleza dos cânticos, som do órgão monumental. Parece tudo mais bonito dentro da grandiosidade da catedral. O resto da manhã a descer em lento e divertido passeio pelas esconsas e estreitas ruelas e ladeirinhas em direção ao cais da Ribeira. É desse dia uma história que passou ao folclore da família: uma mulher numa sacada, a velha sentada no batente da porta; encostado numa casa defronte à delas, um homem. Elas, aos gritos, impropérios mil dirigidos ao homem, que, sem gritar, a pequenos intervalos, monocórdio, não tão baixo que elas não pudessem ouvir, *Puta... descarada... (...) Puta... descarada...* Os meninos pegaram a mania, tudo era *Puta... desca-*

rada... Lá vai o pessoal entre crianças a correr de um beco a outro. Cachorros latem, rodopiam ou descansam. Mulheres de preto. Pequenas tascas, algaravias. Homens avermelhados por goles de vinho desde o amanhecer. Uma ginjinha. *Uma varandinha ali, ó... equilibrada no nada! O fogareiro... a fumaça. – Ah! É dali o perfume maravilhoso de sardinhas fritas!* A feira no cais da Ribeira, gostosuras mis! Verduras, frutas. *Meninos, não se entupam disso... assim vocês não almoçam!* Estão se lambuzando e se deliciando com *diospiros de lavrador*. Amaram a fruta, muitos anos depois chegada à Bahia como caqui! Peixes fresquíssimos nas bancas. De vez em quando Rosália é reconhecida por um ou outro, sendo sempre agraciada com alguma lembrança. O pior foi não aceitar imenso peixe sem ser indelicada. Conversinhas aqui, ali perguntas sobre o Brasil e como é *viveire por lá...* Parentes se foram da velha terrinha... A luz está bela, a chuva se foi. Barcos, barcaças, traineiras – barris de vinho do Porto. Gaivotas. O rio, do lado de lá a Vila Nova de Gaia... Do lado de cá sobrados recobertos d'azulejos, roupas estendidas em varais que se cruzam e entrelaçam. A chuva se foi mesmo. *Vamos comer, são mais que horas.* Andam pela calçada defronte ao cais a observar, um a um, restaurantes, botecos, tascas. *Este aqui não é o mais barato mas aparentemente os fregueses são todos portugueses.* Se bem que no tempo de Salazar não eram muitos os estrangeiros a turistar em Portugal. Almoçam na Casa Peza Arroz, começando por um queijo da serra, pães variados, bolinhos de bacalhau para cair matando nas "tripas à moda do Porto" bem colega da nossa dobradinha. Tudo regado por bom vinho tinto e "natas do céu" de sobremesa. Dali pro hotel, que ninguém é de ferro, faz-se necessário jiboiar um pouco, à noite vão aos fados onde na certa Rosália não escapará de cantar alguma coisa a agradecer as graças dos amigos. A cidade do Porto pede mais dias além do previsto. Há muito a se fazer e ver. Noitadas com os amigos. Os meninos sem perder nada, exceto a Casa de Fado. Aqui não houve meios de driblar as objeções ditatoriais. A Igreja de Santa Catarina toda a fachada lateral e frontal em belíssimos e tradicionais desenhos em azulejos azul e branco, só para apreciá-la vale a pena ir ao bairro de Batalha. Espetáculo no Coliseu do Porto. A portentosa confeitaria Arcádia. O Museu da Ordem Terceira de São Francisco. *Ai, o cunhado de Wenceslau Veiga aqui com aquela mania de colecionar santo antigo!* Na Igreja, Museu e Torre dos Clérigos a turma se divide, uns ficam, outros sobem os 230 degraus para desfrutar da bela vista... aqui embaixo a escultura de São Bento! Ladeando as Mães e São José.

O ditado "velho como a Sé de Braga" a atiçar a curiosidade de todos. Rosália, com tantas idas a Porto, nunca subira a Guimarães e Braga. Depois contou a Baptista. *Fui tomada de uma emoção assim que saí da claridade da rua e deparei com o reposteiro de madeira com pesadas e velhas cortinas de veludo cor de vinho... quando adentrei no lusco-fusco escurecido da Sé de Braga... chorei tanto que nem sei como consegui ver a igreja, os santos expostos no salão lateral... meu Deus! A imagem do senhor Santo Amaro! Acho que se o órgão fosse tocado naquele momento, eu não estaria aqui agora, morria!* À saída, Fortunato guia todos a seguir o cheiro de sardinhas fritas pairando no ar. Sentam-se em tamboretes ao redor de dona Irene e tão camaradas ficam que ela manda o filho em casa apanhar uma garrafa de vinho. Época boa de se viajar em Portugal. Em Guimarães, no Alto da Penha, onde vão dormir, jantam *pendurados na ponta do morro* no dizer de Dalila, tomando um bom vinho alentejano apreciam o restinho de luz do dia, as casas a acenderem-se, a noite caindo sobre Guimarães. Faz muito frio. Amanhecem com toda corda, um dia mais claro e mais quentinho. Dalila não pára de fotografar. Baptista percebera o olhar de Dalila ao revelar o primeiro filme batido com a máquina-caixão, logo presenteando-a com uma Rolleyflex. Deslumbrada com o Paço dos Duques não cansa de soltar exclamações: *Que luz! Olha, gente... o esculpido dessa mesa! Que avarandado! Que construção!* Está elétrica, quer saber mais sobre o *conjunto arquitetônico*, compra folhetos, lê, tira perguntas. A tia a insuflar, pois percebe a cada dia o crescente interesse da menina pelas esculturas, tapeçarias. A arquitetura aqui em Guimarães chega ao ápice. *Eu tenho de levar uma lembrança daqui pra minha amiga Nanan Guimarães! Veja, mãe* (mostrando o folheto), *aqui, ó, este lugar é "exemplar único na península Ibérica onde se reconhecem preocupações de conforto, iluminação". Eu não falei? Que luz! que luz!* E tem mais: *"completamente inovadoras no século QUINZE!* Merino e Fortunato apressaram o passo. Esperariam nos jardins, aproveitando o solzinho a mostrar-se. Dalila insaciável com a beleza dos santinhos, móveis, porcelanas, tapeçarias expostos dentro do Paço, cheia de filmes Tri-X, tome-lhe a fotografar. *Aqui tia... a remodelação se deu a partir de 1930, recentemente pode-se dizer, após séculos de abandono; aqui diz "procedeu-se também ao recheio, sendo a quase totalidade das peças datada dos séculos XVII e XVIII". Não é à toa eu me lembrar tanto de nossa Bahia.*

Já em caminho descendente para o retorno a Lisboa, ao chegarem ao hotel em Porto lhes espera uma cartinha de Baptista.

Paris, 5 de fevereiro de 1952

Querida Rosália,

Saudades. Em Paris tudo a andar como deve ser. Em Sintra Mamãe passa bem. Espero que esta encontre todos vocês com saúde a tirar bastante proveito da viagem.

Estou cá a pensar com meus botões por que não o fiz antes, agora receiando que esta não os encontre a tempo de fazer valer a opinião. Os comboios têm andado a bons horários e com conforto. A viagem é bela e as crianças conheceriam mais esta faceta, que é andar aos trilhos. Compras passagens para a carruagem de primeira classe, hão de bem gozar a novidade. O chauffeur nos encontra em Lisboa com a carrinha e a bagagem.

Recomenda-me a todos os seus.

Beijo-a com carinho e amor, teu

Vicente

Desculpa-me a datilografia, é o hábito e a pressa
E as fotografias de Dalila?

Às 11h05 o trem parte da Estação de Campanhã. Beirando o mar. Ajuda, Espinho, Cassino, Ovar, Aveiro, Coimbra (às beiradas), plantações de oliveiras. Quintas (nossas roças seriam?) de oliveiras, eucaliptos. Longos quintais totalmente ocupados, tomatinhos, galinhas. Hortas. Campos cultivados. Silos. Trapiches. Fábricas d'azulejos. Agricultura, um pouco de criatório, carneirinhos. Trabalha-se muito neste país agrário que possuiu colônias nos quatro cantos do mundo e hoje... pobrezito, fora de ieuropa. Laranjeiras, hortas. Laranjas e flores amarelinhas. Vacas, um gadinho de vez em quando. Carneiros. Nos mais mínimos vilarejos a Igreja presente. Começam a aparecer parreirinhas além dos olivais. Um pouco de milho. 12h49 passando por Pombal, um riachinho corta a vila. O São José d'azulejos não falta às portas, nossassenhoras, santantoninho. Todo caminho habitado cultivado. E a água? Pouca até agora. Zona alagadiça e menos populosa. Maiores quintas. Grandes plantações de uvas. Chegando a Santarém, há vazios. Gadinho branco. Gadinho marrom. Quintais com frutíferas, jardins floridos. Toda casa uma escada, cada degrau ladeado por um caqueiro de flor. Vai-se chegando a Lisboa, às 14h30 desembarca-se na Estação Santa Apolónia.

Se a intenção era o retorno ao Brasil da família reunida, tudo se modifica por conta do encantamento causado aos músicos pelo rapazote Camerino. Rosália e seus compromissos com o fado. Rosália em apaziguados amores com Baptista, ambos felizes com a companhia do sobrinho a estudar a guitarra portuguesa (em guitarradas na casa d'Amália o rapazote tocou com muito brio).

O grande sucesso do ano é a visita de Caribé Médico. De mãos dadas com Rosália a passear pelas ruas de Lisboa. Em Paris, juntos no Louvre. Rosália, ainda menina, conhecera o museu pela voz do amigo. Baptista e Caribé simpatizam-se como se fossem amigos de infância, Caribé satisfeito a observar a dignidade do homem que trouxe de volta a alegria e a felicidade para sua *Princesa*.

A rotina criada no dia-a-dia da vida em comum de Baptista e Rosália não esmorece o carinho, o bem-querer, nem tampouco as belas trepadas deste par de "almas gêmeas", como diz o populacho. Baptista reestrutura a construtora em França, deixa as funções onde sua presença cotidiana era exigida. Assume a presidência do conselho, recém-criado. Contratados diretores executivos. Baptista se reorganiza de forma a ir a Paris uma semana sim e outra não. Rosália depura as apresentações para apenas as sextas e sábados, acompanha o amado na maioria de suas viagens.

Em Paris Baptista troca o pequeno *"istudiô"*, moradia de solteiro, por um apartamento de dois quartos no Quartier Latin, finamente mobiliado, cozinha montada com os mais recentes aparelhos. Fantasia a permanência da companheira a libertá-lo do eterno perambular por *bistrots*, *cafés*, *bars à vin* e *restaurants*. Come-se bem em Paris, é verdade. Baptista, acostumado às delícias e guloseimas de dona Vicentina, acostumado aos serviços de amas e cozinheira excelentes em Lisboa... em Paris frustra-se por não poder comer em casa. Prelibara, com o "casamento", idas aos *marchés* e o cheirinho gostoso da comida sendo feita em sua moderna cozinha. Rosália tenta um aprendizado com a sogra... mas quá! Não se entende mesmo com temperos, facas, fogo! Ficaram pelo meio: nem tantas refeições na rua, nem muito cozinhado em casa. Baptista termina por se acostumar às merendas de Rosália. Freqüenta as *boulangeries* (afinal, onde encontrar melhores pães senão em França?). As *fromageries* (Rosália se delicia com as torebas – adquire os recomendados tipos de facas para as variadas espécies de queijos –, rindo-se a contar: *Rá-rai, Baptista... lá na Bahia... somente queijo de cuia e apenas no São João e no Natal em compensação vou pedir a Mucinha que traga requeijão de Feira de Santana para eu fritar pra você comer com açúcar em cima. – Requeijão com açúcar? –*

Espere! Você vai ver... é... digamos assim... um queijo grosseiro feito no sertão da Bahia... há uns mais macios de comer com pão ou com doce e há desses, que eu mais gosto, duros, secos pra comer como eu lhe disse... ai, que delícia, deixar formar uma crostazinha queimada de fazer crot-crot quando a gente mastiga. – Não compreendo, minha m'nina... quaijos a fritar-se nem a misturar-se a doces). As *charcuteries* (Rosália ama os *pâtés*, as *cervelas, andouillette* – aliás, adora todo tipo de enchidos, tanto frescos como secos, assim como todo tipo de presunto – cru, cozido, defumado...). As casas de vinho para a acurada escolha (por Baptista) de bons tintos e brancos para o perfeito acompanhamento das merendas. *Baptista, meu amado... é tanta a variedade de queijos e charcuteria nesta terra que a gente pode passar uma vida a comer tais gostosuras sem nunca repeti-las.*

Da primeira visita de Rosália à nova instalação física da reestruturada Companhia Construtora França & Portugal S.A. localizada no *banlieu*, Rosália prefere voltar de metrô – ela que gosta de andar de ônibus a palrear e soltar exclamações seja pela visão de um canteiro florido às margens de um canal ou por um belo gradeado de um parque e até por uma criança quentando sol ou um casal de velhinhos a passear... Vem amuada no metrô, em recusa de dar a mão ao companheiro, sem olhá-lo sequer. Baptista nunca a vira assim. Na baldeação em Chatelet sai andando batida na frente; ao saltar em sua estação de St. Michel diz, entre dentes: *Vá você às compras, Baptista.* Ele, mudo, assombrado, sem encontrar o que dizer, balbucia: *Qu' qu'res, quaeijos ou charcuteria? Baguette ou croissant?* E ela, grosseira: *O que queira! quem manda é você, não é?*

Meteu a mola, largando o atônito Baptista com cara de tacho nas escadas da estação do metrô. Tão desorientado ele fica, leva mais de uma hora para comprar duas ou três bobagens e chegar em casa. Encontra Rosália ouvindo discos nas alturas, a quatrupilhar de lá pra cá pelo apartamento. Garrafa de conhaque sobre a mesa, copo na mão, completamente embriagada. *És louca, m'lher! Q'istás a fazeire af'nal?* Dá-se a melódia! Rosália atira o copo na parede. Puxa a toalha da mesa. Derruba quebra garrafa com restinho de conhaque e o jarro de flor. A sala toda lambuzada. Aos gritos fala de uma sirigaita. Esculhamba Baptista, fique, fique com a puta e deixe ela em paz. Baptista simplesmente arria a sacola na cozinha. Estivera parado junto da porta sem nada entender. Dá meia-volta e vai dormir em um hotel.

Na manhã seguinte, por telefone, resolve o que tem de resolver na empresa. Por volta das 10h30 chega ao apartamento. Encontra Rosália dormindo no chão, toda vomitada. Traz da cozinha um balde com água, esfregão e produtos de limpeza. Com a voz firme, estendendo o material que traz nas mãos: *Levanta, Rosália!* Ela abre os olhos e levanta no susto, escutando atônita: *Vai, limpa a sujeira, depois toma banho. Vou à rua passar tempo, na volta conversamos.* Ela recebe. Ele sai.

Volta depois do meio-dia. Encontra a sala vazia, limpa, cheirosa. No quarto encontra Rosália deitada, enrodilhada em posição fetal, olhos abertos. Ele fala sério, porém delicado: *Queres dizer o qu'aconteceu?* Rosália chora um choro de lágrimas caudalosas, sem ruídos. Vai engolindo o choro devagarinho. Movimenta-se um pouco na cama, abrindo espaço na beirada. Faz sinal, pedindo para ele assentar-se. Ele senta. Tenta falar. Não consegue. Sente virem-lhe os soluços, engole, se recolhe. Ele muda de posição entre incomodado e a querer fazer um carinho... acaricia a perna dela. Ao sentir-se acariciada depois das bobagens cometidas, Rosália despenca, deixa os soluços pularem, deixa o corpo tremer. Ele troca de posição e põe a cabeça dela em seu regaço. Acaricia os cabelos, enxuga as lágrimas dela. Ora em carícias com as costas das mãos, ora com breves beijinhos. Tira a camisa para mais acolher Rosália em seu corpo. Ela se acomoda de jeito a acariciar os pêlos do peito do amado. Finalmente consegue falar. *Sinto vergonha! sinto uma tristeza profunda pelo que fiz.* – *Sabes por qu' fizeste?* – *Sei e não sei...* – *Busca dentro de ti.* – *Eu sei o que me levou a tudo aquilo, mas é tudo tão besta... eu não sei por que fiz tanta bobagem em cima de bobagem.* As lágrimas ainda interrompem um pouco o falar. As carícias continuam de um para o outro. Ele se deita ao lado dela, entre muitos carinhos vai lhe tirando a roupa e beijando e acariciando e apertando-a mais e mais contra si e ela lhe tira as calças logo junto com as cuecas e pernas se entrelaçam em corpos ardentes, abraços longos, beijos coladas sem fim adiam e adiam a penetração, em pequenos gozos e muito muito muito amor até a conjugação total até os gritos de Rosália quando o orgasmo a toma inteira, quando o bate-que-bate das pélvis a alucina, quando se sente inundada do caldo bom e quente de seu amado. Ficam os dois assim embutidinhos. Rosália prolonga seu gozo enquanto sente o murchar do pau de Baptista dentro de si. Rosália em lágrimas de prazer... Baptista chora com ela. Choram os dois de prazer. Choram de amor.

A penumbra começa a invadir o quarto, os dois nus de barriga pra cima, mãos sob o pescoço. Ela dobra a perna esquerda, cruza a direita por sobre o joelho. Ele se espreguiça. Ela descruza as pernas e se espreguiça também. Sustenta o tronco na dobra do cotovelo esquerdo e com a mão direita começa uma carícia na testa dele, alisa o nariz com o dedo indicador, espalma a mão sobre a boca. Ajeita-se em posição mais confortável entrelaçando uma perna nas pernas dele. Continua em gostosuras de dedos entre os lábios, dentes, beijos, rápidas chupadas que ele faz com muito gosto nos dedos dela. Quando as carícias e pequenos beijinhos se aproximam da virilha, Baptista já hasteou seu pavilhão da ONU e Rosália cai de boca e Baptista vai-lhe rodando o corpo e fazem o mais delicioso meia-nove! Dormiram assim... ele com a cabeça aconchegada nas pernas dela, o nariz quase dentro da xereca, ela recostada nas coxas dele, a mão guardando *meu passarinho lindo* (apelido da rola de Baptista, se não é daquelas rolonas imensas, é uma rolinha rosinha, bonitinha, gostosinha). Baptista jamais conhecera outra mulher. Baptista jamais saberá, a intensidade do gozo que Rosália lhe dá seria difícil de encontrar, porque são raras as xoxotas-chupetas como a dela.

Acordam *noite alta céu risonho*, nem sabem quem acordou antes de quem. Abriram os olhos no mesmo instante. Parece que nem dormiram. Rosália sorri e, como se continuasse uma conversa não interrompida *vou dizer uns versos de nosso poeta maior, João Cabral... Severino retirante, / deixe agora que lhe diga: / eu não sei bem a resposta / da pergunta que fazia (...) mas se responder não pude / à pergunta que fazia, / ela, a vida, a respondeu / com sua presença viva.* Sentou em pose de Buda e continuou: *Pronto... vamos comer? Comer comida de mesmo?* Baptista dá gostosas gargalhas com esse tipo de tirada de Rosália. Ousado... só se vendo! São os ensinamentos dela... levanta de quase salto, abraçando-a: *Se eu disseire qu' te com'ria tod'nha outra vez?* Levantam-se os dois em risadarias, a vestir os roupões vão indo para a cozinha, perscrutam a geladeira, olham as horas, resolvem se vestir correndo e sair à procura de um bistrô retardatário.

De madrugada, quando finalmente se acomodam para dormir, Rosália abraça Baptista, *encosta a cabecinha no ombro* dele mas não chora, diz baixinho: *Me perdoa, meu amado... foi tudo ciúme.* – *Ciúuume, meu amor? de quê?*, diz Baptista assombrado. *Loucura... loucura mesmo, Baptista... quando você me apresentou à diretora de recursos humanos veio como um* flash *em minha cabeça, ou um pesadelo, onde eu via vocês dois numa cama... e eu acreditei naquele delírio como se fosse verdade, e eu não quis mais olhar seu rosto, eu queria fugir de você e ir embora pra minha casa na Bahia e eu bebi aquela garrafa de conhaque em meia hora porque eu tive a certeza de que ao deixá-lo para as compras você estaria voltando para ela e me deixando para sempre... eu quis morrer!* Explodindo em soluços e lágrimas, grita: *Eu não quero perder você!* Ele a abraça consternado e fica a repetir. *Minha m'nina... minha m'nina...*

A nota triste do final de 1952: um edema agudo de pulmão leva dona Vicentina à morte. No pouco tempo de vida em comum conquistara o coração da nora a tal ponto que Rosália, tomada de profunda tristeza, tranca o piano e suspende seus compromissos com o fado. Camerino, com a mão na cabeça, não sabe como distrair a tia. Baptista, com sua calma peculiar, apesar da tristeza não menos profunda, vai dando paz a Rosália. Se Baptista tem ânimo capaz de elevar capatazes e operários nas piores situações, não faltará vigor para ajudar sua amada suplantar a dor da perda. De princípio, Rosália muito chorosa seguidamente relembra *a mãe que tive e tenho é minha irmã Mucinha, da minha mãe... poucas lembranças e eterna saudade... foi-se quando eu tinha dez anos de idade* lamenta repetidamente *agora Deus me leva mãe Vicentina, tão forte, tão expedita! Lá se vai mãe Vicentina a quem me apeguei como nunca pensei... porque era um carinho e um amor de mãe que ela me dava...* Por outro lado, Baptista, com muito tato a levou ao piano: *Lembras a primeira vez que tu tocaste para Mamãe vinda à nossa casa expressamente para ouvir-te? E quando ela pediu um piano para a Quinta das Fontainhas?* Aos poucos faz Rosália retornar aos fados enquanto, inequivocamente, a prepara para o pior. Escondera até então sua condição de cardíaco. Escondera os eternos e explícitos tratamentos em Paris, a medicação em Lisboa. A vida vai retomando seu ritmo normal. Animada pela decisão e frenética troca de cartas e telegramas para conseguir a permanência de Camerino em Lisboa e a conseqüente transferência do Severino Vieira na Bahia para o colégio dos beneditinos em Lisboa. Ainda por conta da morte de dona Vicentina, Camerino convence os tios a inverter a programação. Em vez de vir a família passar o Natal em tristes recordações, pois foram inesquecíveis os dias natalinos passados com dona Vicentina, fossem eles passar o Natal no Brasil. Afinal Baptista era virgem de Bahia (por falar em virgindade... Camerino ficara tão íntimo do tio chegando a saber de sua virgindade tirada por Rosália). Os amigos de lá estão ansiosos por conhecê-lo, ansiosos para tocar em sua homenagem.

No dia 10 de dezembro de 1952, véspera do embarque para o Brasil, já está tudo pronto, arrumado. O casal recebe para almoço dois patrícios, amigos de Baptista desde as primeiras letras na Aldeia, sócios de um dos maiores escritórios de advocacia de Paris (com filial em Lisboa). O almoço vai animadíssimo com promessas dos amigos de idas ao Brasil. Baptista, na cabeceira da mesa, deixa um gesto no ar e cai sobre o prato da comida. Os criados, as visitas, Camerino... telefonemas... agitação... médico e ambulância... *Nada mais a fazeire!* Funerária, arrumação da câmara mortuária... telegrama para o Brasil... a tarde cai, Camerino se dá conta, dentro de toda aquela tensão havia um som, havia um som... o doutor advogado ampara o rapaz ao lado da tia. Sentada ao piano Rosália está há quase quatro horas, tocando e cantando muito baixinho:

> *Foi por vontade de Deus*
> *que eu vivo nesta ansiedade. (...)*
>
> *Que estranha forma de vida*
> *tem este meu coração*

Tia e sobrinho desembarcam no cais da Bahia no final de março de 1953. Conforme orientação telegráfica apenas a família os espera. Pedissem paciência aos amigos, Rosália os receberia em casa, de pouco em pouco. Totonho estivera em Lisboa para as exéquias, para tomar tento de tudo que os advogados tinham para declarar. Rosália não quer tomar conhecimento, mas termina por ficar em providências acompanhada pelo sobrinho Camerino, às vésperas dos 14 anos. Como sua mãe, aos 16, há cinqüenta anos, de repente feito homem pelas necessidades surgidas. Rosália aos 29 completamente devastada, aniquilada por essa, sim, agora ela sentia o peso de palavras tão repetidas: perda irreparável. Camerino não cansa de estar a sua volta, lembrando sempre as palavras do tio, tentando dar um equilíbrio. Dessa vez é Totonho quem decide trocar o automóvel de Rosália. A Rural ainda impávida. Totonho sabe do estado de abatimento da cunhada. Reúne a família, inclui Edgard Rogaciano, e decidem por uma Rural menos feia. Nem tanto, essa agora não tem o gradeado, tem a cor verde-exército.

Alento & Indagação

O retorno à Bahia se dá a tempo de Camerino pegar o ano letivo. Colégio Estadual Severino Vieira, vizinho à casa onde nascera a avó. Há muito vendida. Nesses mais de dois anos de ausência de Rosália as tocatas estão quase retomadas. Notícias trazidas por Mucinha e filhos, acrescentadas das cartas de Rosália e Camerino, levam Totonho para a viola, preparando-se para ser acompanhante da guitarra portuguesa de Camerino.

Para Rosália, os três meses feitos da morte de Baptista parecem séculos pela falta que dele sente. Antes mesmo da chegada, Totonho agiliza uma série de sextas-feiras para a boate Oceânia. Com imensa pasta de recortes de jornais de Portugal, vai ao Rio de Janeiro, onde deixa acertada temporada na boate Night and Day e a gravação do primeiro LP 10 polegadas para o mês de junho. As visitas se sucedem em verdadeira procissão. Na primeira semana Rosália sequer recebe todas. Dra. Teresa Libório lhe passa uns remedinhos – muito embora, como ela mesma diz –, *Rosália não está deprimida, a tristeza é profunda, precisa curtir o seu luto. Basta-lhe o carinho e apoio que vocês vêm dando.* À força de muita conversa de Camerino, com quem passa horas em lembranças de Baptista, sempre a lembrá-la das palavras do falecido: *"Haja o que houver, não pare de cantar. – Quem está vivo está morto, quando eu me for, não faça resguardos."* Em algumas semanas finalmente Rosália aceita uma tocata *pequena, Totonho, pouca gente... Walter Boaventura, dr. Wenceslau, Vivaldo.* Dando-se conta dos nomes pronunciados, sorrindo, faz uma de suas primeiras brincadeiras dentro do luto. *Veja só, Mucinha, a minha escolha, o fim de linha, os velhos V, W só falta o x, y, z para acabar de acachapar!* Silencia um pouco, como que envergonhada pela risada, retoma, mais uma vez sorrindo... *Vamos começar a virar a mesa, tragam os moços para a nossa guitarrada, haverão de gostar. Tentarei buscar a alegria perdida, tendo Luiz Gonzaga por companheiro:* "Assum preto, o meu cantar / É tão triste como o teu / Também roubaram o meu amor / Que era a luz, ai, dos óios meus".

Rosália retoma seu dia-a-dia. Apresentações às sextas na boate Oceânia. Escolhe repertório, viagem marcada para gravar o LP de 8 faixas – das quais duas serão fados acompanhados por Camerino e Totonho. O retrato da capa tirado pelo adolescente, mas já um bamba na fotografia, Silvio Robatto. Rosália decide passar uns quatro dias em São Tomé de Paripe *para exaurir meu luto* e rápido repouso. Cansada das muitas visitas, conversas, tocatas – ainda está fragilizada. Precisa de uns bons banhos de sol e de água salgada. Brancona de nascença, está demais de branquela depois de mais de dois anos na Europa. Quer se amorenar um pouco para a temporada de quatro fins de semana na boate Night and Day no Rio de Janeiro. Os sobrinhos (o rapazola Fortunato já se põe fora de tais folias) vão com seu Edgard levar Rosália a São Tomé. Saem ao raiar do dia para dar tempo do banho de mar, almoçam belas moquecas, partindo umas quatro da tarde com data marcada para buscá-la daí a quatro dias. Chinelos nos pés, na valise algumas mudas de roupa de casa, roupão de praia, maiô... Pronto, quer sombra e água fresca. O simpático pessoal de Caribé Médico a lhe servir. Quer um pouco de solidão para sentir sua dor, chorar tudo que "quer, carece, precisa" chorar. Quer amenizar, um pouquinho que seja, a saudade infinda do inesquecível Baptista. Mal partem Edgard Rogaciano e os meninos dona Lili sai em busca de Rosália, já entregue à sua saudade, a chorar e balançar-se na rede embaixo da mangueira. Alguém a procura. *Procuram a mim? A mim, dona Lili? Não avisamos a senhor ninguém que eu estaria aqui, nem dr. Caribé nem minha família me fariam essa falseta. Quem é afinal?* Dona Lili faz ouvidos moucos, retrucando: *Cê vem pra casa, Rosália, ou mando a visita pra cá pras redes? – Que visita, dona Lili? De quem se trata?* E a velha arrastando a chinelinha vai indo em direção à casa, não é ela quem vai dizer de quem se trata, sai resmungando: *Eu, hein? Minha boca é pra comer ensopado...* Rosália, com aquele ouvido que Deus lhe deu, reconhece as pisadas cheque cheque amassando as folhas secas **tudo tudo podia me acontecer! menos isto! essa agora... não! joãozito... não quero nem olhar... deixe-me carpir a minha dor que só mesmo as palavras do meu amado a passear em meu pensamento são capazes de me dar consolo... aceito ir ao rio de janeiro gravar o tal lp em homenagem a baptista... não venha joãozito me aparecer não me venha uma assombração...** *Boas tardes, linda flor...* **pronto é ele, meu ouvido nunca me enganou que é qu'esse miserável veio fazer atrás de mim? digo-lhe as últimas boto-lhe abaixo do cu da perua.** Rosália não se mexe. Espera ele entrar no campo de visão, não movimenta um músculo. Pronta para esculhambar com a presença do canalha... Cruzam-se os olhares, desvanecem os pensamentos, o sangue-frio sobe, o coração acelera, levanta lentamente da rede. Um em direção ao outro a passo e passinho (parecia cinema) unem-se em apertado longo abraço seguido de beijinhos a enxugar as lágrimas de Rosália transformados em longos beijos e chupões e coladas e tremores, esfregação, o pau querendo estourar as calças de Joãozito, Rosália a meter-se em coxadas e ais e uis e dali pra cama e dona Lili *ai, ai, quem não te conhece que te compre!* Quatro dias de juras de amor eterno, não se falou de como ele descobrira a estadia dela em São Tomé. Não se falou de passado... Fosse no banho de mar, na cama, na mesa ou na rede: sexo e planos para o futuro. Rosália, ferida de morte com a perda do amado e saudoso Baptista, creu firmemente não mais encostar seus lábios em lábio algum. Rosália nunca mais tivera Joãozito nem em passagem por seus pensamentos... Não crê em mais nada, não conhece a si mesma. Enxerga a si dentro do penicão de louça: uma boa merda! Não acredita no que Joãozito lhe inculca nos ouvidos: *Vivemos dias de glória, bem-aventurança, regozijo, júbilo, prazer, volúpia (e que se vá ao Antenor Nascentes, minha amada, e ache-se todos os significados para os nossos melhores sentimentos a ir n'alma), daqui em diante todos os dias serão assim, daqui em diante jamais nos separaremos.* Nem acredita, nem sabe dizer não, não acerta a resistir, entrega-se mais uma vez ao guante do calhorda.

Ao amanhecer do dia marcado, à espera de Edgard Rogaciano com os meninos para buscá-la, Joãozito manso e manhoso: *Rosália, meu bem, achas mesmo melhor que eu parta agora porque sabes que as crianças não haverão de querer ver-me...* e, perdendo o tom, *aliás crianças não, aqueles galalaus mimados como crianças... nem sei como não deram para veados, com tanto pianinho e flautinha.* Rosália não se dá conta, Joãozito começa a botar as manguinhas de fora. Enfraquecida, subjugada, encantada tal qual uma serpente ao som da flauta: *Hão de acostumar-se, daqui lá pra casa voltarão eles com seu Edgard, irei contigo* (e olhando o caquético Hudson) *ainda andas nesse lexéu? De imediato mandarei Totonho comprar-te um novo automóvel e a obra no terreno da Graça será para já, quero ainda hoje ir ao escritório do Antonio Rebouças, é quem melhor projeta "casa funcional" na Bahia! Como? Já não queres a Graça?* — *Há um lindo loteamento sendo lançado, meu bem, o Jardim Ipiranga, naquele morro da Avenida Oceânica quem sai da Barra, antes do morro da Aeronáutica.* — *Sei, sei, uma amiga minha está construindo na parte de trás, também loteamento novo, no Chame-Chame. Deixemos de conversa, se assim preferes, assim será. Que horas são? Seis? Ah não! Não esperaremos por eles, deixo um bilhete, partamos, são muitas as providências... Ainda vou ter de aturar Totonho a dizer-me que contratos são contratos, que terei de viajar, cumpri-los! Ora multas! Existem para serem pagas.*

Se alguém zumbisse por ali como um mosquito não acreditaria na Rosália que entra no Hudson, sem nem se despedir de dona Lili, e vai embora com o Joãozito!

Pela primeira vez acontece uma grande briga em família. Briga feia. Se Rosália quisesse voltar com o energúmeno, voltasse! Ninguém tinha nada com isso, a vida era dela. Mas, e seus fãs, seu público? Deixa-os assim, sem mais nem menos, abandona compromissos de shows e gravações? Totonho subiu nas tamancas como nunca se vira. Faça ela todas loucuras. Nem parece ser uma balzaquiana às vésperas dos trinta anos de idade. — *O controle financeiro? podes chorar pitanga, não entrego, o dinheiro é teu, fa-*

zes as besteiras que quiseres mas sob o meu controle, não deixarei jogares dinheiro pela janela. Queres comprar terreno? Certo, compra-se. Queres construir, constrói. Uísque e vinho encanados? Nem sobre o meu cadáver! Cadillac para João? De maneira alguma, tu não tens pé de dinheiro no fundo do quintal! Não penses tu, senhora dona Rosália, que gastarás um centil da herança do meu amigo Baptista com o seu gigolô! O quê? Que basta voltares a Lisboa para tomar posse da fortuna? Nem penses... tenho meios de defender o que é teu. Interdito. Dou-te como louca, és uma louca. Tendo vivido com um homem como o engenheiro Baptista Santos não aprendeste o que é um HOMEM? Parece que não conheceste o que é ter caráter! Joãozito... Joãozito... choramingues à vontade. Um imbecil que sequer consegue ser aprovado em concurso para catedrático a te sugar, sugar, sugar. Quando a língua inventou a palavra cretino previu a existência desse inútil! Totonho foi subindo o tom de voz. Grita. Verbera. Se baba. Grita mais. A voz agora parece não mais querer sair: *Compro, compro uma porra de um automóvel pra seu gigolô, um rabo-quente!* (apelido de um dos carros mais baratos, o Renault de motor traseiro). Mucinha tenta acomodar sabendo ser impossível. Rosália aos prantos. Inamovível em sua decisão de voltar a viver com Joãozito e dar-lhe todas as benesses possíveis: *Tá vendo aí, minha irmã? Vocês não me querem mais...* (e tome-lhe chororô) *Razão quem tem é Joãozito, melhor alugar um apartamento enquanto construímos nossa casa.* Totonho aos gritos, roucos, mas ainda gritos: *Tira o plural Rosália, não digas heresias porque é uma heresia dizer que aquela pústula fará alguma coisa além de te explorar.* Baixando o tom, triste, voz embargada: *Muda-te mesmo porque o que olho não vê coração não sente, sabes que te quero como um pai, tu e meus filhos pra mim não têm diferença, vai, é melhor que eu não veja o canalha a te maltratar* justo no momento em que Dalila adentra ao ateliê, ampara o pai que vai saindo cabisbaixo e ao se ver afagado cai no maior pranto no ombro da filha.

Com muito jeito Mucinha faz a intermediação. Consegue. Rosália irá para um de seus apartamentos, no momento sem inquilino. Consegue Totonho liberar uma verba para mobiliário decente porque, idéia dela, Mucinha, manteve-se o 26 de regra-três. Não se o desmontasse nem alugasse: *Não vês, Totonho, que tudo isso é fogo de palha? Logo mais a burrinha estará de volta, deixa a casa dela arrumada.*

o ano de 1953 acabou... quanta coisa mudou de um dia pro outro, parece que o mundo deu uma cambalhota em nossas vidas... até quando, meu deus, joãozito fará a desarmonia de nossa família? em que tudo isso acabará? Distante da Avenida Stella, não se sabe exatamente como passa Rosália no apartamento com Joãozito. Diariamente troca amenidades com Mucinha ao telefone. No meado da manhã, sóbria. Jamais refere se a vida vai bem ou mal. O apartamento no bairro de Nazaré não deixou de contrariar o Joãozito... Aceitou por ficar extravagante amuar com algo tão passageiro quando afinal ia "sair do beco". Além do mais conquistara passar para seu nome a sala da Rua Chile com registro de escritura (o que fora impossível nas delendas judiciais). Conquistara o automóvel, não fora o Cadillac também não fora o rabo-quente, um bom Austin. Conquistara a compra do terreno no Morro Ipiranga e por fim o início da obra da casa. No apartamento em Nazaré Camerino visita a tia diariamente antes ou depois das aulas. Com Totonho, também por telefone, Rosália trata o estritamente necessário sobre a construção da casa. Ele controla a obra com mãos de ferro juntamente com o engenheiro Lapa. Para quebrar um pouco a amofinação Rosália propõe mandar o carro buscar Totonho para as visitas semanais à casa. Oferecimento por ele refugado. Sendo convencido por Mucinha a aceitar, *mata-se os coelhos de uma só cajadada, Totonho... estando tu com Edgard não correrás o risco de encontrá-los por lá, na ida ou na volta senta-te com Edgard, fazem as tratativas da semana.* Edgard de bico calado vendo tudo de novo acontecer. As mentiras do Pusilânime. Os dias e noites de Rosália entregue às moscas amiudando-se. Joãozito com Nelly... As ampolas detonadas! Ao ponto do sempre discreto Edgard decidir uma noite, fora de horário de serviço, ir ao 26 da Avenida Stella. *Inda bem, dr. Antonio, que veio o senhor me abrir a porta, eu preciso ter um particular mais o senhor... não quero falar na frente de dona Mucinha.* – Não seja por isso, Edgard, voltando-se pra dentro de casa: *Veja só Mucinha, nosso Edgard a dar horas extras. Não nos bastasse as reuniões semanais vem agora tratar de novos negócios,* e baixinho para Edgard: *Assim ela não vai ao ateliê,* alteando a voz, brincalhão, para disfarçar pois percebera que coisa boa não sairia dali. *Vamos trabalhar, vagabundo!* Notícia ruim não faltou. Nenhuma surpresa quanto às brigas, o abandono, a bebida. Porém o rádio desligado e o piano trancado... péssimos sinais. Triste ouvir aquilo tudo, sim. *O senhor imagine, doutor, ultimamente dona Jovelina tem cansado de encontrar dona Rosália amanhecida com a roupa da véspera, às vezes largada no sofá da sala e até no chão, me desculpe falar assim, mas até toda urinada já amanheceu... eu juro, doutor, a mim ela não manda comprar a bebida! Será o próprio maldito que bota bebida em casa? Não sei, olho o lixo todo santo dia... uma garrafa de uísque durava uma semana coisa e tal, foi diminuindo (ou aumentando, doutor? Nem sei como falar), quando dei pra ver dia sim dia não uma garrafa vazia eu disse de mim pra mim mermo... vou conversar mais doutor Antonio.* Totonho os cotovelos sobre a mesa, as duas mãos segurando a cabeça, dedos emaranhando-se nos cabelos quando Mucinha entra trazendo cafezinho. *Ai, ai, ai, seu Edgard não trouxe boas notícias! Totonho, você não está bem!*

Mais tarde, no quarto, sentado na beira da cama, *Senta aqui, Mucinha,* bate ao lado, ela vem, ele a enlaça, arria a cabeça de banda no ombro dela. *Mucinha, minha nega, será que estamos envelhecendo?* – *Oxente, rapaz,* Mucinha disfarçando a seriedade do caso, animando o marido *a gente nem fez cinquent'anos!* – *Mucinha, minha nega... tou cansado...* Mucinha se endireitando acomodando Totonho. *Deita aqui, vem, a cabeça no meu colo,* alisando os cabelos dele, *fales, meu rapagão, o que te amofina, cabeçadas de nossa menina?* – *Ai, Mucinha, Mucinha... quero ter uma noite de bom sono, amanhã não vou à repartição, vamos buscar Rosália.* E como se isso fosse a coisa mais natural do mundo, ou como se por isso Mucinha esperasse desde sempre... *Vamos, vamos dormir para amanhã termos forças para fazer o que tem de ser feito.*

Jovelina toma um choque ao atender à porta encontrando o casal. Abraça um, abraça outro e, entre lágrimas, *Deus me ouviu... Deus ouviu minhas preces... eu não podia sair daqui para ir lá chamar a senhora... eu não sabia como dizer tanta coisa no telefone... nem o menino Merino eu tinha pra mandar um recado... antes da patroa piorar da maneira que tá Merino vinha cá todo dia té o dia que ela proibiu, Deus me perdoe se tou levantando falso, mas foi o miseráve qui fez ela dá essa orde! Com o menino ela abria o piano, cantava... às vez ele trazia aquele violão dele, bojudo cheio de corda, cantavam os dois... cabei de vim do quarto da patroa, nem tive tempo de aprontar ela, aprontei antes o banheiro, descurpe a má palavra, todinho vomitado.* Encontraram Rosália de combinação, largada sobre a cama, outra pessoa... Mucinha nem se dá o direito de chorar de tristeza e de raiva. Ajuda Jovelina dar o banho. Repara agora, a cabeça de Rosália embranqueceu repentinamente, sua irmã com trinta anos incompletos é uma velhinha (as manchas roxas pelo corpo... só as viu em casa). Veste uma fraca Rosália completamente ausente, *Totonho! Localiza a dra. Teresa Libório, combina que vá pra nossa casa, dentro em pouco estaremos lá. Edgard já chegou? Então vamos embora, de casa telefonas, Totonho. Vamos, Jovelina, ou melhor, espera, arruma tuas coisas, não, não precisa nada de Rosália, ah! As jóias? Trazes.*

NOVO ALENTO

Até Rosália começar a recuperar-se... muitos cuidados da família. Dessa vez o trabalho da dra. Teresa Libório foi muito mais clínico do que psiquiátrico. No meio médico sobre a doutora é sabido: dar-se-ia muito bem como clínica geral ou diagnosticista. Também é sabido no *métier*: os psiquiatras são, de modo geral, completamente desligados da máquina física do corpo humano, exercendo o exato contrário de seus criticados colegas que não se preocupam com a mente do sujeito. Dra. Teresa Libório compondo a rara completude de enxergar estudar tratar o doente em seu corpo e alma (sabemos... eles, os psiquiatras, não usariam o termo alma... mente e corpo são preocupações da doutora). Em melhores mãos Rosália não poderia estar.

Rosália anêmica, desnutrida, desidratada... está depauperada. Mal comparando a Jesus, ressurgiu dos mortos. Rosália ressurge de suas próprias entranhas passados quase 15 dias de seu "internamento" em casa de Mucinha e Totonho. No quarto de Dalila, amparada e cuidada minuto a minuto dia e noite. Dra. Teresa Libório avaliou o caso como tão grave que se cercou dos melhores colegas. Para corroborar seu diagnóstico trouxe a colega e amiga dra. Eny Lima e o neurologista dr. Jayme Vianna. Para cuidar dos instalados problemas hepáticos, não poderia ser outro além de dr. Wenceslau Veiga. Pairando em torno de (e sobre) toda a equipe o estimado amigo da família e dos colegas, o competente médico e cientista dr. João Caribé, o velho amigo Caribé Médico sempre a postos.

Revezam-se os sobrinhos, a irmã, o cunhado, Jovelina e Edgard sempre em par com uma das três mocinhas contratadas que trocam plantões. Caribé Médico passa todo santo dia ali pelas dez. O companheiro de tocatas, excelente médico, dr. Wenceslau Veiga, ao final da manhã. Dra. Teresa Libório ao fim da tarde, muitas vezes ficando para a ceia em família. Dias e mais dias Rosália passou no soro, instalado e acompanhado supervisionado pela vizinha, recém-formada na primeira turma da Faculdade de Enfermagem, a dra. Ivete Oliveira. Rosália não conseguiu botar em palavras, nem durante nem depois daqueles dias, sobre o sono que sentia. Era um sono que ela tentava agarrar com as mãos para tirá-lo de cima de si, mas embora palpável faltava-lhe vigor dentro do sono sem sonhos e ela enxergava dias também fisicamente palpáveis, dias como se fossem objetos, dias que eram lâminas muito afiadas nas quais se equilibrava ora na parte cega ora na parte afiada para dormir, dormir e dormir em cima delas.

Caribé Médico é quem obtém a primeira conversa concatenada de Rosália. Ambos apaixonados por Portugal. Rosália ainda menina, de atlas escolar nas mãos, pedia ao amigo da família para contar suas viagens. Não se dava ao desplante de dizer-se amiga daquela figura formidável... moreno, rosto redondo, vastos cabelos brancos muito bem penteados. E como sabia tantas coisas do mundo! A passear pra lá e pra cá, descrevia os museus visitados pelo mundo afora, detendo-se com visível prazer ao descrever cada rua de Lisboa, o bonde 28, a Alfama, os fados! A chamá-la *Minha Princesa*. Metodicamente, cerca das dez da manhã, em suas visitas diárias, Caribé Médico senta ao lado da cama de Rosália e conta de igrejas, museus, bondes d'além-mar. São quase 15 dias no soro, desde três dias atrás começa a aceitar caldo de carne uma vez por dia, às vezes um suco de lima. *Então, Minha Princesa... como passou de ontem?* Como vinha fazendo desde o segundo dia, Caribé retoma a conversa de onde ficara no dia anterior, "errando" alguma coisa para ver se ela emenda como quando era menina. *Na Baixa de Lisboa, tomei o "elétrico 28" intencionado de subir até o Convento de São Vicente de Dentro para ir à feira da Ladra.* Sem nem abrir os olhos Rosália diz: *Mas ontem estávamos na Catedral de Porto e íamos descer à Igreja dos Grilos e de lá para o cais da Ribeira...* Caribé percebe a alegre inquietação de que é tomada Mucinha e com a mão espalmada sinaliza, pedindo quietude: *Mas, Minha Princesa... será q'stou a ficaire borocochoire?* Vê claramente o sorriso na face demaciada de Rosália, desculpa-se pelo "erro" e retoma a descida para o cais da Ribeira. Pede a Dalila para esperar o ruído e telefonar para dra. Teresa Libório. *Tomara que consiga até a chegada de Wenceslau.* Decidiram tirar Rosália do soro. *Minha Princesa, seus doutores resolveram que, se você ajudar, vamos lhe tirar essa aporrinhação desse soro! Mucinha vem vindo com uma deliciosa canja e o amigo Lau vai desmontar a geringonça.* Dr. Wenceslau fecha o soro e com sua mão de anjo, delicada e rapidamente, retira a agulha do braço de Rosália. Dra. Teresa ficara tão excitada com o telefonema que chegou no 25 a tempo de assistir a retirada do soro e ajudar Mucinha e Dalila a arrumar almofadas na cabeceira da cama, levantar e recostar Rosália... Mansamente convocados por dr. Wenceslau, retiraram-se todos, deixando a irmã e a sobrinha a dar canja de galinha na boca de Rosália. Totonho chegando para o almoço não se assustou ao ver toda a equipe médica na varanda por conta da alegria com que proseavam. Mucinha desce dando conta: *Rosália tomou a canja todinha... e os senhores nem imaginam... sabem o que a descaradinha disse quando ao final lhe passei o guardanapo na boca? Deu uma risada aberta e disse: "Pensaram que desta eu vestia o paletó de madeira, hein, Mana? Madeira de dar em doido sou eu, minha véa!"*

MAIS UMA BREVE E FINAL NOTÍCIA SOBRE JOÃOZITO. Enquanto Rosália se esvai em seu leito – na cidade se comenta ser um leito de morte – o crápula entra com mais uma ação requerendo a casa em construção no Morro Ipiranga e verba para terminá-la. Dessa vez, parece que até mesmo os juízes estão com raiva de Joãozito. A triste estória de Rosália foi exposta nos jornais da cidade e até na *Revista do Rádio*, além de ganhar página na revista *O Cruzeiro*. A comoção é generalizada porque, segundo todo o falatório e reportagens, Rosália está à beira da morte, havendo quem garanta estar coberta de hematomas das surras dadas pelo Médico Monstro (*CUIDADO, SENHORAS E SENHORINHAS, o sinistro João Limoeiro é pior do que dr. Jekyll-Mr. Hyde porque, diferentemente do inglês, que se transforma de bom a mau e vice-versa, o baiano é um perene Médico Monstro*, estampou o *Estado da Bahia*). O assunto tomou conta da cidade de uma tal forma que o monstro mal teve tempo de juntar seus trapinhos (não eram poucos), arrebanhar seus caraminguás (bastante alentados) e bater em retirada da capital baiana. Uns dizem que para o sul do estado. *Que nada! O homem é doido mas tem juízo, a Bahia inteira sabe quem ele é, inda mais com a careta estampada em todas as gazetas*, dizem outros. Há quem garanta: a retirada estratégica teve como destino a Amazônia e aquel'outros afirmam, o rumo foi o Rio Grande do Sul. Só bem longe assim, imaginam, poderá o indivíduo distanciar-se da má querença a lhe rodear. As deduções podem ter andado frias ou quentes porque, na verdade, as notícias jamais chegaram a Salvador. O Pusilânime deixou barba e cabelo crescerem à moda de Antonio Conselheiro. Aos ternos de linho branco acrescentou um chapéu-panamá, no rosto óculos escuros Ray-Ban com a bolsinha do dito-cujo pendurada no cinturão. Juntou os caraminguás (sempre foi pusilânime mas nunca foi besta, durante a último período com Rosália fez um bom pé-de-meia na caderneta do Banco da Bahia), largou Nelly para trás, avionou com muitas escalas para o Rio Grande do Sul. Em lá chegando, adquire um jipão Land-Rover tração nas quatro, equipa-o com o que se verá e vai "fazer" o Brasil. Por esburacadas secas poeirentas alagadas enlameadas estradas roda às mais recônditas vilas cidades nos confins dos brasis. Em cada local "aportado" dirige-se à Prefeitura, faz rematados contatos. Instala-se na melhor pensão. Em dois quartos, exige um deles esvaziado de cama e armário, apenas uma mesa e duas cadeiras. Acerta um mês de estadia. Manda retirarem do jipão duas grandes e pesadíssimas "malas de couro, forradas com pano forte brim cáqui". Cada qual precisa ser carregada por dois moleques. Ele próprio desembarca cuidadosamente um embrulho quadrado. Da primeira mala retira:

- ✓ Uma armação leve. Monta tipo um armariozinho, com os vidros trazidos em mãos.
- ✓ Uma caixa cheia de frasquinhos cor de ocre, azuis e transparentes, com variados rótulos. Arruma sobre as prateleiras de vidro.
- ✓ Uma caixa menor com alguns vidros de Colírio Moura Brasil, cujos rótulos foram cuidadosamente retirados.

Fecha a mala, deixando lá dentro o restante do conteúdo. Retira da segunda mala.
- ✓ Duas placas de letreiros pintados, unidas com tiras de couro por uma das cabeceiras.
- ✓ O emoldurado diploma de medicina. Pendura na parede. Rara pensão não possui um quadro do Coração de Jesus para ele retirar e usar o prego.
- ✓ Um porta-retrato com sua fotografia de formatura.

Como a outra, esta mala também é fechada com o restante do conteúdo. Cada uma com sua larga correia de couro trancada com cadeado. Em seu entra-e-sai constante, leva e traz mudas de roupa, maleta de tensiômetro, miudezas...

A chegada a cada localidade é cuidadosamente estudada para acontecer na véspera da feira. Ao clarear do dia um contratado rapazola merca na feira o texto dentro do qual está sanduichado:

Ao pé do cartaz Joãozito cola o endereço local onde recebe os incautos para tratamento. No dia da feira, o início. A promessa do clareamento dos olhos dar-se no sétimo dia. A conversa a correr mais do que notícia ruim. Todo santo dia iniciam-se novas turmas, tudo de pagamento adiantado. Pingue-se uma vez por dia o milagroso colírio, ordena. Vende as demais gotinhas para espinhela caída, entojo, gêge e males similares. Ao chegarem os bestas para a feira seguinte vêem nos companheiros os castanhos e pretos olhos de sempre. Em seus espelhinhos não aparecem verdes nem azuis algum. Pleno movimento da feira, a pensão cheia, o disse-me-disse: *o carrim num tá na porta...* – *Diz que tá na bêra do rio...* – *Vi ele den da fêra...* – *Inxente, gente, vim da igreja, o dotô tá lá confessano...* Lá pra meio-dia (parece uma peça de teatro ensaiada e repetida em cada vila, cidade...) fatalmente alguém pede à dona da pensão que *abra o consurtóro:* uma ruma de pedras pelo chão, a mesa e as duas cadeiras. Em Salvador... se notícia de tais ocorridos chegasse, saber-se-ia: nem para salafrário Joãozito teve criatividade, tirou o embuste da lembrança... de casos contados por Jú Guimarães. Na Bahia... ninguém soube da morte do dr. Limoeiro. Aparentemente respeitado como ginecologista parteiro em cidade do Sudeste brasileiro, mas cuja fama real lhe vinha de excelente recôndito aborteiro. Ficou rico, como tanto sonhara. Morreu só e pobre, como não desejara. A última vigarista com quem viveu o deixou com uma mão na frente e outra atrás (sem saber, realizando o sonho de Totonho).

Rosália refeita do pior, magra, cabeça grisalha. Não pinta os cabelos. Não dispensa o pó-de-arroz e o batom (retoma o traçado original da boca). Manda chamar a amiga e modista dona Inês para fazer uns novos vestidinhos, uns conjuntinhos de calça comprida e blusão. *Coisa simples, Inezita, para usar em casa, eu não vou à rua tão cedo, e fique você sabendo, minha amiga... não canto mais. – Larga de falar bobagem, mulher! quando você se vir dentro das roupinhas lindas que vou lhe fazer irá correndo para o palco, aí terei de fazer as de brilho!* Rosália refeita do pior resolve passar mais um tempo em casa da irmã enquanto reforma o 26. De novos pisos e derrubadas paredes até troca de todo o mobiliário. Mesas de jacarandá, cadeiras e marquesas de palhinha, cômoda e arca de vinhático compradas por Dalila nos antiquários orientada pelo cunhado de dr. Wenceslau. Só volta pra casa quando não houver mais rastros do outro. Passa as manhãs controlando pedreiros, colocando prumos, tirando medidas. Não vai ao comércio, Camerino cuida das compras de azulejos, latrinas e mais – traz amostras, catálogos. À tarde deixa os operários em paz. Em paz ela própria no ateliê a tirar notas ao piano, a relaxar na preguiçosa escutando os estudos de Camerino (violino, piano ou guitarra portuguesa). Recomeça a cantarolar com o apoio entusiasta da irmã:

Tire o seu sorriso do caminho
Que eu quero passar com a minha dor

Ainda restam as ausências. Passa horas esquecidas sentada no quintal ou na varanda, sem ninguém incomodá-la nem perceber o que lhe vai n'alma. Dra. Teresa, ao ser informada de tais episódios, recomenda que a deixem vagar assim pois na maior parte do tempo está ativa a assumir responsabilidades, recomeça a cantar... é preciso ter também seu próprio tempo para viver seu interior, ultrapassar de uma vez por todas seus lutos. **reformas na casa um mínimo de reformas preciso enfrentar as reformas que inventei – além da coisa física uma etapa a vencer. algo para fazer fazendo reformas de mim que há tanto venho tentando tentando... construir novas paredes reconstruindo baptista dentro de mim construir um novo amor quem sabe? sem pressa... por que me mostrar com pedaços mal rebocados? ainda com feridas expostas? por que a urgência de mostrar o novo – se novo não há? preciso calma eu vou aos poucos fazer de minha casa o que eu quero mais lentamente ainda farei também de mim mesma o que eu quero e desejo acabar com este abatimento que tomou conta do meu ser cantar profissionalmente não quero mais. não joãozito o pusilânime (que bom apelido!) não conseguiu foder minha carreira eu quero é cantar cantar cantar – quando eu queira! não me cobrirei de ódio... dentro de mim é mais forte o amor de baptista a recaída por joãozito foi apenas uma provação e vencerei! minha voz já me deu tanto! esta voz que deus me deu... deixo à voz... descanso e prazer. não lhe serei algoz voz! voz que me comanda e ordena e faz de mim o que quiser... aflições e angústias que me tomaram deram-me lucidez: o cantar de hoje não é o meu cantar... eu não tenho competência para a briga do poder a luta por espaço pois espaço há para todos e essa compreensão não existe e eu sou do rádio e essa tal de televisão chega ao rio de janeiro para tudo mudar eu não quero viver os estertores do rádio que tanto amei e tanto me deu e depois virá a morte das orquestras dos bailes.** *cansei de ilusões.* Dessa vez larga a bebida mesmo! A ponto de nem ao menos comer um bombom de chocolate recheado com licor. Quando finalmente retorna ao 26, a casa ao lado está recém-alugada. No momento Rosália não quer conhecer viv'alma. Agradece pelos bastantes amigos queridos. Não quer saber de nada nem de ninguém, muito menos de novas vizinhanças! Em um de seus desfrutes, ao colocar a preguiçosa no jardim para tomar sol (está transparente), por detrás da cerca viva de graxas vermelhas e amarelas a separar os jardins aparece uma pessoa, linda-figura, que lhe *"chamou querida (e lhe) ofereceu uma trepadeira e também uma roseira pra plantar no* (seu) *jardim"*.

Seria mesmo difícil Rosália não voltar à animação toda sua. Seria mesmo difícil Rosália não voltar às gostosas gargalhadas, ao prazer de contar e escutar piadas. Os sobrinhos sempre tão companheiros estão agora em plena adolescência e a tia, de alguma forma, sempre fez parte da turma, alcovitando namoros, fazendo das tocatas aos sábados verdadeiras matinês dançantes. Fortunato, aos 18 anos, acaba de passar no vestibular de medicina, Dalila, aos 16, cursa o científico no Colégio da Bahia e Camerino, aos 14, perfeito e responsável homem, faz o ginásio no Severino Vieira. Seria mesmo difícil Rosália manter-se em seu recolhimento. Forte, do jeito que sempre fora, prometera a si mesma depois da depressão sofrida em 1948 nunca mais se permitir passar por tal sofrimento. Dra. Teresa Libório ao passar dos anos aprofundou seus estudos, fez formação em psicanálise. Rosália, do meado da década de 70 em diante, aos quase cinquent'anos de idade, e por mais 20, se predispôs, e cumpriu, uma análise freudiana. Seria mesmo difícil Rosália manter-se em seu recolhimento, com aquela alegria e dinamismo tão peculiares, rodeada de amigos e parentes necessitados de um conselho, um alento. Tendo sido ela mesma a propor a retomada de assustados e tocatas.

Rosália, definitivamente afastada da vida profissional, freqüenta nova roda de amigos, mantém amizade e contatos com os velhos companheiros. De vez em quando presente aos ensaios das orquestras do maestro Vivaldo ou do maestro Carlos Lacerda, que a faz divertir-se com as brincadeiras aprontadas para um e outro. A cantar para deleite de todos ou ensaiar as sempre renovadas *crooners*. A evitar as paqueras de Carlinhos Veiga (até certo ponto... um dia não resistiu e só de brincadeira – para espanar um pouco a poeira da tabaca –, levou o amigo para casa, passaram uma semana de gozos e folias).

Vivaldo traz recado de mestre Almiro Oliveira: não dispensa *a menina* de ida em junho a Nazareth das Farinhas. As notícias de todos os dissabores passados por Rosália preocupam demais dona Mirênia (a despeito das cartas trocadas com Mucinha). Quer rever, confortar a amiga. Sim, leve a família, a tocata há de ser das boas.

Na data aprazada, cedinho, no cais do porto, Rosália, Mucinha, Dalila e Camerino – capitaneados pelo maestro Vivaldo – tomam o navio da Bahiana no rumo de São Roque, onde correndo correndo desembarcam para pegar o trem de Nazareth das Farinhas. Fortunato, estudante de medicina, em plantões e compromissos, não pode largar a cidade, nem o pai, preso à repartição. A alegria do reencontro com Mirênia e Almiro – amizade dos tempos de início de carreira, quando viajava a trabalho pelo recôncavo e sertão – mantida por cartas a acompanhar vindas de partituras e idas de discos. Parece terem se visto ontem, não fosse pelas meninas, agora mocinhas, ansiosas para ouvir cantar a tão esperada Rosália – também ansiosa por ouvir o canto de Edy e Marle.

A primeira a se apresentar é Edy com *Prece a São João*, bem apropriada para o momento. Rosália: *Meus tempos de gravar discos... essa linda marcha-rancho não me escaparia...*

Depois Marle, tão novinha a cantar canção tão adulta, um bolero perfeito para a voz dela e também para a de Rosália (pede a partitura e logo a tem de cor e canta muitas vezes – com o passar dos anos as vozes das duas foram ficando cada vez mais semelhantes). Se a *Prece a São João* não escaparia de um disco seu, que dirá *Fica perto a mim:*

> *Fica*
> *Bem perto a mim*
> *Vem sem receio*
> *Por que me olhas assim*
> *Olhar tristonho*
> *Como num sonho sem o calor*
> *Falta de um grande amor*
>
> *Amor*
> *Que na vida é um grande ideal*
> *É sonho*
> *É quimera*
> *Afinal, muito embora às vezes*
> *Nos seja fatal*
> *Mas mesmo assim*
> *Hei de vencer*
> *O teu amor por fim*

Da noite, a novidade da conversa de Rosália. Desde o abandono da profissão jamais se referira a coisa alguma dos tempos de rádio, cassino, discos... nada! *O maior vexame? vocês não podem imaginar... os grã-finos do Rio de Janeiro disputavam minha presença em suas festas, e eu só ia quando enchia a cara, uma granfa toda esparrachada no sofá debicou quando eu disse que estava apertada e o banheiro ocupado... não contei conversa, levantei a saia, baixei a calçola e mijei no colo da safada. Pensam que deixaram de me convidar? Aí é que mais me queriam, esperando o escândalo do dia! De outra feita, nem lembro a troco de quê, mandei um dândi tomar no cu; à tentativa de reação do sujeito, repiquei os ferros: vá tomar no cu com areia! Porque sem areia eu já tomei e gostei!* Dali por diante foi um deleite para os sobrinhos esquadrinhar a *vida de artista* da tia. Afiar-se com aquela boca-rota tão natural que não constrange ninguém com seu velsar e revelsar entremeado do que se chama palavrão, mas para Rosália apenas palavras como outras quaisquer. Ainda dessa noite de revivência da amizade com os Oliveira, a animação maior de Dalila com o canto – o prazer ainda não sentido por ela de cantar músicas inéditas. Engraçado não haver uma freqüência de compositores nas tocatas. Mucinha, à conversa de Almiro: *Dona Mucinha, quem faz arranjo desse quilate... Não me venha negar... A senhora escreve "múgica"!* Ela, entre envergonhada e feliz. *Pois é, mestre Almiro... Às vezes rabisco umas notinhas...* Para surpresa dos filhos e da irmã que saltou de lá com quatro pedras na mão: *Mas como, Mucinha? Como nos esconde uma coisa dessas? Ai, ai, ai, Totonho não vai gostar nada desse esconderijo! Deves saber todas de cor, presenteia-nos com uma ao menos.* Mucinha, tomada de brios, dirige-se ao piano. *Não vistes ainda, Rosália, os poemas de nossa amiga Mabel. – Ai, Mucinha, é muita novidade pra meu gosto, é você fazendo música, é Mabel escrevendo poemas... tudo na minha ausência? – Pois é... ela pôs-me os cadernos em mãos, tão lindos! Para eu dar uma opinião. Se eu tivesse o condão... Publicava! É esta a minha opinião.* Camerino intervém: *Sim mãe, poemas de Mabel... e tua música? Tá querendo engambelar a gente pra não tocar? – Eu não, filho, estou querendo dizer que vou cantar para vocês o poema "Minhas filhas". Pensei em vocês dois e em Dalila quando escrevi a música para este poema de Mabel que me emociona sempre que o leio ou canto.*

> *Das alegrias da vida*
> *a alegria maior*
> *foi parir minhas meninas.*
> *Dos cuidados da vida*
> *o cuidado maior*
> *foi criar minhas meninas.*
> *Dos receios da vida*
> *o receio maior*
> *ver crescer minhas meninas.*
> *Das tristezas da vida*
> *a tristeza maior*
> *ver chorar minhas meninas.*
> *Das esperanças da vida*
> *a esperança maior*
> *ver viver minhas meninas.*

Aplausos e assovios comemoraram a música de Mucinha, o poema de Mabel. Mucinha estimulada, enquanto tira notas ao piano, fala: *Não pari essa minha menina Ro-*

sália. Para essa irmã que é minha filhota, escolhi outro poema de Mabel, dedico a você, Rosália, o título é "Pra te agradar":

> *eu vou pegar*
> *as duas pontas do arco-íris*
> *e fazer corda pra pular*
> *vou subir na cachoeira*
> *descer de escorregadeira*
> *pra te agradar*
> *vou riscar em toda a praia*
> *uma enorme amarelinha*
> *e saltar pra te agradar*
> *e vou subir na jaqueira*
> *no ramo que for mais alto*
> *balançar como em trapézio*
> *somente pra te agradar*
> *eu vou fazer o impossível*
> *vou voltar a ser menina*
> *correr picula cantar roda*
> *somente pra te agradar*

Emoção tomou a todos, a música mais do que perfeita para a letra. Rosália abraça Mucinha e chora da alegria e de todo amor que as liga muito além da fraternidade "de obrigação".

Da visita aos Oliveira resultou mais depois de uma manhã inteira de prosa entre Rosália e mestre Almiro. Ninguém soube o detalhe da conversinha miúda, mansa, convincente! Rosália voltou pra Bahia decidida a dar aulas de canto, coqueluche da cidade. Necessário filtrar os rapazes e moças já se iniciando na carreira artística. As aulas vão do básico da técnica, postura, respiração, colocação de voz... aos macetes, cuidados com a voz, atitude, identificação do tipo de voz e adequação do repertório, interpretação. Aulas com um *élan* especial, permeadas pela experiência de vida de Rosália, se iniciam com o compromisso do aluno de deixar de fumar. Rosália é uma precursora na luta contra o cigarro. Rosália passa para seus alunos e alunas o recebido de mestre Almiro no início da carreira: "soltar a voz". Sempre de olho aberto – o longe que o olhar alcance, a voz irá.

Na memória de Rosália, e aos olhos dos amigos, o recuperar da perda de Baptista. A saudade alimentada por boas e sadias lembranças a engrandece. Na memória de Rosália trechos das conversas do amigo Rodrigo Antonio quando do terrível sofrimento por Joãozito: *Ora, Rosália, você vai ver, mais dia menos dia você vai dar graças a Deus por ter se separado... e no dia que você der graças a Deus... estará curada, Rosália! Estará curada desse 'amor quase tragédia'... Rosa...* A apenas Rodrigo Antonio ela dá ousadia de lhe chamar por apelido, sendo o mesmo Rodrigo um dos poucos e bons que ela se permitia receber nos tempos de prantos e choros pós-separação: *"Rosa, minha amiga, você vai lembrar de mim quando se referir ao canalha por seu próprio nome e haverá de dizer... lembrança que mais parece esquecimento!"* **rodrigo antonio é um sábio... graças a deus – uma e duas.** Na realidade de Rosália os sábados de tocatas e assustados com linda-figura a ocupar seu coração **medo de me apaixonar por pessoa errada e por que errada? não sei só sei que dá medo dá medo sim nesse velho coração a se balançar por pessoas impossíveis coisas que não podem aconte-**

cer por que não podem acontecer? sou livre independente machucada pelo amor por que o amor machuca? quando não machuca deixa esta saudade que *amarga qui nem jiló... meu deus, meu deus / por que me abandonaste se me sabias fraca?* **por que este medo? por que este medo do amor? por que esta incutição... esse pensar constante em pessoa impossível? tantas impossibilidades!** Depois da semana de amor (gozos e putarias) com Carlinhos Veiga pensou em finalmente ir para a cama com linda-figura. Aí sim, por amor. Amor ou paixão? Já nem sabia... (...) *nos cigarros que eu fumo / te vejo nas espirais / nos livros que eu tento ler / em cada frase tu estás* (...). Começou sem entender por que linda-figura (tão jovem!) só queria dançar com ela, Rosália, nos assustados. Depois... longas as tardes de conversa na varanda do 26 **sempre me mete medo a possibilidade de uma nova paixão... mas** *fumando espero aquela a quem mais quero...* **fico sem caber em mim de tanta alegria apenas de ver... conversar... estar... se me tocar! enlouqueço sou uma abestalhada mesmo não me entrego não me dou. por que tanto medo? medo de que afinal? e por que tanto desejo? por que me ver e me sentir na cama com esta paixão ou este amor impossível?** (que tanto assunto encontram com tal diferença de idade?). Aí vieram os cantos-recados nas tocatas, Rosália sem querer acreditar ser para si, mas a cada canto-recado linda-figura crava-lhe o olhar. Sejam as animadas parecendo brincadeiras como *Taí, eu fiz tudo pra você gostar de mim* (...) *Você tem, você tem que me dar seu coração* (...) ou *Se você jurar que me tem amor* (...). Sejam as dolentes, olhares apaixonados, *Não sei / que intensa magia / teu corpo irradia* (...) olhares ardentes (...) *olho as estrelas cansadas / Que são lágrimas doiradas* (...) *Estrelas são confidências / Do meu romance e do teu!* Rosália acredita sem acreditar... os recados são para ela. Pensa respostas não ditas nem cantadas *esse corpo moreno, cheiroso e gostoso / que você tem* ou *a deusa da minha rua / tem os olhos onde a lua / costuma se embriagar*. De pensar... morreu um burro velho que minha avó tinha – assim fala o povo. **por que me dizer: *"gosto, gosto muito de você, que bom gostar tanto assim"* e tantas coisas mais... abraços alegria de cada encontro rápido mal acabado telefonema hoje olho no olho amanhã pra que me dizer *"tanta confusão em meu juízo, Rosália... uma barafunda!"*? – que espera para acabar essa atrapalhação venha fique! quanto me atrasei para este chamado? quanto me demorei para receber como resposta *"não aconteceu na hora certa, passou!"*.**

De tanto pensar... Quando deu fé, se pegou a escutar linda-figura cantando no encerramento de uma tocata, olho no olho: *Por que você me olha com esses olhos de loucura?* E na confusão de tantos a se despedir, beijinhos aqui, abraços acolá, as risadarias de sempre... linda-figura abraça longamente Rosália e diz-lhe ao ouvido: *Não tive forças para lhe dizer antes, minha família muda-se amanhã... a gente se fala... a gente se vê por aí...* Rosália num *flash* repentino cantarola em resposta: *Podemos ser amigos simplesmente / coisas do amor nunca mais.* É esse o grande presente do Natal de 1954, uma desilusão.

Os sábados geralmente se iniciam com uma ida de Totonho e Mucinha, muito cedo, à Rampa do Mercado ou à feira de Água de Meninos. Trazem as mais frescas e gostosas mercadorias encontradas nos saveiros vindos do recôncavo e do recôncavo sul. A variar conforme a época do ano. Enormes camarões, lambreta, ostra, sururu, boquinha de caranguejo, sem contar a farinha de Santo Amaro, de praxe e freguesia certa – para a farofa e o pirão. Manga, mangaba, banana, caju, abacaxi, araçá, cajá, cajarana, carambola, umbu... para doces de cumbuca e de rodinha, sucos, garapas e abafa-bancas. Carne de fumeiro *y otras cositas más*. Ao contrário de muita gente chegada aos mocotós, cozidos, sarapatel, meninico... dia de sábado, em casa de Totonho e Mucinha tem-se uma leve refeição. Ninguém quer ficar jiboiando, todos querem tocar e dançar. Do almoço, além da família, sempre participam alguns mais chegados. Walter Boaventura, belíssima voz de baixo, anualmente canta a novena do Senhor do Bomfim e algumas vezes a de Nossa Senhora da Purificação em Santo Amaro. Canta como ninguém: *(...) arranca a máscara da face / pierrô / para sorrir do amor que passou.* Dr. Wenceslau e seu indefectível violino. Dona Inês e sua animação (não canta mas encanta). Lá pras três da tarde começam a chegar os camaradas dos meninos. Felipão, Marquinho Nigrinha, Sérgio Strompa, Miminha, Cila, Nanan, Palé, Cristina Gonzaga, Delinha, Denise... Alguns apenas pensando no bailarico e nos flertes, outros esperando ter vez na tocata. Sérgio Strompa e seus floreios ao piano. Cila e Delinha no acordeom, Nanan ao violão. Marquinho Nigrinha no bongô. A concorrer/aprender com os adultos que há anos ali se reúnem. Os memoráveis duetos de Rosália e Mucinha agora em trio com Dalila – sem contar os solos delas, de Walter Boaventura... Perderam o canto de linda-figura, foi embora da vizinhança. Geralmente as tocatas e assustados enveredam pela noite, com Jovelina se desdobrando no serviço das merendas. Pudim de pão, bolo de aipim ou de carimã, queijo de cuia com bolo Pernambuco, ninguém resiste. A famosa tocata de Totonho e Mucinha, o prazer da música. A tocata de Totonho e Mucinha, executada por profissionais e amadores. A tocata de Totonho e Mucinha, admirada pelos amantes da música sem nem tirar um dó. Na tocata de Totonho e Mucinha: cantar, tocar, dançar. A depender do discorrer do repertório. Do bolero ao samba. Da valsa ao chorinho. Samba-canção, baião (e muito mais). Dos arranjos animados quando dr. Wenceslau ensina à meninada belos passos de dança de salão aos elaborados arranjos para o prazer da audição. Em ambos Mucinha é perita! A depender das improvisações, homenagens, desafios...

 ainda não se passaram dez anos como diz a canção mas quase! 1960... dezembro vem chegando com a formatura de fortunato quem diria? esse menino já médico... totonho a vida toda tomando conta de meus dinheiros fazendo render e crescer sem aceitar um centavo de comissão o que é de direito agora até na europa ele teve de ir a tomar providências... *Mucinha, minha irmã, chama aí Totonho mais Fortunato, precisamos combinar a festa da formatura; cuidar de escolher consultório, ver quando o menino começa... carece comprar um automóvel pr'essemenino. – Quer mesmo me dar um presente, tia? Não quero festa não, nem carro. Quero condição para ir a São Paulo fazer o exame para residência na cardiologia do Hospital das Clínicas e se passar... um apoio para minha manutenção por lá. – Ora menino, uma coisa não tem nada a ver com a outra, fazemos a festa e você viaja, pronto!* Fortunato habitualmente arredio não aceita a pro-

jetada grande festa, apenas um jantar para a família, os colegas mais próximos, os vizinhos. A noite de lua cheia, o jantar termina em serenata no jardim. A qualidade do toque de Fortunato fará falta nas tocatas, mas sua presença, coitado, nem tanto, sempre foi esmorecido.

Rosália vaidosa, o cabelo bem arrumado, não dispensa o batonzinho. Vestidos ou *slacks* de linho, fustão, cassa bordada... sob medida, feitos por sua modista Inês. Calçados comprados na Casa Stella do Comércio, e os de festa, como nos tempos de palco, forrados com o tecido do vestido ou cetim *lumière* feitos sob medida pelo sapateiro seu Claudionor na Barroquinha. Brincos e bolsas e cintos escolhidos na Casa Sloper na Rua Chile. Detalhes aparentemente sofisticados usados com tamanha naturalidade por Rosália fazem-na uma mulher elegante sem qualquer vislumbre de afetação. O único sinal exterior de riqueza é a constante troca de automóvel. De uma maneira geral, as pessoas na Bahia costumam trocar de carro a cada oito ou dez anos. Rosália aprecia automóveis, de vez em quando passeia com seu Edgard pelas agências. Tirante o Packard de perdidos anos de vida-útil, desde o Hudson passou a ficar com um automóvel no máximo quatro anos. Passou por uma Rural azul e outra verde. Em 1956, quando se anuncia o primeiro carro brasileiro (na verdade um carro alemão montado no Brasil), Rosália é a primeira na Bahia a adquirir uma Vemaguet da DKW Vemag. No ensejo considera seu fiel chofer, que tantas noites perdera nos áureos tempos, merecedor de uma certa folga. Dá a Rural de papel passado a Edgard. *Mas a manutenção e a gasolina continuam por minha conta e você fica obrigado a antes de vir para o trabalho deixar Antonio e Zezé na escola e buscá-los aproveitando para almoçar em sua casa e mais conviver com os meninos... Levar Nita pra passear nos fins de semana... Eles já foram muito prejudicados com sua fidelidade às minhas loucuras.* Agora, com a recusa de Fortunato em aceitar um carro de presente de formatura, ela encontra o momento propício para adquirir o mais chique carro nacional, de origem francesa, uma Simca Jangada 1960. Ou seja, desde a primeira Rural ela só gosta das caminhonetes (chamadas peruas pelos paulistas). Assim será pela vida afora. Aos quase oitent'anos de idade, quando surgem os monovolumes e Rosália troca de carro de ano em ano, virá a possuir Renault Scénic, Citroën Picasso, descontando o "longo inverno" sem montadoras de origem francesa no Brasil.

No correr dos anos as estórias são lembradas e relembradas. As risadas começam apenas ao *"e o assustado de Toninho Penico?"* dito por alguém. A graça porque "penetra" é comum em festas de 15 anos, bailes de formatura, festas juninas... Mas "penetra" em tocata? Nunca ninguém vira contar. Apareceu lá aquele rapazinho. Cada um a pensar, o rapaz seria amigo do outro. Delinha, toda tou-que-tou, deu show no acordeom. E o rapaz de olho! Começa a dança, Delinha pé-de-valsa das boas nem mais olhou pro acordeom... Foi pedida em namoro naquela mesma tarde. O rapaz confessou, a "espiava", há meses, na saída do Sophia Costa Pinto na Vitória. Fora à tocata como penetra! Para o apelido Penico, nem na festa de bodas de ouro do casal, quando tudo foi mais uma vez recontado, se conseguiu uma explicação.

Inesquecível é uma das visitas da amiga Nené de Santo Amaro. Sempre muito esperada por conta de seu repertório diferenciado, o grupo ansioso por aprender. Tarde lembrada por todos como *A Tocata de Nené*. Lá pras tantas, Nené acompanhando-se ao violão, soltou:

> *(...) eu sou a mesma que você deixou*
> *Eu vivo aqui onde você viveu*
> *Existe em mim o mesmo amor*
> *Aquele amor que nunca mais foi seu*

O violão foi esmorecendo na medida em que Nené se dava conta da letra a desfiar recente estória de Rosália. Aos últimos versos Rosália já estava ao piano cantando uma segunda no *Você e eu somos iguais / Não mudamos jamais*. Aplaudiu a amiga. Nené sentiu um alíííivio... Estava totalmente sem graça com a música escolhida. Concomitante, faz soar os primeiros acordes de outra canção, diz: *Nené, ouve esta...* Começa a cantar do segundo verso, pula alguns outros, mantendo a melodia ao piano. Totonho em belos trinados ao violão:

> *Ninguém sofreu na vida o que eu sofri*
> *As lágrimas sentidas, os meus sorrisos francos*
> *Refletem-se hoje em dia*
> *Nos meus cabelos brancos.*

Se mudasse do feminino, dir-se-ia ser letra de Rosália para o indivíduo... tanta identificação... até os cabelos, Rosália levantou-se da doençada com a cabeça toda grisalha – aos 30 anos de idade.

Nené responde:

Eu devia
Sorrir, eu devia
Para o meu padecer ocultar

E Rosália, combinando com Cila para acompanhá-la, com o acordeom, em uma Luiz Gonzaga:

Mas ninguém pode dizer
Que me viu triste a chorar
Saudade, o meu remédio é cantar

Entre gritos de *"Dá-lhe!"*, batidas no peito como se a esfaquear o próprio coração *"É golpe! Essa é golpe!"* vararam a noite nesse verdadeiro desafio da dor-de-corno. Como se todos os "degredados do amor" ali presentes alcançassem uma grande alegria ao exorcizar o sofrimento cantando! Como se assim cantando expulsassem o desgosto. Até os mais jovens, como Sergio Strompa, um eterno apaixonado de amores impossíveis, foram desfiando seu rosário de penas...

Passaste hoje ao meu lado
Vaidosa de braço dado
Com outro que te encontrou (...)

Não, eu não posso lembrar que te amei
Não, eu preciso esquecer que sofri
Faça de conta que o tempo passou (...)

Nosso amor que eu não esqueço
E que teve o seu começo
Numa festa de São João
Morre hoje sem foguete
Sem retrato e sem bilhete...
Sem luar... sem violão.
Perto de você me calo
Tudo penso nada falo...
Tenho medo de chorar.
Nunca mais quero seu beijo
Mas meu último desejo
Você não pode negar.

Se alguma pessoa amiga
Pedir que você lhe diga
Se você me quer ou não
Diga que você me adora
Que você lamenta e chora
A nossa separação.
Às pessoas que eu detesto
Diga sempre que eu não presto
Que meu lar é um botequim
E que eu arruinei sua vida
Que eu não mereço a comida
Que você pagou pra mim (...)

Mas enquanto houver força em meu peito
Eu não quero mais nada
Só vingança, vingança, vingança
Aos santos clamar (...)

Para gáudio de Nené, que, a despeito da animação desenrolada, continuara cabreira com a gafe, já às despedidas, sai-se Rosália: *Nené, minha amiga, cantemos mais uma vez aquela lá do início da tarde... Acabei de saber que você riu de mim...*

NOVOS

O golpe militar de 1964 é um golpe na família. Camerino quartanista de Direito, vice-presidente de cultura do Diretório Acadêmico, é interrogado e preso por alguns dias por conta de ter sido organizador de um grande festival de música que reuniu estudantes de toda a universidade. Os milicos beócios consideraram alta subversão! Ainda em outra chateação teve de se recolher por uns dias na chácara de Caribé Médico em São Tomé de Paripe. Fortunato há quase quatro anos em São Paulo, embora venha anualmente em visita à família, não mostra intenção de retorno definitivo. Pelo contrário, cada dia mais envolvido em seus estudos, já fazendo parte da equipe do mestre dr. Zerbini. Fortunato, entre cursos de especialização e cirurgias, não é motivo de preocupação para a família.

Antes, o ressurgir das ressacas morais provocava um furor consumista em Rosália. Agora, mantém o hábito de disfarçar as grandes amolações com reformas na casa ou trocas de automóvel. Está virada na banana com o golpe dos milicos, cassações de mandatos, prisões. *Minha mana, não fique assim... parece até que você é da política, coisa que você nunca gostou!* – *Mucinha, minha mana, não é mais nem questão de política! São as injustiças, a truculência, o autoritarismo que temos presenciado. Eu não lhe disse que boa coisa não ia dar quando começou aquela carolice de marcha com*

Deus? Você acha justo cassarem um homem como Juscelino Kubitschek? Mesmo considerando os erros cometidos por JK... os golpistas de merda não podiam cassá-lo. Apreensões de livros? É outra ditadura, minha mana, é o que é! Não bastou o Estado Novo de Getúlio? Agora tudo de novo e provavelmente pior porque na mão dos militares. Aliás, toda ditadura é uma porra! Rosália abre mão de suas preferidas caminhonetes para fazer uma de suas pirraças, das sabidas apenas pela pirraçante, ignorada pelo pirraçado. Adquire talvez o último exemplar do *JK 2000* da FNM. A marca homenageia o "presidente da indústria automobilística". *Pois até isso os miseráveis dos milicos fizeram: obrigaram a fábrica a trocar oficialmente o nome do automóvel para FNM 2000, além de tirar as colunas estilizadas do Palácio da Alvorada do logotipo. Uns cretinos!*

O início da década de 60 é o auge da Escola de Teatro da universidade. Os colegas da rádio freqüentam a Escola entusiasmados com os novos cursos. Trocam o autodidatismo de radioatores, radioatrizes pelo estudo e profissionalização de verdadeiros artistas do palco. Martin Gonçalves, o diretor da Escola, insiste para Rosália ensinar canto. Rosália recusa. Bastam-lhe as libertárias aulas particulares. Até gratuitas, se percebe um belo talento sem condições financeiras. Não quer, não quis, envolvimento com poderes públicos nem com políticos. Cantou no Catete para Getúlio, recebeu cachê, recusou agrados. No entanto, nada impede suas amizades com muitos professores e alunos da Escola. Acompanha de perto a dissidência do grupo dos Novos deixando a Escola, criando o Teatro de Rua e fundando/construindo o Teatro Vila Velha. Quando dez anos antes fora fotografada por Silvio Robatto para a capa do disco (que não chegou a gravar), já era amiga dos pais dele, Stella e Robatto. O multifacetado Alexandre Robatto. Dentista. Cineasta – apenas naquele ano de 54, entre os documentários realizados, fez *Capoeira*, *Xaréu*, a *chegada de Martha Rocha*, a baiana Miss Brasil que "por duas polegadas a mais" não voltou Miss Universo. Fotógrafo. Pesquisador da música folclórica baiana. Escritor. Agradabilíssimo *causeur* e fiel amigo – qualidades essas que não faltavam à esposa Stella. Em casa dos animadíssimos Robatto, nas Mercês, Silvio e a irmã Sonia arrumam o porão montando uma boate com as paredes em painéis pintados por Mário Cravo, Carybé, Mirabeau. Boate particular para proveito deles mesmos e do imenso grupo de amigos. Quantas farras animadas ali se desfrutou! Os dois sendo para Rosália "os meninos de Stella" tornam-se seus amigos como se da mesma idade fossem. Rosália ali conheceu um de seus cachos mais avassaladores, poeta maravilhoso, homem lindo! Morenaço de cabelos negros como as asas da graúna, carinhos poemas e trepadas inesquecíveis em intensíssimo, apaixonado e rápido caso de agarramentos de manhã de tarde e de noite. Com amizade de tantos anos, é típico de Rosália participar entusiasmada na construção do Vila Velha. Freqüentar cotidianamente desde a inauguração. A grande alegria dela é a importância especial dada à música pelos Novos. Desde o início foi comum à pauta do Vila, além dos esperados espetáculos teatrais – locais, nacionais e estrangeiros; apresentações, shows e concursos de música erudita e popular; encontros sobre cinema e artes plásticas; seminários... em coexistência e vivência frutífera das mais variadas linguagens culturais.

Desde que assistiu ao show *Nós, por exemplo...* daquela moçada... Rosália quedou para sempre apaixonada pela qualidade das interpretações, das criações, composições... mais do que apaixonada, estimulada. No íntimo agradecida ao ver os jovens tão envolvidos com a música do passado, renovando-a. Um show iluminado por canções de Caymmi e Noel Rosa mostra algo além da bossa nova. Rosália assistira aos seus contemporâneos que permaneceram na ativa sendo massacrados pela bossa nova, de alma lavada assiste a esses meninos-compositores-arranjadores a "fazer" bossa nova enriquecida com o som do passado. No maior entusiasmo, discorre a um e outro sobre "*os shows dos meninos*" naqueles dias de agosto e setembro de 1964. Renovado regozijo em 65 quando vai ao Rio assistir a estréia nacional de Maria Bethânia no show *Opinião*; os meninos mais uma vez reunidos em *Arena canta Bahia*. Ou em 68 quando aviona ao Rio de Janeiro e assiste na boate Sucata ao show dos tropicalistas Caetano e Gil. Já velha (Rosália nunca envelheceu, aos quase 90 continuava a mesma menina de sempre) repete trechos inteiros destes e de shows que vieram a seguir, como Maria Bethânia na boate Cangaceiro e *Rosa dos Ventos*, de 1971, para ela o maior/melhor espetáculo visto até então.

Não, esses meninos não podem ficar apenas neste show, a Bahia toda merece vê-los, escutá-los! Quantos puderam ter esse prazer inolvidável... umas 300, 400 pessoas? Estava eu lá na primeira fila com Camerino, quando, com seu violão, o doce Caetano começou com João Valentão *do grande Caymmi! Pessoal... aí entrou o conjunto... Alcivando Luz (colega de Merino no seminário...) no contrabaixo; Antonio Renato (o menino filho de Tessa) no piano; me foge o nome do rapaz da bateria. Como tocam esses meninos! Você precisava estar lá, Mucinha! E você, Totonho. Dalila então, nem digo nada, tanto que insisti com essa menina. Aí o conjunto acompanhou uma mocinha... Maria da Graça mais uma vez trazendo o nosso querido Dorival com* Eu não tenho onde morar. *Quando vem outra mais mocinha ainda... uma menina! Maria Bethânia nos deu* O xis do problema *do velho Noel... não me contive! As lágrimas me vieram incontroláveis. Chorava de ver aquela menina de hoje! Recém-saída dos cueiros, com aquela potência de voz... que interpretação! Terminei por rir na hora dos aplausos ao lembrar de mim, bêbada, um fim de noite, junto com a velha Araca, tão bêbada quanto eu, as duas quatrupilhando pela praia de Copacabana a cantar Noel!* Rosália ri e chora ao mesmo tempo, após o almoço de domingo, tomando mais um gole do cafezinho – já frio àquela altura. Continua. Conta e canta trechos, acompanhada apoiada por Camerino, ouvidos pela família em volta da mesa. *Se vocês querem saber, estou com o show inteiro de ontem aqui em minha cabeça... prossigo?* Claro, estão todos interessadíssimos. Rosália prossegue com sua peculiar verve a detalhar uma entrada de Caetano Veloso aqui, um solo de Antonio Renato ali, a musicalidade de Gilberto Gil acolá. Rosália prossegue a cantar: "*Meu desespero ninguém vê / sou diplomado / em matéria de sofrer*" *Porra! Lembra, Totonho? Eu lançaria o amigo Batata no que seria meu primeiro LP... mas vá lá... passou! Viva esses meninos novos, maravilhosos! Depois de uns dois ou três números com o conjunto entra aquele neguinho bonitinho que já participa de uns programas na TV Itapuã, Gilberto Gil. Bom músico! Maria Bethânia volta a cantar e Maria da Graça caaanta... xeu ver aí o programa... sim,* Se é tarde, me perdoa... *É uma afinação! É um jeitinho tão pra dentro, me lembrou João Gilberto. Que você achou, Merino? Mas o ponto alto mesmo é com uma boa canção, de autoria de um deles... do Caetano... quando se dá um escurecimento na ribalta, com focos de luz apenas nelas, que vêm andando lentamente lá de trás, uma de claro, outra de escuro, os músicos quase invisíveis na penumbra e... indescritível! Maria Bethânia, maravilhosa, canta a primeira estrofe.*

Rosália cantando:

> *Na minha voz*
> *Trago a noite e o mar*
> *O meu canto é a luz*
> *De um sol negro em dor*
> *É o amor que morreu*
> *Na noite do mar*

Maria da Graça canta a segunda estrofe, Rosália continua:

> *Valha nossa Senhora*
> *Há quanto tempo ele foi-se embora*
> *Para bem longe*
> *Pr'além do mar*
> *Para além dos braços de Iemanjá*
> *Adeus, adeus.*

Cantas comigo agora, Merino? Como elas, entremeando as duas estrofes... e Camerino, herdeiro do ouvido absoluto e memória da tia não se faz de rogado, dando um falsete ao seu tenor, faz a parte de Maria da Graça. *Não, pelo amor de Deus, não me cantem nem contem mais nada senão eu choro de raiva e arrependimento!* É Dalila rachada em cruz de não ter ido ao show do Vila, e a tia: *Conto sim! pra você aprender não ser teimosa e ficar de vozinha dengosa: "Eu, hein, tia, vou lá sair de meus cuidados pra ver uma meninada miando... Toma, fedelha! Perdeu! Vêm vindo outras canções de autoria de cada um deles, canta o Fernando Lona, que até então só aparecera fazendo acompanhamento de violão com o conjunto, e por aí vai... mas o encerramento... depois de tanta coisa bonita, bem-feita, bem tocada, tanta coisa de qualidade! E o tal solo de bateria do fulano que esqueço o nome...*

Rosália fala dos "meninos" como se ela mesma não houvesse começado no programa de calouros aos 15 anos, como se não fosse, ela mesma, uma jovem aos 40 anos de idade. Os meninos são mesmo uns bacanas que (para felicidade de Rosália) retornam ao palco do Vila Velha poucos dias depois, no feriado de 7 de setembro, em plena segunda-feira, o que não impede de terem casa lotada. Rosália e *tout la famille* saem do show em tal animação, sequer passam no Forte de São Pedro para tomar um suco e comer bauru na Manon. Loucos para chegar em casa vão direto para o ateliê, a velsar e revelsar, um tira algo no piano, outro dedilha no violão a cantar pedacinhos de uma e outra canção. Totonho: *O que mais me anima nessa moçada é a qualidade de suas composições aliada ao respeito por Caymmi e até mesmo para a bossa nova, tão em voga, eles fazem apresentações personalíssimas.* Comentam a saída de Fernando Lona e a participação de Antonio José – *Oxente, tia, você e sua prodigiosa memória... esse Antonio José é o Tonhezé, gente de professor Almiro, conhecemos ele numa tocata que Marle mais Edy nos levaram.* – *Mas esse não é o show que Rosália cantou pra gente dias atrás?* – *É nada! Esses meninos são uns porretas... umas poucas músicas do anterior, mas o jeito é todo outro. Repare, me dê aí o programa... "show de bossa nova* Nós*, por exemplo... ah! Aí está: número 2! Es-*

ses meninos não são gente! Alcivando é teu colega, Merino, traz eles pra uma tocata aqui em casa.

Se Alcivando não leva os companheiros para uma tocata de Mucinha e Totonho (primeiro ocupados em ensaiar o *Nova bossa velha velha bossa nova* e depois cada qual a pensar e preparar o seu show individual), ele consegue a participação de Rosália em uma das programações do Vila Velha: o animadíssimo *Improviso*, que rola à meia-noite das sextas-feiras.

A cerveja no barzinho do *foyer*, o palco livre para as mais variadas apresentações, um ir-e-vir da moçada da platéia para a cervejinha e o bate-papo. *Ainda bem que o primeiro show individual foi o de Maria Bethânia logo no princípio de janeiro. – Pois é, menino... a começar pelo nome* Mora na filosofia *seguindo pela escolha de repertório e a força da interpretação de Maria Bethânia... e como ficou lindo no cenário de* Eles não usam bleque tai. *– Ela é sensacional, com cenário ou sem cenário! A mulher canta como ninguém! – Não foi à toa que Nara Leão convidou Maria Bethânia para substituí-la em* Opinião! *– Quando bateu o telefonema da atriz Nilda Spencer lá em Santo Amaro, é, Santo Amaro... Maria Bethânia e Caetano Veloso são de lá, são irmãos... pois quando Nilda Spencer conseguiu falar bateram o telefone na cara dela pensando ser trote! – Vocês viram* O Cruzeiro... *agora... acho que da segunda semana de fevereiro... – Não foi só a revista não! Tudo quanto é jornal do Rio de Janeiro... e cada manchetão! Páginas inteiras sobre a nossa menina, teve uma bacana assim... "MARIA BETHÂNIA É UMA OPINIÃO". – Eu gostei da que li "PERFIL DE UM TALENTO". – Boa mesmo, pessoal, foi na Última Hora: "EU SOU MARIA BETHÂNIA". Por aí já se vê a personalidade da menina. – Melhor entrarmos... hoje se apresenta aqui uma cantora do rádio, dos anos*

30-40! – Quem é, gente? – Disse que é uma retada, uma mulher e tanto..., uma tal de Rosália Roseiral! A essa altura intervém a mãe de um dos jovens: *A grande! A maravilhosa Rosália Roseiral, a maior cantora que a Bahia já deu ao Brasil até agora... Espero que essa meninada aqui do Vila possa engrandecer a Bahia lá fora tanto ou mais do que Rosália Roseiral,* intervém outra mãe. – *Eu soube de fonte fidedigna que Rosália é a maior fã desses meninos... não fala em outra coisa!* E alguém aparece lá no mezanino, da porta da platéia: *Vem, pessoal, agora é Rosália Roseiral.*

Rosália é demais. Talvez apenas uns dez por cento daquele público houvesse assistido a um show seu, provavelmente mais da metade jamais ouvira falar dela. Vestida em conjuntinho de saia justa e casaco de linho estampado em florais de tons claros, a blusa branca, saltos altos, lindas pernas, cabelo curto grisalho, maquiagem discreta (sobressaindo o batom bem vermelho a desenhar a boca carnuda), domina a cena como nenhum dos que pisaram ali nessa noite o fizera. Domina microfone, silencia o público: *Meus queridos, há onze anos pisei no palco pela última vez* (e sorrindo), *mas não parei de cantar... O amigo Alcivando, ali no contrabaixo, convenceu-me de vir aqui, o arranjo é de minha irmã Mucinha, ali ao piano. Violões: meu cunhado Totonho Pitangueira e meu sobrinho Camerino. No ritmo, a sobrinha Dalila.* (rindo com muito gosto) *Não é nepotismo não, como nestes dias faz-se moda... nossa vida é tocar e cantar juntos.... Eu não viria aqui apresentar velharias... Para vocês, com o meu carinho, do jovem talentosíssimo Caetano Veloso, atualmente no Rio de Janeiro acompanhando a irmã Maria Bethânia. Com muita justiça Maria Bethânia vem obtendo enorme sucesso. Com certeza Caetano e toda a turma do Teatro Vila Velha também encontrarão o sucesso!*

Deixemos de conversa... A fala havia sido interrompida por alguns aplausos; agora a casa vem abaixo quando Rosália anuncia *Avarandado*.

Aplausos e gritos: *Mais uma! Mais uma! Mais uma!* Vozes tentam sobressair falando uma coisa e outra tipo *Maravilhosa!* Rosália faz gestos tipo sentem-se, acalmem-se. Consulta pelo microfone os diretores do *Improviso* (de regra, cada participante apresenta apenas um número), da coxia vem o Ok, ela confirma, cantará! Da platéia já silenciosa ouve-se, alto e bom som: *Uma das antigas!* E mais uma vez Rosália e seu grupo arrasam, encerrando a noite do *Improviso* com *Atire a primeira pedra* de Ataulfo e Mário Lago, um verdadeiro carnaval.

À saída do Vila, no Passeio Público, muitas pessoas esperam para cumprimentar Rosália, mas a genuína alegria da noite surge como um rosto distante, quase escondido atrás da grande roda à sua volta, nesse momento transformada em multidão aos olhos de Rosália. Em braçadas suaves vai indo em direção de linda-figura (no Natal passado completaram-se dez anos do último encontro, raras notícias tivera nesse tempo, uns poucos bilhetes... cartões...). Longo e caloroso abraço marca o reencontro, acertando-se sua presença no dia seguinte (dia seguinte não, logo mais, pois já se faz madrugada do sábado) na tocata. Nos adeusinhos finais Rosália grita pra linda-figura *vá cedo pra tocata... chegue para o almoço!*

Dessa vez os papéis se inverteram. Os meninos pedem a Alcivando, querem ir à tocata. Todos encantados com Rosália e a retada, porretíssima família de músicos. Com Alcivando chega a tímida Gracinha. Tonhezé vem com Marle, Edy e mestre Almiro. O restante do pessoal chega açambarcado pela simpatia de Gil lamentando a ausência de Caetano e Maria Bethânia, no Rio de Janeiro. O ateliê não chega pra quem quer, espalhando-se gente pelo quintal e até no jardinzinho da frente. Rosália só tem olhos para linda-figura. Gilberto Gil encanta a todos com os seus *Samba moleque, Maria Tristeza, Maria* entre outras antigórias. Pega a sanfona de Cila e manda ver Luis Gonzaga. Vêem-se lágrimas aqui e ali na interpretação de Gracinha: *Faz três semana que na festa de Santana / O Zezé Sussuarana me chamou pra conversar.* Rosália só tem olhos para linda-figura. Convida a turma a repetir ou recriar o número do *Nova bossa...* mesclando os de casa com os do Vila. Faltando o longo banco de cena, sentam-se todos no janelão e Alcivando em pé na ponta com seu contrabaixo. Fazem o inesquecível *Dizem que a mulher é a parte fraca / nisso é que eu não posso acreditar / Deus nos livre das mulheres de hoje em dia / esquecem o homem só por causa da orgia / gosto que me enrosco de ouvir dizer / que a parte mais fraca é a mulher / mas o homem com toda fortaleza / desce da nobreza / e faz o que ela quer* de Sinhô. Rosália só tem olhos para linda-figura.

Com *Maria do Colégio da Bahia* Tonhezé, acompanhando-se ao violão, excita os atuais alunos do colégio, além dos ex, como linda-figura. Tonhezé é obrigado a repetir, agora com coro do pessoal e entrada de muitos dos instrumentistas ali presentes. Rosália só tem olhos para linda-figura e linda-figura só tem olhos para Rosália. Tantos convidados novatos na tocata... Rosália e linda-figura tentam uma brecha para os recados musicais. Brecha não encontrada. Tarde da noite, quando parte o penúltimo dos convivas, Rosália sai anunciando, levará linda-figura na Barra. *Não, Merino, eu mesma levo, oxente... é a primeira vez que vou voltar sozinha a essa hora?* No pegar a chave do

carro, vão emendando conversas, fica-se ali na varanda do 26. *Na minha Rua no 59 / eu vivia alegre sem pensar na vida*, Rosália cantarola inconscientemente... linda-figura continua: *Debruçou no muro e me chamou querida*. Rosália salta a letra: *A trepadeira que eu plantei murchou / morreu desiludida com a ilusão de quem fenece / e eu também senti morrer no peito / o amor do meu vizinho do 57*. Sentam-se frente a frente nas cadeiras de vime, dão-se as mãos, linda-figura pergunta: *Quanto tempo?* Rosália principia uma conversa cantada
— *Assim se passaram dez anos...*
tomada ao pé da letra por linda-figura:
— *Sem eu ver teu rosto, sem olhar teus olhos*
— *Sem beijar teus lábios assim*
— *Foi tão grande a pena que sentiu a minh'alma / ao recordar que tu foste meu primeiro amor*
— *Recordo, junto a uma fonte nos encontramos / e alegre foi aquela tarde para nós dois*
— *Recordo quando a noite abriu seu manto / e o canto daquela fonte nos envolveu*
— *O sono fechou meus olhos me adormecendo / senti tua boca linda a murmurar*
finalizando-se o bate-bola a duas vozes: *Abraça-me, por favor, minha vida / e o resto desse romance só sabe Deus*, e seguiram com uma conversa miúda na qual não se falou de amor nem paixões. Como, aliás, nunca se disseram antes nem se diriam depois. Uma conversa saborosa na qual o tesão que pudesse existir foi se esvaindo e, quando o sol raiou, parte a parte sabia estar ali nascendo talvez a maior amizade que teriam pela vida afora.

Rosália entra em mais uma reforma. Seria pela certeza da amizade com linda-figura? Diz a si mesma, não! Para a grande festa de formatura de Camerino. Há tempos abriu-se um portãozinho no muro entre os quintais do 25 e 26. Derruba o muro, Dalila desenha um jardim que entremeia e circunda um pátio em pedra portuguesa preta e branca, no centro um rinque de dança com piso vermelho de cerâmica São Caetano. Tablado removível para os músicos, dessa vez contratado o Bazooka Joe Jazz de Carlinhos Veiga. Programação de verdadeiro baile para 200 convidados. Teve mesinha até no mirante da Avenida Stella! Uma turma de formandos tão grande, jantar em casa de um, recepção na de outro, fim de semana no interior de mais uma colega... dificuldades para os acertos dos dias, Rosália disse *veja lá as datas com seus colegas, fazemos a nossa antes de todas,* a festa em novembro! A colação de grau em Direito, na reitoria, o baile na primeira semana de dezembro no Club Bahiano de Thenis. Quando vão saindo de casa para a colação de grau, *Merino... Merino... esqueceste o anel* (em momentos solenes Rosália volta a falar na segunda pessoa, como no passado). Ele dá meia-volta, estende a mão pegando a caixinha: *Ih tia... vou ter de voltar em casa, a caixa do anel é quadrada e estava desembrulhada, isso aí é um embrulho comprido.* – Ora, menino, parece não conhecer seu pai, no mínimo achou uma caixinha mais bonitinha, um papel lindinho e embrulhou, abre... – Uma chave de DKW! Abraça a tia, suspendendo-a e girando. *Pára, menino, assim você me amassa toda!* Abrindo o "belcar" vermelho de capota branca, Edgard Rogaciano todo feliz colado ao carrinho estalando de novo. Totonho vem vindo mais atrás com Mucinha. *Dessa vez até a mim a danada embrulhou.* (e rindo) *Pra isso fui dar independência a essa menina! Pronto, Mucinha, diga de nossa decisão tomada há dias!* – *Minha mana, lá na porta da reitoria vou te entre-*

gar Merino; é justo ele entrar contigo na formatura! – Não, não, não! Não é justo, Mucinha, a mãe é você, além do mais (solta uma gargalhada) *a quem Deus não dá filhos o diabo dá sobrinhos! – Já entrei com Fortunato, Totonho entrou com Dalila, agora é sua vez. – Pensando bem... se fosse um casamento eu não aceitava não porque casamento é uma bobagem... mas uma solenidade de formatura! Eu aceito sim! E o formando? Será? Quer entrar com a maluca da tia?* Como resposta recebe um abraço comovido seguido de dar as mãos: *Melhor é irmos logo para não haver atrasos!* O "belcar" continuou lá, com o laço de celofane na capota. Partiram. Totonho com seu Edgard no banco da frente do JK 2000, Merino ladeado pelas duas orgulhosas mães no de trás. Dalila, atrasadíssima, iria com um dos vizinhos.

O baile de Direito continua sendo dos mais tradicionais e elegantes, como o de Medicina e Engenharia, sempre no Bahiano de Thenis. Arquitetura no Yacht Club, Odontologia na Associação Atlectica, Economia... onde o paraninfo der; quando Fernando Maia Fontes paraninfou houve um dos melhores bailes no Club Itapagipe, cada formando ganhou uma garrafa de *scotch*! Há bailes na AABB, no Fantoches – o importante é a orquestra! Rosália dançou a valsa com Merino, entregando na metade a Mucinha. De repente Rosália sumiu da mesa, quando viram, lá estava ela no palco do maestro Carlos Lacerda, onde desfiou uma carreira de sucessos atuais (dessa vez sem discursos, e pouca gente ali sabia tratar-se de Rosália Roseiral). Na mesa, entre sorrisos *Essa sua irmã, Mucinha... como dizem os nordestinos, é da gota serena. Quem aqui sabia da inovação de hoje? – Eu devia ter desconfiado... ultimamente só vivia se encontrando com Vivaldo e com Lacerda... e teve uma noite aí, lorde como uma barata, saiu com linda-figura, chegou quase de manhã, vai ver veio se atualizar num baile desses...* Rosália de volta à mesa, numa excitação sem igual. Especialmente linda em um vestido amarelo-ouro, quase ocre, de fustão-piquê, enorme gola cujas pontas morrem na cava sobre os ombros nus. O vestido cinturado marca o corpinho esguio, transforma-se numa saia longa evasê, abotoamento desde o encontro dos peitos (deixando entrevê-los, não cheiões, belos e de tamanho bem cômodo) até os joelhos, cuja abertura daí pra baixo mostra as belas pernas de Rosália em seu andar gracioso.

Camerino traz à mesa um professor cujo sonho é ser apresentado a Rosália Roseiral. Nervoso pelo momento crucial, vai pelo caminho atolando Camerino de perguntas e este lhe respondendo: *Pode, mestre, pode conversar o que quiser com minha tia, é a pessoa mais pra-frente que conheço... pode sim, falar à vontade do passado, ela adora! Não acabou de ver?... seria qualquer uma a se fazer de* crooner *em um baile, depois de ter sido a cantora de sucesso que foi? É um dos maestros de quem foi* crooner, *combinou, foi cantar para mim. São sim, mais de dez anos que deixou a carreira. – Eu estava na boate Oceânia no dia em que ela oculta e claramente despachou o crápula com quem foi casada!*

Minha tia... aqui é o professor dr. Blairo Miguez! Dr. Blairo, esta é Rosália Roseiral... O dr. Blairo, homem aí por volta dos seus 55 anos, 1,80m, elegantésimo em smoking Plessin sob medida, curva-se, beija a mão de Rosália. Vê-se claramente a emoção de que é tomado. Camerino continua: *Aqui dr. Blairo... Totonho, meu pai... dona Mucinha, minha mãe... Dalila, minha irmã, o amigo Edgard Rogaciano, sua esposa dona Nita e filhos Antonio e Zezé, nossas amigas Nanan, Cila, Miminha, Cristina, Palé, Denise, Delinha...*
– Prazer... prazer... mesa grande... animada, sinal que és mui-

to querido, hein, Camerino? – Amigas de infância, doutor... quase irmãs, aí estou fora! Em pé, em torno da mesa, nem foram apresentados Felipão, Sergio Strompa, Marquinho, João... As meninas em frenesi, cada qual querendo ser tirada para dançar pelo doutor, um pão. Não parece vê-las, voltando-se para Rosália, estende a mão cavalheiresco: *Acompanha-me numa parte?* E lá se foram por muitas e muitas partes.

Marquinho dança, conversa e transita pelo clube o tempo todo. Chega à procura das amigas, tem novidades... decepcionado por encontrar a mesa vazia. **ah! daqui a pouco tem intervalo... vou esperar, tomar um uisquinho...** apreciando o rinque vê um ou outra de sua turma, aqui e ali, a dançar. Viaja... **faço parte de um grupo muito especial mesmo... quantos contemporâneos de escola já nem freqüentam bailes... as meninas engravidam, os meninos terminam por parar a faculdade. nosso grupo não, todo mundo na farra e no estudo... namorando... mas esperando a hora de se amarrar. pô, se eu sou o caçula, tenho 22... já deve ter gente com 30 na turma!** Pára a música, anuncia-se breve intervalo, **eta... lá vem vindo o pessoal.** Levanta Marquinho no assanho pro mexerico antes do retorno de Totonho e Mucinha... pronto! Lá vêm eles. Marquinho não é pêca, sai com Nanan, Cila e Palé. Fazem uma rodinha enquanto se aprochegam os demais: *Vocês sabem o que eu vi? – Eu sei*, diz Cila, *porque eu também vi. – Viu o quê? – Diga você primeiro que foi quem chamou a gente; se for outra coisa, eu digo a minha depois. – Eu vi... o coroa mais Rosália, sentados lá no degrau junto do laguinho do jacaré... – E daí, que tem demais nisso? – Eu vi... uma bicotinha, e você, Cila? – Não sei se vi menos, ou mais... vi os dois de rosto colado nos boleros!*

Dr. Blairo é um homem desquitado, pai de dois rapazes apresentados nessa mesma noite a Rosália. Já a clarear o dia, aos finais clarins da orquestra, a turma se movimenta para ir pegar a raspa da festa da Conceição. Aos risinhos e ironias mal disfarçados dos filhos, dr. Blairo desculpa-se por não acompanhar Rosália. Um dos filhos não se controla: *Vão todas assim em longos vestidos de baile encontrar-se com a negrada da Conceição da Praia, os altos saltos forrados de cetim naquela porcariada?* O pessoal da turma, acostumadíssimo aos reacionários e preconceituosos... faz de conta que não escuta, exceto João: *Se você preferir, troca de roupa aqui com minha irmã; topas, Palé? – É pra já!* Responde Palé estendendo a mão como quem vai aceitar o paletó de smoking do metidinho cujo pai já vai abraçando, distanciando-se em envergonhados adeusinhos.

Do baile emendado com a festa da Conceição da Praia, chegam em casa às oito da matina... acordam lá pra uma da tarde. Mucinha havia ido direto pra casa com Totonho, está ansiosa para saber de namoros e demais mexericos... ansiosa pelo "dia seguinte" *sempre o melhor da festa*, como costuma dizer, tendo ela também novidades. Quando Rosália chega no 25, Mucinha com aquele seu ar bem alcoviteiro... *Temos novidades... o telefone tocou a manhã toda, procuram por Rosália... mais de cinco vezes!* Camerino dá sua nota: *Rá-rai é o mestre... só pode ser, ontem me deu uma séca até que eu fizesse as apresentações!* Triiim! Triiim! *Vai, Rosália, é pra você!*

Foram cerca de seis meses de um namoro morno... jantares em restaurantes, cinemas, visitas a amigos e parentes. Domingos ao Yacht Club Rosália recusou. Dormir em casa de Rosália... um sacrifício. *Não te quero como amante, minha querida* (ouvir essas duas palavrinhas era fatal para dar mau-humor em Rosália), *quero que venhas morar comigo! – Ai, Blairo, tem muito a me conhecer... já ouviu "daqui não saio, daqui ninguém me tira"*, cantarolando a carnavalesca marchinha. Engraçada a agrura de Rosália, de um lado sentia-se querida, desejada... mas uma coisa dúbia, como se ela fora um troféu conquistado para ser mostrado, exibido. E sobre isto conversou: *Blairo, eu não gostava de exibição quando era uma cantora... muito menos agora. Meu prazer, além de cantar e tocar com a família e os amigos, é ler e escutar disco, sentar nessa varandinha e apreciar as águas da baía lá embaixo até Mar Grande... e conversar! Adoro conversar, mas não aquelas formalidades de alguns lugares aonde você me leva. Você é tão bacana, Blairo, mas desculpe que lhe diga... parece que engoliu um guarda-chuva, todo duro, todo formal, medindo palavras. Vergonha de meu povo te ver acordar aqui em casa? Isso não existe, Blairo. Tá certo que eu não posso ir dormir em seu apartamento, seus filhos me detestam... Não, não se constranja... é assim, é fato. Mas daí a querer ficar em pequenas viagens apenas para uma transadinha? Não, Blairo, isso não é comigo não! – Façamos um acordo, Rosa* (já vai ela se ferrando, essa ousadia de apelido!): *daqui a dois meses tenho folga por um mês, viajamos... você gosta tanto da Europa, podemos fazer uma excursão* (e lá vai Rosália perdendo a paciência, fica quieeeta... **diabo de homem é esse onde fui amarrar meu bode? excursão? nem morta! tudo que eu penso pra responder se não tomar cuidado vou ofender o homem ai meu deus que droga**) *Que foi, Rosa? Calou-se! – O silêncio é uma boa comunicação entre duas pessoas que se gostam. – Desculpe, Rosa... – Você acha mesmo que ainda devemos insistir neste caso? – Não chame de caso, minha querida, você o vê assim? Quero um compromisso sério, quero até casar no exterior.* **dizem que** é um homem inteligente não parece ou está cego de paixão a querer me amoldar a sua cafonice. E haja silêncio, naturalmente logo interrompido por ele. *Então, aceita pensar em um acordo, uma tentativa? – Você aceita dormir aqui, acordar, tomar café comigo? Almoçar em casa de Mucinha? – Muito constrangedor, não tenho coragem. – Ninguém de minha família vai gozar você, dizer piadinha... experimente, vão tratar você na maior normalidade. – Posso pensar... e tu? Pensas na excursão? – Sem querer ser presunçosa, mas excursão não posso fazer. Conheço a Europa mais do que o Brasil, infelizmente; gostaria de conhecer melhor meu país. – Podemos ir à América do Norte... – Você vai me desculpar! À América do Norte? Nem morta! esses pés aqui nunca pisaram nem hão de pisar aquele solo. – Ao Amazonas? – Maravilha! Pronto, aceito! Quinze dias. Mas vou logo lhe dizendo, despesas divididas, e sem o menor compromisso de que este nosso caso possa continuar... pode até ser, mas não creio, dizem que os opostos se atraem mas somos opostos demais!*

Alguns dias no limiar entre o agradável e a chatice. Conhecer o Theatro Amazonas, passear de barco, conhecer igarapés e igapós, ver o encontro das águas dos rios Negro e Solimões. Comidas diferentes e gostosas. Conhecer de pertinho o dr. Blairo... Na cama, até sai-se bem melhor, mais relaxado do que o apresentado até então sempre aos sustos! Mas Rosália começa a sentir gege. Enxerga muitas qualidades, mas não conjumina. Quanto mais planos de vida em comum ele apresenta mais ela entoja. Zanga consigo mesma: **se defeitos que lhe vejo são bobagens que qualquer um tem por que o entojo? já está virando uma birra... deve ser essa mania de casamento que ele tem. pode nem ter defeitos ser bom e tudo mais mas aqueles filhos dele... são uns enjoados é o que são ai que ainda falta uma semana para ir** embora preferia estar lá dentro da selva não agüento mais nem um beijo não tem cama certa chega me enrinhar os dentes. mas o sujeito é chato... as cuecas arrumadas em seqüência certa para os 15 dias... imagina cueca arrumada pra vida toda! o homem não trouxe sequer uma bermuda! pijama comprido de lista eu não agüento. *Que tal, Blairo, nós irmos passar a segunda semana em Belém? – Mas, meu amor, não combinamos quinze dias aqui em Manaus? – Sim, Blairete, não nos custa nada ir a Belém nos molhar na chuva de depois do almoço, sentir o cheiro das mangas, passear no Mercado Ver-o-Peso – Telefonemas são difíceis pra Salvador, cartas... chegarão depois de nós; como aviso aos meninos que mudo meu roteiro? eles não estão acostumados! – Primeira opção: você faz algo diferente em sua vida, MUDA O ROTEIRO! Segunda opção: telegrafa. Terceira opção: você fica aqui mantendo suas rotinas e roteiros e eu vou a Belém; aliás, vou PARA Belém e de lá vou embora; encontrar-nos-emos um dia, quiçá, talvez, em Salvador.* Assustado, sem alterar a voz: *Não sabia que você era braba assim. – Não é brabeza não, Blairo, é objetividade. Você fica aí em suas "laudatórias para com a minha pessoa", que de tanto me admirar desde o rádio e o cassino me conhece mais do que quem comigo viva... balela, Blairo! Essa coisa de fã conhecer o artista é tudo papo furado. Você é um homem inteligente, não vê que essa estória é ilusão? Você nem teria se aproximado de mim, com essa vida organizada e compulsiva que é a sua... Comecei a cantar menina, Blairo! Aos 30, deixei a carreira, já era separada de um crápula e viúva de um Deus. Estou com 41 anos de idade, são 11 anos de amizades coloridas que curti por aí; e você, com certeza, chama de amantes! Quer saber mais? Namoro com homens e mulheres! Certo, sempre vivi com minha família, mas sempre gozei da mais total e completa independência, sou uma mulher livre! E fo-go-sa! Vamos voltar pra Bahia e continuar nossas vidas se-pa-ra-das. Eu com meus amigos, você com sua solidão! Eu com meus sobrinhos e os jovens de igual pra igual, você em seu pedestal acima de seus filhos e ao mesmo tempo por eles controlado! Eu com minha parlapatice, você com sua casmurrice.* O homem enfezou! Subiu numa tribuna, diante de um júri, precisava condenar um criminoso... *Esta mulher... esta mulher que aqui está é uma perdida! Uma mulher depravada e sodomita é esta que apresento aos senhores...* Imagina uma platéia, um tribunal de júri. Circula pelo quarto em delírio, gesticula para um lado e outro, interroga e responde, acusa! No auge da peroração não se dá conta, Rosália jogou tudo seu dentro da mala, pegou bolsa, mala e se mandou. Quando consegue chegar à recepção, recebe a informação. Dona Rosália deixara a conta paga e se fora. Blairo gasta o resto da tarde a telefonar para todos os hotéis até ser lembrado de ligar para o aeroporto por um funcionário, penalizado em ver a angústia do coitado. Sim, durante a tarde havia saído um vôo para Brasília, além de vôos locais, dentro da Amazônia. Dia seguinte de madrugada haveria um para Belém. Blairo não aprendera nada sobre Rosália. Convence-se de sua presença incógnita em algum hotel (**ou até em alguma espelunca, ela é louca**). Volta ao hotel, arruma a si e a bagagem, metodicamente, e vai passar a noite no aeroporto para não perder a oportunidade de encontrá-la no embarque rumo a Belém. Sua personalidade obsessiva torna-o incapaz de imaginar, a livre Rosália embarcaria no primeiro avião fosse para onde fosse. O dr. Blairo Miguez permanece em Manaus até a data originalmente prevista, apenas enviou o telegrama:

```
CAMERINO PITANGUEIRA — AVENIDA SETE
235 CASA 25 SALVADOR BAHIA — SUA TIA
VOLTOU INESPERADAMENTE PT AVISEME BOA
CHEGADA PT BLAIRO MIGUEZ
```

Em estado de excitação, o papel dobrado grampeado passado de uma mão para a outra, levado ao nariz de quando em quando para sentir o cheiro da cola das tiras letradas... ritual sempre repetido por dr. Blairo Miguez a qualquer recebimento de telegrama:

```
BLAIRO MIGUEZ — HOTEL PALACE MANAUS
AMAZONAS — ROSALIA ROSEIRAL CHEGOU
BEM PT CAMERINO
```

Na década de 60 as demolições de casas da Vitória... surgem os edifícios Del Mar e Del Rio, ali mais para a ponta do Campo Grande. As construtoras querem os grandes terrenos perto do Largo da Vitória. Não ousam negociações de mansões com velhos proprietários vivos. Nem daquelas cujos herdeiros mantêm e aumentam a fortuna da geração anterior, embelezam seus jardins e anualmente repintam suas grades e casarões. As construtoras ficam como urubu na carniça em cima das decadentes famílias cujas pinturas das casas estão a se descascar, os jardins a se transformar em mato, as grades inchadas de ferrugem. Algumas dessas estão subdivididas qual cabeças-de-porco com herdeiros a se digladiar por pedaços da casa. O Comendador falecido já viúvo na década de 40 deixou apenas dois filhos. Se não se digladiam e residem com suas esposas, filhos, noras e netos em harmonia de família, lutam com incríveis dificuldades financeiras. Criados na abundância, estudaram, são bacharéis em Direito. Quanto a trabalhar... as fazendas sempre vistas como lazer, palco de festas e cavalgadas com amigos, parentes e aderentes. As fábricas de tecido vistas como um caixa de onde retiravam o pró-labore de labor nenhum. Os netos do Comendador foram por caminhos semelhantes aos dos pais. Fábricas falidas, perdidas! Os imóveis (eram muitos nas Mercês e Piedade, outros tantos no Comércio) foram sendo transformados em viagens à Europa e festas de casamento. Os herdeiros do Comendador – sempre muito alinhados, a freqüentar reuniões sociais. Os convites escasseiam, pois já não podem retribuí-los – vivem das apólices cuja renda vai minguando, o capital vez por outra sendo mexido, diminuído. Os herdeiros do Comendador vêem no interesse das construtoras "a salvação da lavoura". O primeiro proponente ao ver a Avenida Stella com oito bem-cuidados sobradinhos no fundo do terreno da mansão foi logo dizendo: *O caminho para o mar, doutor, é o filémignon do negócio; nosso projeto inclui um funicular igual ao do Yacht Club, com a construção de um píer lá embaixo!* E caiu fora do negócio. O segundo candidato procura saber se a Avenida pertence aos proprietários da mansão, se há contratos de aluguel etc. Os sobrados pertencem aos moradores. Tenta uma negociação direta. Não dá em nada. Parte para a pressão, substitui a grade lateral da mansão por muro, transforma a entrada da Avenida em um beco escuro. Rosália e Totonho, desde o início das transações, mantiveram unidos os vizinhos, deram entrada na Justiça de um interdito proibitório resultado em ganho de causa para eles e conseqüente obrigação da construtora/

herdeiros do Comendador de derrubar o muro e recolocar a grade. Rosália e Totonho ajudados por Camerino (em pleno vigor da atividade jurídica) sempre presentes, impositivos, resistem às chantagens emocionais e ameaças. Os herdeiros tomam a si as negociações, convocam reunião com os proprietários, surpreendendo-se com a chegada na hora aprazada de apenas Totonho, Rosália e o jovem Camerino. O mais velho dirige-se a Totonho, ríspido: *Vejo que meu caro Totonho traz uma pasta cheia de papéis... mesmo respeitando termos brincado juntos quando crianças... não vou permitir o uso de procurações nesta reunião.* – *Engana-se o preclaro colega* (assinalando que é tão advogado quanto o outro), *não trago procurações, trago escrituras* (enquanto vai arrumando sobre a mesa as oito escrituras). *Pode examinar cada uma, as datas de aquisição vêm desde a década de 40... o único proprietário original, ou melhor, herdeiro da doação de seu pai, sou eu. Veja... em 1943 Rosália comprou o 26, onde reside, e daí para cá adquiriu os outros seis sobrados.* O caçula dos herdeiros do Comendador levanta-se, controlado, irônico: *Não havia compreendido Antonio, porque as comissões de vizinhos... agora compreendo, você assim o fez para pressionar no preço e agora nos ter em suas mãos...* Rosália se reta, levanta de dedo na cara: *O senhor respeite Totonho! Se gente de sua laia tem duas caras, lembre-se que Totonho é homem de uma palavra só.* Camerino jeitosamente faz a tia voltar a sentar-se, calmamente toma a palavra: *O senhor e seu irmão convocaram os proprietários da Avenida Stella, estou aqui a acompanhar meu pai e minha tia pelo costume de tomarmos decisões em conjunto, e decidimos: não temos interesse na venda das casas, minha tia reside aqui desde poucos meses de idade, tanto meu pai como eu aqui nascemos, todos nos criamos na Avenida Stella e aqui queremos morrer*. O mais velho dos irmãos volta a se pronunciar, visivelmente emocionado, controlado, amistoso: *Pois é, Totonho, é a vida... lembro-me vivamente da amizade de meu pai pelo senhor Pitangueira... bom homem o seu pai.* Totonho interrompe: *Grande homem foi o meu padrinho Comendador!* O herdeiro retoma: *Então, dona Rosália, nenhuma construtora aceita comprar nossa casa com a Avenida no fundo... e nossa situação, dona Rosália, devo confessar, é periclitante* (o caçula mexe-se na cadeira, irritado – o mais velho ignora, continua). *Com toda sinceridade, entrego-lhe a casa por dez por cento a menos da mais recente proposta recebida, aqui a tem, por escrito!* – *Doutor, não sei se o senhor fala sério ou está querendo caçoar de mim* (Camerino dá um cutucão na tia, não quer que ela comece a engrossar). *Mas, me diga, sinceramente mesmo, o senhor me acha com cara de morar em mansão da Vitória? Não precisa responder, eu mesma respondo, não! Eu não sei morar em casarão.* No fundo o sujeito quer mesmo debicar de Rosália, viveu uma vida distante da *Revista do Rádio*, folheou de quando em vez a revista *O Cruzeiro*, pautou-se no reacionarismo do jornal *A Tarde*, não tem a menor idéia da fortuna de Rosália. Descompreendido de como ela conseguira adquirir os sobrados, quis dar uma gozada ao oferecer-lhe a casa à venda com abatimento da proposta mais recente, que sequer fora a mais alta. Quase desfalece ao continuar da conversa de Rosália, quase a ignorá-lo, de propósito bem pedante, entregando ao cunhado o papel com a tal proposta de compra. *Totonho, querido cunhado, achas que precisamos consultar nossas aplicações na Europa ou tens condição de fazer de cabeça uma contraproposta de compra... se não sou mulher de aqui morar arrodeada de doirados e pesadas cortinas de veludo, ocorre-me que sou mu-*

lher de investir neste imóvel... transformá-lo em um teatro, quem sabe? Ou hotel, mais rendável! Que achas, Camerino?

    Se não veio a transformar em hotel ou teatro, assim como trabalhou a compra por bom preço, entrando uma parte em dinheiro e dois apartamentos na Graça, trabalhou a venda bem trabalhada e revendeu por uma vez e meia o que investira. As negociações decorreram por mais de ano. Desde final de 1968 até meado de 1970. Bem a tempo de animar Rosália, disfarçar suas aporrinhações com o AI-5. O golpe dentro do golpe, novas prisões, cassações, perseguições. A edição de um tal decreto 477 para perseguir os estudantes. Dos quase mil presos em outubro de 68, no congresso da UNE em Ibiúna (SP), alguns líderes permaneceram presos, outros vieram a ser trocados por embaixadores seqüestrados, a maioria voltando às escolas. Todos cassados no começo do ano de 1969, expulsos de suas faculdades. Rosália sente-se impotente, sente-se ninguém diante de amigos perseguidos pela ditadura. Uns para a luta armada, na clandestinade. Muitos entregues às drogas. Os enlouquecidos atrás das grades de hospícios. Os suicidas e os mortos matados. Torturados. Torturas são o cotidiano dentro do endurecimento cada vez mais violento durante todo o início de década de 70 enquanto a dita "gloriosa" engana muito besta com a mentirada do "milagre econômico". Deu no que deu, o flagelo da inflação galopante. E os miseráveis entregam "de bonzinhos" o Brasil aos civis, mais uma vez destruído pela corrupção e com uma dívida externa definitivamente impossível de ser paga.

 # & MAIS NOVOS

Vicente Baptista Santos, quando morreu, deixou uma fortuna para Rosália. Tudo totalmente organizado. Nunca emigrara de Portugal por conta da mãe, mas para ele sempre fora problemático viver sob a ditadura salazarista. Quando a velha morreu, já não podia sair de Portugal por conta das raízes que ele mesmo criara para Rosália. Cuidou de vender a Quinta das Fontainhas, reinvestiu o capital na construtora em França. Preparou um alentado testamento, garantindo o bem-estar de Rosália e sucessão para Camerino. O testamento vai dos detalhes como a preservação da casa do bairro da Estrela com empregados e manutenção garantidas mesmo na ausência de Rosália à garantia de renda por meio das ações majoritárias da construtora francesa, de capital aberto, vida própria, sólida. Quanto à pequena construtora de Lisboa, se ainda existisse ao tempo do falecimento (e ainda existia), que fosse liquidada, indo metade do apurado para determinado asilo de velhos, a outra metade para uma conta de aplicação na Suíça para Rosália e Camerino.

Rosália segue indo a Portugal rever os amigos e escutar o fado aproximadamente de ano e meio a ano e meio. Única ocasião a mexer em sua renda estrangeira. Reaplicada, aumenta o capital. Com a aposentadoria de Totonho em 1970, começam a programar uma sempre adiada estadia do "trio de velhos", como humoradamente se autodenominam, de pelo menos seis meses na Europa. Lá para 1978, Portugal a modificar-se após a Revolução dos Cravos, dá-se a viagem. Totonho, o mais resistente a tão longa ausência: *E os inquilinos?* Cada senão contraditado na ponta da língua por Camerino: *Meu paaai... os inquilinos vão tomar as lojas por conta de sua ausência, vão?* – Não vão! Mas os recibos? As cobranças? – *Há quantos anos seu Edgard vai de loja em loja?* – Os recibos, quem faz? – *Eu... Dalila... seu Edgard... Do jeito que você é organizado, deixa suas tabelas, seu Edgard cobra e deposita, cobra e deposita... você deixa a conta em conjunto comigo para alguma necessidade.* – E Edgard vai querer tanta responsabilidade? – *Eu supervisiono, meu pai...*

Também... quando o "trio de velhos" decidiu... Não era um trio de velhos! O garoto Totonho, às vésperas dos 72, aparenta 65 – no máximo. Mucinha, a setentinha linda. Rosália, uma menina com pouco mais de 50! Embarcam pela TAP no final de fevereiro de 1978. Com o clima ameno de março e abril, passeiam por toda a Espanha e um pouco do sul da França em um baita Mercedes com motorista. Em maio, de volta a Lisboa, saudosíssima dos sobrinhos, Rosália telegrafa:

```
DALIMERINO AVENIDA SETE 235 CASA 25
SALVADOR BAHIA ANIVERSARIO TOTONHO 14
JUNHO PT MARQUEM DATAS PT ENVIAREI
ORDENS TAP VINDA VOLTA VOCES PT
CONSULTEM EDGARD SUA VINDA ET MAIOR
PERMANENCIA PT SAUDADES ROSATOTONCINHA
```

Resistir, quem há de? Os meninos ficam dez dias em torno do aniversário. Tempo dos festejos de Santo Antônio. Camerino e Dalila despreocupam Totonho quanto aos afazeres de Edgard na Bahia: *Coordeno o positivo do escritó-*

rio, pai, não tem problema algum... Ajudam "os velhos" na aquisição de uma perua Renault para a nova viagem com Edgard. Livres do Mercedes alugado e do insuportável motorista. Nos primeiros dias de julho, vão de Lisboa a Évora, a Silves, Loulé, saindo de Portugal por Tavira, Vila Real de Santo António adentrando a Espanha por Ayamonte e daí para Sevilha. Uma viagem de menos de um dia, se feita em estirão, fazem em três. O maior divertimento é comer bem. Dormem em pequenas hospedarias. São cinco dias em Sevilha – onde deixam as reservas feitas para a Semana Santa do próximo ano (como de fato voltaram). Daí resolvem passar batidos pela Espanha, recentemente visitada, pequenas paradas para dormidas e descansos, assim como o fazem no sul da França no rumo da Itália. Em pleno verão, entupida de turistas embolando com os italianos em férias. Mudam o roteiro, dispensam a ida até a ponta da bota. De Roma, meia-volta, volver. Rosália & Cia vão a Paris. Telegrafa para os advogados pede reservas no Ritz. *Mas o Ritz é dos mais chiques de Paris, Rosália... você não gosta de chiquês!* – *Ora, Mucinha, não gosto é maneira de dizer, nunca experimentei... vamos ver como é vida de rico...* Não gostou! Em menos de 48 horas, estavam de mudança para um simpático e pequeno hotel no Quartier Latin, local muito mais animado e divertido. A prevista estadia de quatro ou cinco dias passou a dez! Com visitas a tudo que tinham direito em Paris. Da Torre Eiffel ao Louvre, do Bâteau Mouche pelo Sena a recônditos locais longe dos turistas. Lembranças de seus tempos com Baptista. Passeios ao redor de Paris, Vale do Loire, Versailles... Em Fontainebleau, rondar a famosa floresta, hospedar-se no hotelzinho próximo à Place d'Armes, onde *monsieur* e *madame* desdobram-se no acolhimento. Jantar no A La Carpe D'Or – Maison Badée, quando ele estará vestido com todo o rigor branco d'um *chef*, a preparar um dos pratos mais saborosos desfrutados na temporada. Rosália, que é das carnes, confessa, não há melhor peixe do que o preparado por *monsieur*. *Engraçado, Mucinha, a França me traz muito mais lembranças saudosas de Baptista... – É que Lisboa, Rosália, era o dia-a-dia, e Paris? Festa!* Entrega a Renault para os advogados venderem e retornam de avião a Lisboa.

A alegria com as cartas encontradas em Lisboa de repente transformada em silêncio, saudades, lembranças... a triste notícia da morte de Caribé Médico. O retorno ao Brasil. *Já são seis meses fora de casa, setembro chegando e eu quero cá estar para a Semana Santa no ano que vem.*

Desembarque no Aeroporto 2 de Julho no feriado de 7 de setembro. Edgard ao avistar Nita e os filhos, emocionado, perde a voz. Quando dispara a querer contar o tudo vivido nos últimos meses, a meter as mãos pelos bolsos do paletó e mostrar kodaks e mais kodaks... é uma risadaria sem conta com a atrapalhação habitual de Edgard. Nesse tempo de avião a quantidade de presentes não pode ser a mesma do tempo dos navios. Rosália paga um dinheirão de excesso de bagagem e, durante a distribuição: *Das próximas vezes só volto de navio, não agüento essas mesquinharias de avião.*

Para o sábado seguinte a tocata foi cuidadosamente preparada por Camerino e Dalila. Querem apresentar sua nova "descoberta". No período de ausência dos "velhos" mais uma namorada de Camerino veio, e assim como veio, foi! Mas uma amiga da moça ficou no coração e na amizade da família. Jussara é a *enfant gâtée* das tocatas.

Afinadíssima, canta como "gente grande", nos dizeres apresentatórios de Camerino. Depois de dois ou três números – sem contar o fado *De manhã, que medo / que me achasses feia!* ricamente ensaiado com Merino na guitarra e Dalila pontuando uma percussão. Rosália se pronuncia: *Afinadíssima? Canta como "gente grande"? muito mais, Merino! Essa menina é talentosíssima, só não será cantora se não quiser.* Dirigindo-se a Jussara: *Meus parabéns, minha filha, conte com esta amiga, se puder lhe ser útil em alguma coisa.* A menina, ternura e delicadeza em pessoa: *Muito obrigada, dona Rosália, a senhora não imagina a minha alegria em conhecê-la, minha mãe tem muitos discos da senhora, lá em casa...* – *Tudo muito bem, muito obrigada digo eu pelos elogios, mas se continuar a me chamar de dona e senhora, ai, ai, nossa amizade termina onde ia começar...* nem bem termina de falar é abraçada carinhosamente pela nova amiga: *Tá certo, Rosália, você é quem manda.* – *Agora sim! Vamos cantar uma juntas, escolha.* Cantaram o *Fado da contradição* do repertório de Hermínia Silva.

INDAGAÇÕES

Camerino aos 40 anos é um disputado causídico. Daqueles homens cujo dia parece ter mais de 24 horas. Depois de formado em Direito, começo da década de 60, matricula-se no Seminário Livre de Música da Bahia, onde está o supra-sumo da moderna música erudita, com professores trazidos da Europa pelo reitor Edgard Santos como Smetak, Koellreutter, Widmer, Yulo Brandão. Estuda violino e regência, dá curso livre de guitarra portuguesa (a pouquíssimos interessados). Desiste da regência, não poderia conciliar o dirigir uma orquestra com a advocacia e não quer abrir mão nem da música nem do tribunal do júri. Não quer ser um amador a tocar apenas em saraus e tocatas familiares. Primeiro-Violino da Orquestra Sinfônica da Universidade, divide bem o seu tempo e ainda participa ativamente da OAB-Bahia. Estudante, sempre ocupado com a música, participou de assembléias, foi vice-presidente de Cultura do Diretório Acadêmico, sem no entanto dedicar-se a um convívio mais íntimo com professores – como era costume de alguns colegas. Cumpriu estágios, logo montou escritório para melhor dispor do próprio tempo. Calha de conviver com seus pares mais velhos quando passa a freqüentar a OAB. O que até então era apenas mais um daqueles retratos cartonados – de *passe-partouts* adornados e capas marcadas com relevo seco *R. A. Read* ou *Gaensly & Lindemann* – um nome de avô... *Alcides Roseiral* começa a tomar forma, corpo e história de gente nas conversas do cafezinho com alguns velhos e aposentados advogados. Ninguém os liga como parentes. O "jovem" Camerino Pitangueira um bom e aplicado ouvinte e Alcides Roseiral um dos muitos casos contados e recontados pelos velhos. Pela primeira vez toma conhecimento da ainda discutida morte: uns assinando embaixo ter sido suicídio, outros pela morte natural. São pedaços de conversas. Entrecortados casos de velhos quase sem mais se escutarem entre si. Camerino só fala quando é instado a tal, seu prazer é ouvir – aprender sempre, como cansa de dizer –, jamais indagar nesse tipo de situação. Há, por exemplo, uma pergunta passeando sempre em seus pensamentos: **por que diabos sequer cumprimentam o velho da biblioteca? e este, por sua vez, sequer bebe uma água? passa as manhãs na biblioteca, sempre a olhar livros atabalhoadamente dentro de um retornar retornar sem rumo a começos sem meios nem fim em repetidos dias e meses iguais e diferentes.** O velho resmunga uma cantilena, números e voltas... *para a esquerda uma inteira de cinco a cinco mais meia menos três vezes dois é igual a cinco...* Camerino passa a sentar-se perto do velho quando vai estudar ou pesquisar algo na biblioteca. A "biblioteca do velho" é realmente uma área bem delimitada, mantida em especiais estantes de vinhático com portas de vidro e puxadores com marfim encastoado. Pequena plaqueta de bronze pregada em uma das portas: *Biblioteca Alcides Roseiral.* **se o dito roseiral não fosse o meu avô e eu não o soubesse morto, diria tratar-se desse velho, coitado, com ares de dono, perdido no meio do nada.** Toma-se de ousadia e, com muito jeito, pergunta aos pares do cafezinho sobre o velho da biblioteca... *Um decadente qualquer!* Diz um. *Ora, vocês me deixem... o amante do falecido, vocês sabem e não falam. Não falam por quê? Por que não existe veado ba-*

charel em direito? Ao tempo em que contemporiza um terceiro: *Não fale assim, caro colega, são coisas de um passado que você sequer viveu...* E logo a conversa já vira em algo completamente diferente, já estão na política local, nacional e internacional!

Em momentos oportunos (a sós), às vezes esperando semanas entre um e outro, Camerino leva perguntas pra casa:

Tia, por que nunca me conta nada sobre meu avô? – Que sei eu de teu avô? Que sei eu de meu pobre pai sobre quem se jogou uma pedra em cima? Que sei eu além da morte ocorrida três meses antes do meu nascimento? Parece que o culpam por ter morrido. Se ninguém morre porque queira...

Mãe, vi hoje na OAB... uma parte da biblioteca chama-se Alcides Roseiral, nunca ninguém me disse nada... vocês sabem como gosto de casos, histórias! Nada sei de minha própria família? – Que importância há, filho, em denominar-se uns tantos livros com o nome de um parente nosso? – Ora, mãe, é o seu pai, nunca se fala dele ou nele nesta casa... conta-se tanto de meu avô Pitangueira, vindo do nada, órfão, educou e formou o filho... por acaso é vergonha o outro ter sido um homem importante? – Se foi importante ou deixou de ser... isto foi há muito tempo passado! Sabe quantos anos tenho? 72! Sabe quantos anos eu tinha quando seu avô morreu? 16, DEZESSEIS! Sabe o que era ter 16 anos há mais de meio século atrás? Era nada! Uma menina de 16 anos era uma merdinha e eu tive de fazer das tripas coração, tirar forças de onde não tinha para ajudar sua avó, que nunca mais foi a mesma, ajudar criar Rosália nascida três meses depois da morte do seu belo e importante avô; se não fosse por seu pai e por seu avô Pitangueira... ai, ai, filho! Talvez nem existíssemos para esta conversa agora... – Mas, mãe, você fala como se ele tivesse culpa da própria morte... acaso suicidou-se sendo isto um segredo de família? – Pode não ter executado a morte com as próprias mãos, mas se deixou morrer... – Mãe?! – Agora mais não, filho, falar me dói hoje como há 56 anos atrás, não, filho, eu havia enterrado papai e o famigerado que se dizia seu sócio... não, filho! eu NÃO QUERO, não quero lembrar!

Ô meu pai... que estórias são essas de sócio de meu avô? estórias de meu avô Roseiral ter se deixado morrer? – Que sabes disso Camerino? – Fiapos de conversa, perguntas mal respondidas pela mãe... – Quer mesmo saber? Então vamos para um canto onde não nos incomodem, a história é longa. E Totonho contou a Camerino o que o filtro das tradições familiares dos Roseiral (com o qual nunca concordou, apenas respeitou) permitiu passar.

Em 1982, Camerino Roseiral da Mata Pitangueira, aos 42 anos de idade, descobre entre antigos retratos cartonados um embrulhinho em papel sem cor amarrado com lã de fazer sapatinho de tricô. Pergunta à mãe se pode abri-lo. Mucinha faz cara de nem se lembrar. De fato ignorava ter feito ou visto tal pacote. Nem poderia saber, empacotadas as lembranças compartimentadas em caixas de sabonete ou de sapato, latas de biscoito ou de chocolate, jazem cartas, cadernetas, retalhos de jornal, fotografias... Era como se as houvesse enterrado. Principalmente após a morte da mãe, real autora do empacotamento (enterro?) da memória familiar. Arrumou milimetricamente caixa sobre caixa, lata com lata, tudo dentro de um caixotinho em tamanho suficiente de caber no gavetão do roupeiro, onde permaneceu e resistiu passando pelas mudanças de casa e de uso que o roupeiro passou. Na reforma mais recente, nunca deve ser chamada de última, Rosália pediu o roupeiro maior à irmã, substituiu os espelhos das duas folhas de portas por vidros bisotados, transformando a peça em bela cristaleira posta na sala do 26. O caixotinho, se esteve em outros locais durante a reforma... manteve-se oculto no mesmo gavetão sem mais roupas de cama que lhe atrapalhassem o viver – ou morrer. Raras vezes, de tanto as crianças aporrinharem, mostrou-se algum retrato, alguma lata... Porém aquele embrulhinho em papel de cor carcomida pelo tempo, amarrado com lã de fazer sapatinho de tricô, nem Mucinha lembrava. Muito menos Camerino. Meticulosamente desatou o laço, desfazendo as dobras do papel (mostrado verde nas entranhas). Encontrou quatro retratos com anotações nos versos, todas com a mesma delicada caligrafia de professora Violette, Camerino veio a saber. A primeira fotografia montada sobre cartão, reminiscência do *cabinet*, com a marca em ouro no rodapé *Gonçalves – Rua Chile 8*: um bebê gorducho sentado sobre peles de animais cuja anotação no verso é *Cidinho aos 6 meses – fevro 1907*. A segunda fotografia, uma *carte-postale*, mostra praia européia pintada como fundo, meninote vestido numa roupinha de malha listrada, *la pernée*, mangas três-quartos com indefectível chapeuzinho de marinheiro deixando escapulir vastos cabelos a cobrir as orelhas do menino posto em firmeza sobre a perna esquerda, a outra, em leve dobra, descansa o calcanhar direito sobre o peito do pé esquerdo, braço esquerdo pendente ao longo do corpo, a mão direita apoiada em cenográfico atracador de barcos sobre o qual vê-se vazada a marca *Gonçalves – Bahia*, anotado no verso *Cidinho – 1914*. A terceira fotografia, sob *passe-partout T. Dias – Bahia*, apresenta três cenográficas pedras, onde sentam-se uma menina vestida de branco, dois garotinhos em idênticas roupetas de cor clara, calça curta e paletó de muitos bolsos e botões, quepe, calçados em botinas escuras e polainas claras, e mais atrás, como a protegê-los, rapazote em elegante terno escuro, *Heloína aos 10 – Roberto aos 9 – Raimundo aos 8 – Alcides Filho aos 12*. A quarta e última fotografia, *portrait* oval montado sobre cartão cor de marfim em floridos relevos com a marca cursiva em marrom *T. Dias – Bahia* e dedicatória a tinta lilás: *Para Papae e Mamãe com o pouco que valho e o muito que lhes quero. Lembrança dos meus primeiros dias na Escola de Direito. Cidinho – Ba 20 – III – 924* e no verso, trêmula porém visivelmente a mesma caligrafia aposta nas outras três fotografias, *fallecido em 5 – VIII – 924 Saudade Eterna*. Dentro de uma caixinha de charutos Suerdieck, entre retalhos de jornal o da morte de Honorato de Jesus, que se jogou do Elevador Lacerda.

Camerino e Mucinha sentados no sofá. Caixas latas embrulhos sobre a mesinha de centro. Rosália, a caminhar pra lá e pra cá, não quer ver nada, não quer perguntar nada, principalmente não quer sentir como se houvesse traído o amado sobrinho, mas traída sente-se ela ao se descortinar ali, de repente, uma parte de sua vida, uma desconhecida parte de sua própria vida. Não quer, não pode ver a irmã chorar. E a sempre elegante e ereta Mucinha largou-se... Arriou-se no encosto do sofá. Camerino não impede. Deixa ficar-se. As lágrimas a rolarem mansas, sem ais nem uis. Sentado ao lado, manteve-se a acariciar a mão da mãe.

De uma tacada só Camerino toma conhecimento da existência e morte de tios jamais imaginados. Raimundo e Roberto... pobres crianças levadas pela febre amarela. Cidinho... assassinado! O que faria uma família esconder assim as mortes de seus entes queridos? Volta a conversar com o pai, cobra as "esquecidas" vida&mortes dos tios. *Conheci Cidinho na escola fundamental, juntos fizemos o ginásio, os preparatórios e juntos entramos na Escola de Direito. Nossa amizade teve início quando éramos crianças e com a morte dos irmãos nos transformamos em amigos fraternais... Professora Violette, sua avó materna, foi uma mãe para mim, sabia-me órfão, deu-me carinho, aproximou-se de tia Adelina e tornaram-se grandes amigas, porque ambas grandes mulheres, a cultura de uma e a simplicidade da outra nunca foram motivos para afastá-las. Já o doutor Alcides... mais posudo, mais distante... Nunca esqueci de conversa ouvida sem querer: "Dize-me, Violette, esse menino mulato é mesmo sobrinho dessa mulher que anda a freqüentar a nossa casa? Ela tem olhos claros, se não me engano..." Se escutei sem querer a frase, pus-me às escondidas para melhor saber do que eu então não entendia, mas provavelmente intuía, talvez até mais pelo tom da voz, tratar-se de um jorro de preconceitos. E não me decepcionei nem me arrependi de esconder-me para continuar a assuntar... Professora Violette deu uma esculhambada de marca no marido... Que minha tia não era "uma mulher a freqüentar..." minha tia era antes de tudo uma amiga querida, além de mulher digna e trabalhadeira, e o menino tinha nome: Antonio. E sobrenome: Pitangueira. E mais: desde quando cor de pele seria denominação de qualidade ou defeito para alguém?*

O doutor era pernóstico, bravateiro... entretanto respeitava a esposa, ouviu quieto e saiu de fininho quando ela arrematou, e cada vez que me lembro disso, tenho certeza de que foi pra dar uma lição no lampeiro: "Sabes do que mais, Alcides? Se tiveres alguma dúvida, vai lá na Vitória, vai, vai à casa do Comendador; esse menino e essa mulher, como tu te referes, são gente do Comendador; será que o velho te receberia, Alcides?". Com o continuar, embora jamais tenha consentido em meu namoro com Mucinha, sem querer me enganar... chegou a gostar de mim por conta da música. Penso que o hábito dos saraus do dr. Alcides, misturado com o samba do meu pai, deu em nossas tocatas. Eu gostar de sua mãe, Merino, foi natural, como natural foi ela gostar de mim...

A conversa ficaria por ali. Camerino não replica. Pega a guitarra portuguesa e a viola... Ao se espalhar o som, vieram vindo Mucinha, Rosália, Dalila. Fortunato casou há muitos anos, tem três filhos, vive em São Paulo, gente importante no Incor. Enveredaram-se por uma longa noite de fados e não deve ter sido acaso a chegada da amiga Jussara.

Camerino tem certeza, algo maior está por detrás disso tudo. Tem certeza também, aos poucos o pai contará o que sabe. Outra certeza, Rosália a essa altura sabe menos do que ele próprio. Como ela ainda usa falar, está *mais por fora que umbigo de vedete*. E como ela adora falar isso para quase todas as respostas que não deseja dar, o sobrinho contradita *lembrando seus tempos de vedete, véa?* – *E eu lá nunca fui vedete, menino, me respeite.* – *Eu sei, seu sucesso começou nos palcos de Carlos Machado.* – *Você sabe que fui es-*

tre-la! Can-to-ra! em algumas revistas, isso sim. As vedetes? Simples cometas... – É pirraça, tia!

Sem tanta certeza assim, pensa na OAB, onde puxou o primeiro fio dessa meada, talvez lá encontre respostas. Começa por pesquisar os anais da Ordem. Traz os volumes para trabalhar sentado próximo ao velho abilolado. Tem dúvidas... talvez daquela maluquice saia algo. O primeiro fiapo encontrado são três moções de pesar, no princípio de agosto de 1924. *"Pela morte do acadêmico de Direito e filho do nosso insigne colega"* dava conta da morte de Cidinho. A segunda moção, pela morte de servidor Honorato de Jesus, talvez não lhe chamasse atenção se não se complementasse por discurso transcrito em ata de anterior plenária do Conselho... *não fora pela morte trágica no último 12 de agosto, o indigitado tendo se jogado do Elevador Lacerda, provavelmente não teríamos sabido da morte de nosso estimado bedéu da velha Escola de Direito, onde a maioria de nós colou grau. Sim, Caros Colegas, quem de nós não lembra daquele que mais de uma vez foi homenageado como "funcionário amigo" o senhor Honorato de Jesus! Cursava eu o quarto ano quando o extremado Honorato um dia faltou ao seu labor, causando estranheza, por tal nunca antes haver ocorrido em seus já mais de vinte anos como servidor público, e assim, como em um passo de mágica, desaparecia tão digno funcionário. Em poucos dias foi tido como morto, logo esquecido. (...) presto aqui o meu preito ao bedel Honorato, associando o nome Honorato a honrado, a melhor definição para este homem.* Já a terceira moção de pesar pelo passamento do honorável paladino Alcides Roseiral discorria sobre sua rápida e mortal enfermidade, *tendo, no dia próximo passado 12 de agosto, em casa chegado normalmente após a labuta diária, foi momentos depois encontrado em estupor por sua fi-*

lhinha (...) aos vinte e sete dias do mesmo agosto enterrava-se o nosso (...).

Camerino fica em estado de excitação a ir e vir entre anais e atas de agosto/setembro de 1924, anota fichas, faz comparações atentando a cada detalhe da leitura até sentir-se física e mentalmente exaurido. Espreguiça-se e só então se dá conta de estar sendo observado pelo abilolado. Se o velho se pôs ou não sobre seus ombros a espionar, não tem a menor idéia. Pára, olha o sujeito que jamais lhe respondera um bom-dia ou até-logo. Pela primeira vez o velho o enxerga realmente, encara-o dizendo claramente: *Boa tarde, meu jovem, deseja algo? – Boa tarde, doutor.* Até onde sabe, o homem é bacharel em Direito, e, se sadios, os bacharéis dão excesso de importância ao tratamento, não iria ele, Camerino, tratar o abilolado senão como doutor. *Então, meu jovem, em que posso ajudá-lo? Sabes? Esta minha biblioteca, sabes que é minha, pois não? É de tal proeminância... julguei de melhor alvitre trazê-la para a nossa Ordem do que mantê-la no recôndito do meu lar. Permita-me apresentar-me... Honorato Flores às suas ordens... Vossa graça? – Muito prazer, doutor. Sou Camerino Pitangueira às suas ordens também.* A cabeça de Camerino a mil. **não pode ser coincidência... apenas homônimo do falecido honorato sobre quem acabei de ler? será apenas coincidência meu avô ter entrado em estupor justo no dia da morte do homônimo honorato? e por que esse dizer-se dono da biblioteca do meu avô? já ouvi algo sobre esse velho ser o honoratinho ex-discípulo de meu avô não posso dar um passo em falso agora que ele resolve falar... por enquanto é deixá-lo dominar a conversa, se é que continuará, são coincidências demais...** *Sem dúvida também bacharel em Direito... não aceito leigos examinando meus documentos! – Perfeitamente, doutor, da turma de 1965.*

– *Cabal, cabal! Uma das muitas turmas das quais fui paraninfo.* louco mesmo, jamais a escola teve um professor honorato flores. *Mas dize-me, meu jovem, o que o traz aqui?* Com as grandes encadernações à sua frente Camerino não pode vacilar. *Pesquiso os anais e atas do Conselho...* – *Bobagens, meu jovem, bobagens! Se algo de sério ou bom queres encontrar, vens para os tesouros da minha biblioteca, até ajuda-me...* virou as costas e continuou em seus balbucios e alheamento como se nunca tivesse se interrompido. Enquanto Camerino arruma os volumes para devolver à bibliotecária, guarda fichas na pasta, olha o relógio verificando estar em cima da hora para ainda alcançar os velhos (ditos saudáveis) no Café... escuta o amalucado falando de si para si: *Quem sabe encontrará o segredo do cofre... entregar-me-á, não tenho dúvidas, o frangote não saberá do que se trata...*

Boas tardes, gente boa (a intimidade dada e tomada no correr dos últimos dois anos permite tal tratamento, os velhos sentem falta quando Camerino, atolado nos mais variados compromissos, desaparece por uns dias). *Mais tempo mandou dizer que está a sua espera, Camerino!* – *Trago novidades, gente boa! O dr. Honorato se apresentou hoje,* disse de chofre a observar cada reação. Não foi fácil! Deu-se um falarite generalizado esmaecido quando um deles se impôs, voltado para Camerino: *Verdade mesmo ou estás de pândega conosco?* – *Ora, que motivos nosso amigo teria para andar de pândega conosco, tratando-se de assunto sério como Honorato falar algo que alguém entenda...* – *Tens razão, caro colega, mas então diz lá, Camerino, que mais o velho Honorato falou?* – *O melhor, ou pior, sei lá! foram duas rematadas mentiras... que a biblioteca Alcides Roseiral pertence a ele! Que foi ele o paraninfo da minha turma em 1965... do que me consta, nunca o tivemos como catedrático, ou tivemos?* – *Que-*

res mesmo saber? Tu deves nos tomar a todo o nosso grupo como velhos... – De maneira alguma, professor, o senhor sabe o respeito que lhes tenho, vejo-os a todos como mestres, a idade só contando no meu entender como prova do saber e experiência de que todos são portadores. E mais uma coisa, antes que esqueça, dr. Honorato procura realmente algo dentro dos livros. – Ele lhe disse isso? – Não, mas entendi das conversas que tem consigo próprio, procura o segredo de um cofre. Pronto, Camerino encheu a bola toda, fez barba, cabelo e bigode. Refestelou-se com seu cafezinho para bem escutar. E escutou... primeiro uma ladainha... apenas um deles conheceu pessoalmente dr. Alcides... nenhum contemporâneo etc. etc. até que passaram a conversar entre si, como se Camerino nem estivesse presente. Ótimo, Camerino tomou notas em suas fichas.

À noite, trancado no quarto, analisando a tarde exaustiva e enlouquecedora, percebeu... Há mais de cinqüent'anos o Honoratinho, discípulo de um dos mais afamados advogados da época, fora tido e havido como o jovem mais promissor. O velho teria morrido em suas mãos diziam uns. O velho o havia "deserdado" diziam outros. Com a morte do velho, embora a família do grande causídico não lhe tenha feito questão da banca, Honoratinho teria roubado as vultosas posses da família. O disse-me-disse da província afastou a clientela, mas, corroborando o roubo, dinheiro nunca lhe faltou. O juízo foi indo embora, restando aquele ser janota e decadente que direção após direção da Ordem ia permitindo permanecer na biblioteca da OAB desde quando para ali fora doada herança de uma família. O Honoratinho passou a afirmar ser dele a biblioteca, faltando a casa que lhe roubaram. Controvérsias quanto à filiação de Honoratinho. Uns afirmam ser menino da "Roda da Pupileira". Outros têm certeza, Honoratinho é filho de homem decente e humilde, foi criado com muito esforço. O ingrato renegara o pai.

Camerino desce para o ateliê – a essa hora da madrugada entregue às muriçocas. Para melhor escrever, quiçá fazer um desenho ligando todas as linhas. Senta-se na escrivaninha do pai, anota, risca, conclui. Muitas assertivas a levarem-no a perguntas. O avô (Alcides) apadrinhava um jovem tido por órfão (Honoratinho – Honorato Flores) que na verdade renegou o pai (Honorato de Jesus). Por que Honorato de Jesus jogou-se do Elevador Lacerda justo na tarde do sétimo dia da morte de Alcides Filho? Por que Alcides pai, tendo resistido à morte do filho, entrou em estupor na noite da morte de Honorato de Jesus, a ponto de morrer poucos dias depois? Desconsidera a hipótese de mestre e discípulo serem amantes por achar absurda. Nada o leva à comprovação. Por menos preconceituoso que seja, Camerino mesmo inconscientemente recusa-se aceitar a veadagem do avô. Fica apenas uma certeza. Não consegue identificar exatamente tirada de onde. A certeza de alguma ligação entre os Honoratos e a morte de Cidinho. Uma certeza leva a outra certeza e a uma pergunta: **meu avô descobriu quem matou seu filho, eu descobrirei?**

Camerino está cansado, excitado, quer dormir e não sente sono. Gira a cadeira instintivamente para ligar o rádio, pensando **só podíamos ser esta família desvairada que somos que mais pensa em cantar tocar dançar e se divertir foi muita tragédia que nos antecedeu...** ligando o rádio **quantas dezenas de rádios já passaram sobre este porta-rádio... e que diabo de porta-rádio é este que nunca vi parecido em lugar nenhum** levanta-se para examinar a peça verde-escura **que peso desgraçado! mas isto é um cofre!** Dirige-se para a preguiçosa **onde fui me meter... querendo unir fios de perdidas antigas meadas!** Finalmente relaxa ouvindo música e só acorda com o movimento da casa para o café-da-manhã. Incrivelmente repousado, como se houvera passado longa noite de sono em cama macia com travesseiro de macela... Sobe, a cantarolar, para a higiene matinal. Pronto para as lides diárias, encontra o pai a esperá-lo para o desjejum. Conta o sucedido, conta as conclusões, ou melhor, as indagações finais às quais chegou. Arremata. *Bem, pai, ao fim e ao cabo, restaram-me indagações. De certeza... a morte do meu avô tem a ver com a descoberta do assassino do Cidinho, e esse assassino, penso eu, não terei meios de descobrir. Por enquanto, deixo tudo como está, se um dia tiver de ser, será. – Mas o assassino sempre se soube, filho! É o tal Beréco. – O Beréco, pai, é o assassino de aluguel, me refiro ao mandante! E tem mais, pai... me enchi de OAB... as eleições estão próximas, recuso-me a entrar na próxima chapa! Além do mais, está me tomando muito tempo, preciso dedicar-me à orquestra.*

BREVE NOTÍCIA DOS COMPANHEIROS DE TRABALHO. É por esse tempo a aposentadoria de Edgard Rogaciano aos quarenta anos de bons serviços prestados. Rosália troca o velho carro de Edgard (tratado como uma criança) por um Chevette zero. Ele tenta convencê-la por um fusca. Qualquer moleque da esquina conserta um fusca. Esse carro, chegado zero, Edgard quer para a vida toda. Rosália só faz dizer *deixa comigo* e compra o Chevette. Em um domingo realiza-se grande almoço homenageando Edgard e Nita, mais Antonio e Zezé com respectivos esposa e esposo, mais os cinco netos de Edgard. Alguns amigos deles e os mais chegados de cá e de lá, como Marquinho, Cila, Nanan, João e Palé. Falar em aposentadoria, é bom lembrar que há muito dona Jovelina já cuidou da sua. Hoje as irmãs Minga e Lú respectivamente assumem as casas de Rosália e Mucinha. Em dias de festa ajudadas por Clarice, ex-babá de Camerino. Para substituir seu Edgard contrata-se Genivaldo. Jovem com pouquíssimo tempo de carteira, porém muito responsável. Logo se vê, pouco haverá para ele dirigir, torna-se um verdadeiro secretário de Totonho, além de um faz-tudo dentro das casas. Serviços de pedreiro, eletricista, pintor... tudo Val tira de letra com a maior perfeição. Afinal, apesar das reformas, são casas chegantes aos cem anos de idade. Desde a vinda de Minga aumentou a moda de se oferecer almoços, não há quem resista ao forno e fogão da bendita Minga. Atualmente a verdadeira dona das casas é uma cadela vira-lata vinda da chácara de umas amigas de Rosália, a famosa Maria Antonieta, para os íntimos Tieta. Grande, raceada com *setter*, dorme em um sofazinho ao lado da cama de Rosália. Diariamente, na hora certa, busca a dona para brincar de bola. Jogadas as mais estranhas, Tieta sempre abocanha a bola no ar. E ai da dona se não a levar para passear de carro ao menos uma vez por dia. Nas tristezas de Rosália, Tieta se põe em agrados e lambidinhas beijoqueiras até vê-la voltar a sorrir.

FESTAS & TOCATAS

A vida corre calma. Totonho não aparenta os 80 anos de idade para os quais se prepara grande festa. Mucinha aparenta mais do que os 78 que carrega. A Avenida Stella hoje em dia parece uma só família. No correr dos anos, houve de tudo por ali, a despeito dos cuidados tomados por Totonho na escolha de inquilinos. Ele foi filtrando... filtrando... quando se pegava de amizade por uma família, de comum acordo com a própria família, propunha a venda do sobradinho. Na primeira venda, ali pelo final dos 70, o pessoal assustou, sem entender. Totonho sempre teve horror de se desfazer de imóveis. Explicou: *Vendendo a pouco e pouco os sobradinhos, estaremos resolvendo vários problemas. Com a lei do inquilinato da maneira que está, tenho posto vocês a par... os aluguéis se defasando, a inflação comendo o irrisório que nos chega.* – Com a venda, a inflação não comerá o capital?, é Camerino perguntando. *Calma... apressado come cru, deixa explicar... com o apurado na venda, compramos lojas, não aqui no centro. A cidade está a se expandir, o comércio cresce para os bairros. Podemos, por exemplo, comprar uma casinha na rua principal de Amaralina, ou Baixa de Quintas, transformando-a em comercial.* – A reforma deixa comigo, diz a reformadora Rosália, já traduzindo a animação pelos novos planos. *Os aluguéis comerciais não se incluem na lei do inquilinato que tanto nos tolhe, no contrato já consta o índice inflacionário que será utilizado nas atualizações de valores.* – E a venda do sobradinho dá pra comprar casa? – Minha querida Mucinha... acha que eu não *já andei a estudar as mais diversas possibilidades? Não foi por acaso que exemplifiquei com a Amaralina, dá pra comprar e reformar! Talvez mesmo na Pituba, boto mais fé nas bandas para além do Rio Vermelho. Não daria na Barra, mais valorizada. Além de que, vejo com bons olhos, como já disse, a banda de lá, pois desde a inauguração do Iguatemi a tendência é pra lá, até bairros novos estão surgindo. – Mas sim, você falou em vários problemas. – Bem, problema maior é este, de melhor manter a renda de Rosália.* Para Totonho a imensa fortuna portuguesa herdada por Rosália nunca foi motivo para dar menor importância "à renda de Rosália". *O demais, iremos escolhendo, não temos pressa de fazer tudo a toque de caixa nem a vôo de pássaro, os bons vizinhos que desejemos continuar vizinhos ou algum amigo que esteja a ponto de comprar uma casa, pois aí se completa meu plano, que a avenida volte a seus dias de irmandade e união. – Um pouco de suas utopias, meu cunhado! – Quanto à vizinhança, até concordo com você, Rosália, pode ser mais um de meus sonhos... mas quanto à melhoria e manutenção de sua renda... não tenha dúvidas, meu plano está corretíssimo, estes governos de merda! Deus sabe se têm interesse em resolver o problema da inflação, todos de conluio com banqueiros, enchendo a burra! Apertando na lei do inquilinato em vez de resolver o problema de moradia da população! Esse tal de BNH... uma extorsão, é o que é. O sujeito vai pagar por 15, 20 anos e no final ainda deverá ao Estado, vocês verão!*

As tocatas continuam semanais, os assustados foram se acabando por si mesmos. Adeus tempo gostoso sem preconceitos, em que menina, além de dançar com menino, dançava também com menina e menino com menino, gente grande com gente pequena... Agora, os meninos virando gente grande. Os netos são paulistas e não vêm à

Bahia. Dalila, depois de longo namoro com um seu colega de faculdade, até moraram juntos... em pouco desiludiu-se, só quer saber de rápidos casos, nada de muito sério – filhos então, nem pensar! Camerino vai por caminho semelhante. Pior, na visão dos pais e da tia alcoviteiros, porque das namoradas ouve-se apenas falar... traz uma e outra como amigas. *Amizades coloridas*, diz Rosália (é bem do que ela gosta). Todos pensaram que casaria com Babi... *Empatou a pobre da menina durante anos para agora, sem mais nem menos, deixá-la de uma hora pra outra, sem ter nem por quê...* Rosália, aborrecida com o sobrinho como poucas vezes com ele se aborrecera. Não há tentativa de explicação a convencê-la. *Não adianta, Merino, sou, sou mesmo apegada a Babi, menina educada, sincera, boa! E você fazer-lhe essa falseta. Garanto que você já está com outra. Venha pra cá, salafrário... me embrulhe que eu gosto!* Mesmo com fim de namoro, Babi organiza a festa dos 80 anos de Totonho. Se os Roseiral Pitangueira são festeiros de marca, gostam mesmo dos improvisos, dos *petits comités*. Festas grandes... a da formatura de Camerino, quando se construiu o rinque de dança... a dos 50 anos de Rosália também teve muita animação, mas não foi uma festa tão grande assim, meeira como a da formatura de Dalila. Querem uma festa de babado e bico para comemorar a chegada aos 80 do grande Totonho inteiraço! Enormes e lindas mesas de doces e salgados feitos pelas melhores doceiras da cidade, as irmãs Maria, Indayá e Jacyra. Sem faltar o caruru de dona Clara. Em volta do rinque e nas laterais das duas casas, arrumadas mesinhas com lugar para 150 convidados bem instalados. Em cada mesa pequenino arranjo de flores-do-campo e antúrio. No tablado músicos, cantores e cantoras a noite toda. Contemporâneos de

Mucinha e Totonho, de Rosália, dos meninos (hoje pra lá de quarentões!). Mais uma nova geração vem chegando com Jussara, a impressionar os velhos, menos pelo repertório atual, *Foi um sonho medonho / Desses que às vezes a gente sonha / E baba na fronha / E se urina toda* mais pelas "antiguidades" que tocam e cantam com Jussara suas amigas Isabela, Belô, Caú... *Chegaste na minha vida / Cansada desiludida / Triste mendiga de amor.* Fortunato e família seriam a grande atração, a melhor alegria... quase uma decepção... tão poucos dias, um fim de semana somente... a quatrocentona esposa recusou-se a ficar em casa de Totonho ou de Rosália e lá se foi Fortunato mais mulher e três filhos ficar em hotel de luxo. A birra é antiga de parte a parte. Enquanto namorados a Dulce Helena evitou todos os convites de vir à Bahia em nome de *"Papai não permite uma moça solteira viajar com o namorado, nem ao menos somos noivos".* Isto no final dos 60 começo dos 70, quando liberação sexual era o *it* e Deus e todo mundo queria vir à Bahia. Não adiantou Fortunato (a quem ela chamava Nato e às vezes ironizava a dizer: *Fortuna tenho de berço*) adiantar o noivado. Desculpas semelhantes vieram. Cerca de seis anos nessa putaria, embora não chegasse à ousadia de proibir o Nato de anualmente visitar a família. No começo do namoro curtia as histórias da tia artista, curtia o amado tocando flauta... depois passou a achar tudo cafona. O casamento teve data minuciosamente escolhida para contar com a presença de todos. Totonho, Mucinha, Rosália, Dalila com o namorado do momento, Camerino de namorada a tiracolo. Uma temporada de 15 dias no apartamento de solteiro de Fortunato. Com jeitinho, já àquela época a Dulce Helena teria comentado tratar-se de promiscuidade meterem-se sete pessoas em um apartamento de dois quartos e um banheiro. Os levados instrumentos para uma homenagem à família da noiva em jantar ou almoço, onde, por certo, seriam recebidos, do apartamento não saíram. De passagem pela Avenida Europa, conheceram "de vista" a mansão da família da noiva. Sentiram a tristeza da lembrança da decadência da mansão do Comendador na década de 60. Presumiram, a comemoração no bufê de festas... provavelmente estaria sendo paga por Fortunato. Daí pra frente Fortunato nem teve mais como insistir para as visitas do pessoal a São Paulo. A ocupação aumentada (cardiologista cada vez mais afamado), filhos nascendo e a vida se tornando outra, mandava cartões de boas festas, telegramas de aniversário, participação de nascimento dos filhos. Mucinha magoadíssima, se fosse por ela nem cartões mandaria na volta do correio. Totonho a escrever cartas e cartões, a passar telegramas. Já Rosália e os meninos, deram de ombros, se esquecidos estavam... esqueceriam também. Foi Babi quem teve o atrevimento de, numa ida a São Paulo, procurar Fortunato e falar da festa de 80 anos do velho. Só mesmo aquela Babi... tirar uma tarde dos poucos dias do curso, entrar pela noite na sala de espera do chique consultório... bem de dela... Levou livro, palavras cruzadas, revistinhas. Conta depois a Camerino: *Quando me apresentei explicando o motivo da minha presença notei que seu irmão tomou um baque... estava eu ali de extra, mas não havia doente a ser examinado, sendo no entanto uma consulta paga (ele fez questão de devolver), aí eu disse com todas as letras do bem que quero a seus pais, do tanto que os conheço e privo da intimidade e de como custei a descobrir o "único senão" da existência deles: não rever o filho e não conhecer os netos, no que seu irmão reagiu. "Não por falta de convites!" Fiz de conta que nem ouvi, con-*

cluí, ali estava por minha conta e risco, sendo apenas Rosália a sabedora do meu intento. Saí com a promessa de que viria com os seus para os oitent'anos desde que a família oficializasse o convite (desculpe lhe dizer, mas seu irmão é um cretino e nessa hora até me arrependi da empreitada).

Rosália fez a carta:

> Bahia, 10 de fevereiro de 1986
>
> Querido Sobrinho Fortunato,
>
> Espero que esta o encontre bem, juntamente com sua família.
>
> Vou direto ao assunto. Seus irmãos e eu estamos organizando uma festa para comemorar os 80 anos de Totonho. Ele faz de conta que está desinteressado, mas na verdade, você deve lembrar como aqui somos todos festeiros, seu pai mais que todos.
>
> Estive conversando com Dalila, Camerino e Babi, namorada dele que está a nos ajudar na organização da festa, e achamos por bem fosse eu a portadora do convite para você e sua família nos darem o prazer de vir completar nossa alegria na comemoração dos 80 anos do querido Totonho.
>
> Sabemos de suas enormes responsabilidades e compromissos, mas você há de convir que estamos nos pronunciando com bastante antecedência para que tudo possa ser arranjado: além do mais, o aniversário de seu pai é dia 14 de junho, um dia de sábado, o que mais facilitará a vinda da família.
>
> O tempo que vocês desejarem passar aqui conosco, ficarei no 25 deixando o 26 com vocês de donos sem ninguém a incomodá-los. Venha mesmo, ainda nem co-

nhece a reforma mais recente, o quarto de casal agora tem banheiro próprio... suíte, como é moda!
Com o carinho e a amizade da tia que muito lhe quer
Rosália

PS. não esqueça a flauta, haveremos de muito nos divertir a cantar e tocar
A mesma

Camerino perdeu a conta de quantas vezes pediu e a tia lhe atendeu, repetindo a estória de como despachou Joãozito cantando. Agora Camerino (o homem dos sete instrumentos canta de raro em raro) se prepara para fazer justamente o contrário, quer reconquistar Babi. Ela não deixou de freqüentar a casa depois do término, mas evita encontrá-lo. Com a arrumação da festa, os encontros "de trabalho" excitam Camerino. Babi, com razão, por conta do golpe, bota a maior banca. Ela, em-cimésima, perto dos 40. Ele, caminhando para os 50, deu-se de paixonite aguda por uma menina de 20, de quem logo tomou belo chute na bunda e chifres na testa. Querer voltar? Enquanto conseguir, e está difícil porque é louca por Merino, Babi ficará firme, dando o contra.

Festa de bacana nas arrumações, garçons, bebidas... A tocata de sempre, o pessoal a se revezar no tablado. Sambas suingados enchem o rinque de animação. Boleros... hora para o agarra-agarra, o incha-rola; momento dos pés-de-valsa demonstrarem suas proezas. Ao tango só se aventuram Nanan com Rodrigo Antonio. As apresentações dançantes se mesclam às músicas cuja platéia, toda ouvidos, se cala e se paralisa. Almiro Oliveira ao violão mais as flautas de Elena e Tuzé, o piano de Graça Ferreira a acompanhar o canto deslumbrante de Marle e Edy. Lindafigura canta acompanhando-se ao violão. A (ex)moçada das tocatas... à seqüência de Luiz Gonzaga com duas sanfonas de Delinha e Cila, Nanan no triângulo e Marquinho Nigrinha no zabumba – o rinque superlota com o povo xaxando. Sergio Strompa arrasou, ao piano, com um *potpourri* de Ary Barroso. A esplêndida Jussara e a moçada d'agora, Isabela, Luciano Bahia e seu fulgurante violão, Mazzo e seu suingue, Belô e seu canto mavioso, Caú, Silvia Patrícia, Alexandre Leão...

 Correndo o comentário, apelos... e *o aniversariante não toca? Os de casa tão de frescata, ninguém trabalha aqui hoje?* Como poderiam? A se desdobrar, percorrem as mesas, sentando com um, dando atenção a outro. Tanta gente querida para receber, obsequiar! João e Palé são pura animação, junto com Marquinho, Cila, Nanan & cia em volta do rinque. Nesse grande encontro, a turma volta à adolescência, alguns não se viam há anos. Jorge Amado recusa-se a sentar em mesa de pista (temendo dona Zélia querer arrastá-lo para valsar ou pensando em escapulir cedo?) vai para uma mesa do corredor lateral com dr. Wenceslau, a esposa dona Magá e cunhados. Seu Edgard Rogaciano com Nita e os filhos Antonio e Zezé. Mabel com as filhas Jú e Lala assistem emocionadas à presença da caçula Belô no tablado, dividem a mesa com dona Clara e a amiga Dinorah. Bem ao lado estão Rodrigo Antonio com Ivonete, Dinho e Edileusa (na mesa é maneira de dizer, pois os quatro são rematados pés-de-valsa). A mesa das Silveira junto dos Oliveira – Ni e Mirênia em contentamento com os aplausos recebidos pelas filhas. Na mesa de Walter Boaventura, sua família vinda do Rio de Janeiro para a festa: dona Pombinha, Neide e Maria Soares. Tanta gente mais, cada encontro uma alegria!

Camerino, a atender um e outro, começa a querer reunir a família para a função. Fortunato puxa o irmão para um canto, discretamente, lágrima nos olhos: *Não me chame ao palco, meu mano...* Emocionado desde a abertura da festa com a valsa "80 anos", composta por Mucinha para a efeméride, apresentada por Almiro ao violão, solo de clarinete do maestro Vivaldo mais Seu Edson Sete Cordas, Dirla do Cavaquinho, Fortunato descontrola-se e vai aos soluços abraçado ao irmão que tenta dar a maior força, segurando uma onda danada pra não chorar, tentando brincar: *Não venha me dizer, doutor Fortunato, que esqueceu a flauta.* E o outro, ainda com voz embargada: *Até já deixei as duas caixinhas bem à mão ali no ateliê, mas eu não posso, eu não vou conseguir tocar.* – *Ora, maninho... se me der uma boa razão.* – *Não posso, meu mano, há anos eu só toco sozinho, trancado no meu consultório... não sei mais compartilhar.* – *Maninho, seremos nós ao seu lado, nós sempre saberemos compartilhar porque a distância física nunca nos separou, a música sempre nos unirá.* Tira o lenço do bolso traseiro e no maior carinho enxuga as lágrimas do irmão. *Me conte o que tens tocado.* – *Além do nosso velho repertório, toco Caetano Veloso, um pouco de clássico.* – *Mas acertou em cheio, maninho, somos irmãos siameses unidos/separados por três mil quilômetros, pensei justo em fazer um* pot-pourri *de Caetano.*

Acertam grosso modo o que tocarão. Começando, ninguém mais segura. Combinam. Fortunato subirá na segunda rodada – terá tempo e razão para chorar bastante enquanto revê a família tocar e cantar. A bruxa da Dulce Helena que se dane, estão na casa dele e ela vai ter de dançar conforme o ritmo da casa. As crianças estão achando tudo o máximo, nunca viram nada parecido. Para a apresentação da família, Rosália fez questão de fazer um roteiro, menos pelo roteiro em si, muito mais para Babi (não faz um "O" com copo em música) participar do show. Tudo foi bem preparado, até o piano de cauda veio para o tablado, com produção de luz e som. O céu estrelado sem a menor ameaça de chuva. Já passa da meia-noite, já muito se dançou e cantou, muitos amigos passaram pelo palco, quando Babi se dirige ao microfone: *Som – som, tudo ok! Caros amigos, subo aqui em nome da família Roseiral Pitangueira para agradecer a presença de todos e especialmente aos que nos deram o prazer de sua música; decidimos não dizer o nome de cada um porque poderíamos esquecer algum (velha desculpa)* diz, sorrindo, Babi, encantadora, *porém vamos homenagear a todos citando o mais antigo e a mais jovem* habituée *das tocatas. O velho amigo Walter Boaventura* (interrompida por muitos aplausos), *parceiro de Totonho desde os tempos de escola, e, como diz Rosália, a nossa menina, a nossa mascote Jussara Silveira* (mais aplausos). *Convido os dois a participar do primeiro número da família.* Mais uma vez sorrindo. *Não é surpresa não. Eles ensaiaram. Teremos dona Mucinha ao piano, Totonho tocará no correr do nosso show – eles não queriam que eu me referisse como show...* (mais aplausos e assovios, é show! é show! é show!). *Tocará violão, viola e guitarra portuguesas, cavaquinho. Da-*

lila, além de cantar, tocará pandeiro. Camerino, o homem dos sete instrumentos, pintará o sete e muito mais! E... para cantar e nos encantar! (Camerino dá um repique na caixa da bateria) *A nossa sempre rainha! Rosáaaaalia Roseiral! Comecemos! Com a música de Mucinha sobre o poema "Tempo" da poeta Mabel Velloso,* aponta para a mesa na qual ela se encontra, *aqui presente com sua arte e sua simpatia.* Aplausos e mais aplausos.

> *Tempo vamos fazer uma troca?*
> *eu lhe dou as minhas rugas*
> *você me devolve o rosto*
> *jovem e limpo como ontem.*
>
> *Eu lhe dou cabelos brancos*
> *você me devolve os cachos*
> *negros, longos, bem sedosos*
> *assim como antigamente.*
>
> *Eu lhe dou a minha agenda*
> *cheia de notas e horários*
> *e você me dá de volta*
> *meu álbum de figurinhas*
> *toma de mim a caneta,*
> *cadernos pra corrigir*
> *me dá de volta os meus lápis*
> *e quadros pra eu colorir.*
>
> *Eu lhe dou toda essa roupa*
> *que devo agora lavar*
> *você me dá outra vez*
> *bonecas pra eu brincar.*

Eu lhe dou a pia cheia
de pratos engordurados
e você me dá em troca
caxixis para eu brincar.

Eu lhe dou esses transportes
que sou obrigada a usar
e você me dá de volta
bicicleta pra eu montar.

Eu lhe dou esses meus óculos
que da cara já não tiro
e você me dá de volta
os meus olhos com seu brilho.

Eu lhe dou as minhas pernas
que já andam lentamente
e você devolve em troca
as grossas de antigamente.

Eu lhe entrego os meus braços
cansados de trabalhar
você me dá os meus braços
relaxados de folgar.

Walter Boaventura canta a primeira estrofe, na seqüência Totonho, Camerino, Mucinha, Dalila, Jussara... quando até quem estava no tablado se surpreendeu ao ouvir as entoadas vozes infantis adentrando com Rosália. Os três filhos de Fortunato! Chegados na manhã da festa, que hora a capeta da Rosália encontrou para conquistar, ensaiar e fazer com que decorassem as três últimas estrofes? – mais um mistério da família!

Com muita graça e espírito Babi continua a apresentação, que vai do princípio do século, representado por Chiquinha Gonzaga e Ernesto Nazareth, passando pelo repertório profissional de Rosália da década de 40 a meado de 50, Caymmi, Batatinha, Riachão, Almiro Oliveira (os três últimos presentes à festa, Caymmi só não veio porque dona Stella continua sem querer entrar em avião), até bossa nova, tropicália e algumas recentes de Caetano Veloso, Gilberto Gil, Chico Buarque... (corria o zunzunzum entre os convivas. *E Fortunato? Não toca mais? Tá tão importante assim, sinhô!*)

Ninguém pensa em ir embora. Os garçons servindo uísque escocês a rodo, cerveja, refrigerantes, além dos saborosos petiscos. Quando começa o show inicia-se também o serviço dos pratos de caruru. Completo: com vatapá, omolocum, xinxim de galinha, efó, farofa de dendê e farofa de mel, banana frita, pedacinhos de acarajé, abará, rapadura e cana. Por essa ninguém esperava, ainda mais... preparado pela rara quituteira dona Clara, também anunciada ao microfone e devidamente aplaudida, pois muitos dos ali presentes consideravam a arte de cozinhar mais difícil do que a de tocar ou cantar, a começar por Rosália, que não frita um ovo. Passa das duas da madrugada quando Babi anuncia: *Entrego o microfone a Camerino. Ele dirigirá os últimos momentos do show.*

O pessoal do palco está dispensado: por enquanto ficam Rosália e meu pai. Aplausos e mais aplausos: **Volta! Volta! Volta!** – *Peraí, gente... não me querem não, é?* – **Canta! Canta! Canta!** *Ok! Babi, Ok.* – *Primeiro meu pai e eu to-*

caremos guitarra portuguesa para Rosália cantar um fado, pois o fado não poderia faltar nesta noite de boas lembranças e alegrias. Ouve-se o trinar da guitarra. *De Domingos Costa e Jaime Santos, criação da fadista Fernanda Maria, "A mais linda canção".*

Pronto, papai e titia estão dispensados. Recebo agora com grande alegria, meu mano Fortunato e sua flauta. Os aplausos e gritos só faltam derrubar as duas casas! A maioria ali presente passou anos e anos a esculhambar Fortunato e sua ausência. Muitos passaram a noite fuxicando sobre a recatada presença de Fortunato na festa, sem subir ao palco. Surpresos, alegram-se ao vê-lo. Vibram ao sabê-lo vivo a tocar. *Não ensaiamos, conversamos um pouco, vamos fazer um pot-pourri de Caetano Veloso. Fortunato estará na flauta e no flautim, eu passearei por aí pelos instrumentos... e* (fazendo gozação), *suprema honra! Cantarei para vocês. Vamos lá, Fortunato.*

> *Meu coração não se cansa de ter esperança*
> *De um dia ser tudo o que quer*
> *Meu coração de criança*
> *Não é só a lembrança*
> *De um vulto feliz de mulher*
> *Que passou por meu sonho*
> *Sem dizer adeus*
> *E fez dos olhos meus um chorar mais sem fim*
> *Meu coração vagabundo*
> *Quer guardar o mundo em mim*

Olhando a platéia, à procura... *Babi, meu bem... a festa é do meu pai, mas meu canto é para você, minha querida:*

Linda
E sabe viver
Você me faz feliz
Esta canção é só pra dizer
E diz (...)

Uma tigresa de unhas negras e íris cor de mel
Uma mulher, uma beleza que me aconteceu (...)

Todo dia o sol levanta
e a gente canta ao sol de todo dia (...)

Onde andarás nesta tarde vazia
Tão clara e sem fim (...)

Não quero mais
Essas tardes mornais, normais
Não quero mais
video-tapes, mormaço, março, abril
Eu quero pulgas mil na geral (...)

Esse papo já tá qualquer coisa (...)

A tua presença entra pelos sete buracos da minha cabeça
A tua presença (...)

Tem que ser você
tem que ser mulher (...)

Você é meu caminho
Meu vinho, meu vício
Desde o início estava você
Meu bálsamo benigno (...)

Minha doce e triste namorada
Minha amada idolatrada
Salve salve o nosso amor

Camerino segreda algo a Fortunato. Aplausos e mais aplausos. Desce comovido do tablado, encontra Babi no último degrau. Entregam-se aos beijos e abraços. Fortunato fala. Para delírio dos convidados e surpresa absoluta de Dulce Helena, pirada desde a subida de seus filhos ao palco a cantar com a "desconhecida" tia avó. Agora quase desmaia quando o marido sobe ao palco e os filhos largam-na sozinha na mesa para, na maior excitação, disputarem o colo da "desconhecida" tia-avó ao mesmo tempo muito contritos apreciando o pai tocar. Dulce Helena pira de vez ao escutar o discretíssimo marido falar em público: *Seguindo o exemplo de meu mano, farei um solo dedicado a minha esposa* Carinhoso *de Pixinguinha; a seguir, dedicado a meus pais, a valsa* Sempre viva *de Almiro Oliveira, após o que os amigos estão convidados a voltar ao tablado, se quiserem!* Justiça se faça à bruaca, os filhos são educadíssimos: Léo, o mais velho, de 11 anos, e Beca, o caçula, de 8, são magrinhos, compridinhos, aloirados. Dambão, o do meio, roliço, bem moreno, cabelos e olhos negros. Até com os apelidos Mucinha implica: *A granfa soube escolher nomes bonitos para os filhos e chama por esses apelidos ridículos. Eles que não me atendam por Leonardo, Danilo e Bernardo!*

Mais uma vez os aplausos, gritos e assovios só faltaram derrubar as casas todas da Avenida. Comentário geral: um *grand finale*! não há mais o que se fazer no palco. Muita conversa e algaravia, as despedidas.

Rosália tem a intuição. Nem fala demais pra não gorar. Dessa vez Camerino casa com Babi. Combina com Totonho, fique de rabo em pé para ir pedindo a casa 27 (das duas últimas ainda em aluguel). *Você sabe que não posso, Rosália, eles pagam em dia, são nossos amigos, não vou pedir a casa assim, sem mais nem menos.* – Ora, Totonho, lembra quando quis passar uma para o nome de Merino e outra pra Dalila? *Você não quis...* agora passe a escritura e está feito o direito: para moradia pode-se pedir ao inquilino que saia. – Agora me diga uma coisa você, Rosália. Quem lhe disse que Merino vai casar? E se casar, vai querer morar aqui? – Ó pra isso, Mucinha... *seu marido acha que Merino não quererá morar aqui na Avenida... eu aposto! é tudo que ele quer. E digo mais, se não tivéssemos condições e morássemos todos na sua casa, Merino ficaria conosco.* A idade chegando, Totonho e Rosália vão dando para ter certas implicâncias bestas um com o outro. Mucinha aparando as arestas, amparando as caídas, ela também bem menos paciente. *Pra que tanta bobagem de discussão? Hipóteses! Aporrinhações por antecedência quando tudo é tão simples... basta perguntar a Merino e pronto!*

Nesses assuntos... Rosália certa em todas as suas deduções. Camerino está, sim, pensando em convidar Babi para morar com ele. E não quer adiar muito não, Babi está com 37 anos e ele quer filhos. *Boa hora de ter filhos, hein, seu Merino? Aos 46 anos? Tá mais pra avô,* é a conversa do pai logo interrompida pela cunhada: *Se ele está pra avô, considere-se bisavô e pronto, Totonho; precisamos de vida nova em nossas casas, em nossas vidas.* Um tão inesperado casamento não podia dar-se assim de uma hora para outra. Realizou-se finalmente cerca de um ano depois, no domingo, 29 de março de 1987.

BREVE NOTÍCIA SOBRE BABI, A BALBINA. O 27 chega ao fim das reformas começadas com mais um muro de quintal demolido. Dessa vez, projeto desenhado em papel por Dalila, debaixo de muitas opiniões de Babi e Rosália, as duas lé com cré. Trilhos de ferro vigam o teto. Paredes e arcadas derrubadas transformam saleta e salas em grande salão. Substituído o pequeno pátio, quartinhos e lavanderia (outros mais modernos no canto do quintal) em espaçosa sala de almoço integrada à moderna e ampliada cozinha. Em cima, pequena modernização coloca banheiro próprio em um dos quartos; integra a saleta à varanda, resultando um bom escritório. Um segundo banheiro serve aos dois outros quartos.

Desde o começo com Babi Camerino não falha em idas à roça, onde aprendeu a cavalgar, é do que ele mais gosta depois da música. Para o casório não dispensa os pais de Balbina de uma vinda à capital. Manda Val buscá-los e quantos irmãos queiram e caibam na Chevrolet Veraneio. Vêm os pais, Salu e Iaiá, e dois irmãos, Binho e Neném. Minga pretende um almoço na estica... de tiragosto "aquela" salada de aratu (receita de Rodrigo Antonio) enquanto toma-se uma cervejota. Frango com quiabo, berinjela e cenoura mais pimenta-de-cheiro inteira passados levemente no dendê com pirão de onça. Carne de fumeiro (vinda de Santo Amaro) ao forno com requeijão derretido por cima e bastante cebola com pirão de leite. De sobremesa, doce de banana de rodinha e doce de leite feitos por Mucinha. Babi, com muito jeito. *Quer agradar meus pais, Minga? Faça um cozido, no máximo um escaldado de peru. E sem desmerecer os doces de dona Mucinha, o que eles mais gostam quando vêm à cidade é sorvete.* Prepara-se o "casamento", quando também estarão presentes o padrinho Zezito e família (estes já são 'quase de casa', freqüentam as tocatas sempre que podem).

Balbina é fim de cacho de imensa família sertaneja. Foi acaso a mudança dela para a capital. Aproximadamente aos 10 anos de idade viera acompanhando mãe e avó para um tratamento desta no Hospital das Clínicas. Na hospedagem em casa do coronel fazendeiro, patrão do vaqueiro seu pai, onde logo mostrou interesse em aprender as primeiras letras, rapidamente passando à leitura, Balbina permaneceu. A avó pouco durou, a mãe retornou ao sertão. Animada pela beleza da leitura não esquece o bem-querer de sua vida, vaquejar e aboiar mais o pai. Vive Balbina no Largo do Papagaio, em casa de amplos jardins e comprido quintal. "Menina de companhia" das pequenas netas do coronel. Escorraçada pelas de sua idade, protegida da avó das pentelhas. Dona Raquel, senhora de família tradicional, a mais fina educação tivera. Formara os quatro filhos (dois engenheiros agrônomos e dois médicos). As três filhas não quiseram nada com a hora do Brasil – como é costume dizer. Uma vive com o marido em Brasília, duas voltaram pra casa cheias de filhos, saídas de horríveis casamentos, ambas tentam fazer da menina Balbina capacho. *Balbina, me traz água. Balbina, vai buscar meu cigarro. Não tá vendo a criança chorar, Balbina? Carrega a menina, Balbina!* De princípio dona Raquel toda noite faz lições de escrita, leitura e contas com Balbina. Vê o interesse da bichinha, gosta, quer estudar, mas àquela altura está extenuada, a cabecinha balançando de sono. Diz às filhas: *Balbina aqui não é mais criadinha nem ama-seca de ninguém, vão vocês cuidar de seus filhos, quem pariu Mateus que o embale...* Matricula a menina no colégio São José.

Minha filhinha, eu te queria aqui perto de mim... não consegui educar estas minhas filhas como pretendi... não é agora que vou conseguir, elas não te deixam em paz... tu vais me perdoar, minha filhinha, mas vou te pôr no internato, talvez lá viva melhor. A custo da amizade e do patronato de dona Raquel as freiras aceitam Balbina aos 10 anos para cursar o segundo ano primário. Na hora da matrícula, dona Raquel descobre, Balbina não é batizada nem registrada. *Meu marido... quando vais à roça? Nosso mais velho vai pra semana? Também vou mais Balbina. – Vai devolver a menina, mulher? – De jeito nem qualidade! Vou lá registrar a menina, fico de madrinha e, de padrinho, Zezito, o nosso mais velho.*

Todo domingo depois da missa dona Raquel leva Balbina para passar o dia mais ela. Em paz, geralmente os netos estão com os pais, as filhas na praia e em seus passeios e cinemas, um bando de preguiçosas. Aos 17 Balbina termina o ginásio, com as melhores notas, como desde que ali entrara. Caminho natural seria o curso pedagógico com as freiras do São José. *Minha madrinha, se não for pedir demais, eu queria combinar mais a senhora o que fazer, agora que terminei o ginásio. – Não queres estudar pra professora, minha filhinha? – De verdade mesmo? Quero não... – Não me venhas agora dar pra trás, uma menina estudiosa como tu, inteligente... – Né não, minha madrinha, pensei estudar o clássico no Colégio da Bahia, colégio público, só que aí tem o transporte... mas eu podia arranjar um emprego de meio turno... eu quero ser advogada! – De jeito nem qualidade tu não vais trabalhar agora, já estás uma moça, vens morar comigo... aliás, desde que as meninas botaram a mão na herança do pai e foram embora, Zezito está querendo que eu me mude pra cidade alta, já era até para teres deixado o in-*

ternato. Ele vai ficar é contente quando eu disser pra arranjar apartamento lá pela Graça, onde mora, vamos pra lá.
Quando as aulas iniciam estão as duas morando na Rua Rio de São Pedro, pertinho do apê de Zezito, cujos filhos são os netos prediletos de dona Raquel. Morando sozinha com Balbina e uma empregada novinha, dona Raquel retoma velhos costumes abandonados na lufa-lufa da criação dos filhos e da casa cheia da "clientela" do coronel. Utiliza no diário a louça inglesa do tempo do casamento e os cristais Fratelli Vita, fazendo refeições com todo o rigor da fina educação aprendida em casa dos pais. Não dispensa um cálice de vinho tinto. Exemplarmente Balbina comporta-se como uma pessoa de fina educação deve se portar. Maneiras de comer, conversar, caminhar, conviver... desde mocinha e pela vida afora, da forma mais natural do mundo, sem a menor afetação. Do Colégio São José trouxera uma boa base no francês. Dona Raquel cuida de desenvolver, contratando uma professora particular para três vezes por semana vir fazer conversação com elas duas. Num instante dona Raquel desenferrujou o seu francês.

Na primeira semana de aula no Colégio da Bahia faz uma amizade para toda vida, Luciano Freitas. Dele ganha o apelido Babi. Com ele segue para a faculdade. Dos dois o primeiro e o segundo lugares no vestibular. No quarto ano de Direito, contra a vontade de dona Raquel, Babi tranca a matrícula. Desde o meado do ano anterior a madrinha vem tendo problemas de saúde. Médicos e mais médicos não chegam a um diagnóstico. Os filhos médicos se desdobrando, Zezito, a mulher e os filhos em tempo de enlouquecer. Babi recusa enfermagem contratada, assume todos os cuidados, até mesmo quando dona Raquel deixa de andar, e aluga-se uma cama hospitalar. Zezito e os filhos dão-lhe grande ajuda e, mais que todos, a vizinha e amiga dona Amélia. Toda manhã, quando sai da faculdade, Luciano passa por lá; se há adjutório a dar, ele o faz. Se não, dois dedinhos de prosa e umas graças pra distrair Babi e dona Raquel. Babi nunca deixou de ir anualmente no São João e em dezembro visitar a família e vaquejar e aboiar mais o pai. Nesse ano, com a perda de dona Raquel, nos primeiros dias de dezembro, atira-se numa cama. Está desolada, acabada... De pouco em pouco vêm todos do sertão a visitá-la. Salu, o pai, pede um particular a Zezito, seu patrão desde a morte do coronel. *Meu cumpade doutô Zezito... me adescurpe o mau jeito de tá inda mi'a fia ni seu apartamento... sim que ela bote força... nóis leva ela, desocupa a morada. – Mas meu compadre? Que conversa é essa? Minha afilhada vai terminar os estudos! – Meu cumpade... cuma? Cuma, meu cumpade? – Não desassossegue não, compadre! Vai dar tudo certo.*

Ano seguinte cursa o quarto ano de Direito. Estagia com dra. Ana de Castro. Com cerca de 80 anos, na ativa, encontra em Balbina a pessoa com a inteligência e o *savoir-faire* há anos buscados para um dia passar o escritório. Forma-se em 1975 aos 26 anos. Sonhara um dia trabalhar junto com o amigo Luciano Freitas, sempre a lhe acautelar: *Não sei por que essa sua mania de advocacia geral... comigo, só se fizer o concurso do Itamaraty, que, aliás, é sua cara, com essa sua* finesse... Ele seguiu carreira diplomática, ganhou o mundo, Bahia só a passeio. A despeito das duas bruacas preguiçosas, por sinal bem aquinhoadas na partilha, terem feito de tudo para tomar o apartamento da Graça deixado por dona Raquel para Balbina, nada conseguiram. Não encontraram a menor resistência na ofendida. Os irmãos jamais admitiram mexer uma vírgula do testamento particularíssimo da mãe, dois simples bilhetes grampeados e guardados no cofre com as jóias.

Bahia, ... de 1966

Meus Filhos,
Escrevo este bilhete poucos dias depois da morte do pai de vocês, quando meu dia chegar não deixem Balbina ao desamparo.
O carinho da mãe que muito lhes quer Raquel

Bahia, ... de 1970

Meus Filhos,
Vocês são testemunhas do bem que esta menina Balbina me tem feito. Não poderia encontrar melhor companhia na minha velhice. Por Zezito, Gil, Joca, Agostinho e Laura sei que nada tenho a temer, porém muito me preocupa a atitude de Silvia e Sueli após minha partida. Quero que façam como fizemos na morte do pai de vocês. Uma divisão correta e digna por todos vocês de minhas roças e das casas de aluguel porém que uma coisa fique muito clara, o apartamento onde moro não entra no monte. Eu desejo que seja passado — no papel, no cartório — para nossa Balbina. E peço mais, a Zezito que esteve sempre mais próximo de mim, melhor pode me compreender e melhor pode explicar aos irmãos: combinem uma boa mesada para Balbina até ela ganhar seu sustento próprio. O apartamento é para ela por todo o sempre, registrado em cartório. Tenho certeza que ela tentará refugar, sejam firmes, cumpram meu desejo.
O carinho da mãe que muito lhes quer
Raquel

PS — Para a divisão das jóias deve-se somar Balbina aos meus sete filhos para receberem iguais quinhões. Exceto o anel de platina e brilhante que deve ser dado ao meu amigo Luciano Freitas e a corrente de ouro com a medalha de São Jorge para Antonia que comigo trabalhou nestes últimos anos.
Ass. A mesma Raquel

Balbina nunca deixou de ir ao menos duas vezes por ano ao sertão, rever os seus, vaquejar e aboiar mais o pai e os irmãos. Comprou casa na sede do município, botou muito sobrinho pra estudar. Não se conforma de nenhum querer vir pra cidade aprofundar estudo, mudar de vida.

Depois de inúmeros acertos, Rosália e Babi (Camerino delegou tudo para as duas, houve um certo ciúme de Totonho) chegam à conclusão. Uma reuniãozinha musical em uma manhã de domingo, bênção ao casal por padre Alfredo, um almoço. O ideal para marcar a união de Merino e Babi. As duas lé com cré esmeram-se na elaboração da lista de convidados, reduzidíssima. Querem um almoço com TODOS sentados em torno de uma mesa. Serão usados pratos, terrinas e travessas em cerâmica marrom com pintura em relevo ganhos por Mucinha na primeira viagem de Totonho a Portugal. Com a ajuda de Dalila mandam montar um grande quiosque, do pátio de pedra portuguesa ao quintal-jardim de Babi. Mesa para 32 pessoas para o *casamento* de Merino e Babi. Em um dos rascunhos com a letra de Dalila (as três os fizeram às centenas), encontrado anos depois dentro de uma caixa de violão, ainda havia vaga para dois convidados e ninguém conseguiu lembrar quem completou a "cena".

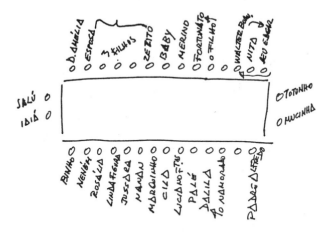

Da festa de 80 anos o bem-querer dos "netos paulistas". Agora vêm à Bahia anualmente. Já não faz falta a intimidade do ver nascer, a perda do primeiro sorriso, do tatibitate, da tristeza das febres e da alegria das primeiras letras, do caminhar bamboleante...

A espera da primeira barriga de Babi é a espera da realização da família ver crescer uma nova criaturinha do sangue Roseiral Pitangueira. A espera da primeira barriga de Babi é a espera da chegada de um rei ou uma rainha – diretamente, sem passar pelo principado. Nada de azuis nem rosas, é absolutamente indiferente para a família o nascimento de um menino ou uma menina. Querem a surpresa, as ultra-sonografias são realizadas apenas para controle. Juliana, chega grande e bonita em parto normal no dia do primeiro aniversário de casamento dos pais, 29 de março de 1988. Em setembro de 89, Juliana com um ano e meio, entende e espera a chegada do irmãozinho.

Dessa vez o médico deixou escapulir, seria menino, logo o chamaram de André, e Juliana espera *vê Dé...* Rosália preparou Tieta para a chegada dos meninos, mostrava a barriga de Babi, anunciava a amiguinha. Do hospital, no primeiro dia, trouxe uma roupinha usada para Tieta sentir o cheiro. Para esperar André, em sua linguagem engrolada, Juliana "repete" para Tieta tudo que a tia-avó Rosália diz anunciando a vinda de André.

Jussara Silveira — Teatro Castro Alves — 23.01.89

CARA LIMPA – Paulo Vanzolini
AMANTE AMADO – Jorge Ben
DE NOITE NA CAMA – Caetano Veloso
VIDA DE CACHORRO – Rita Lee – Arnaldo Batista
LOVE ME OR LEAVE ME – Kahn – Donaldson
RETIRO – Paulinho da Viola
REDIVIVA – Beto Pellegrino – Luís Ariston
AL DI LÁ – Mogol – Donida – Drake
FARSA – Beto Pellegrino – Luis Ariston
CONFESSO – José Galhardo – Frederico Valério
FEZ BOBAGEM – Assis Valente
SE EU FIZ TUDO – Itamar Assunção e Márcio Wernek
GAROTAS DO RIO – Adelino Moreira
TOURADAS EM MADRID – João de Barro – Alberto Ribeiro

TECLADOS – Luizinho Assis
BAIXO – Fernando Nunes
PERCUSSÃO – Bastola
CENOGRAFIA – Pauloca – Afranio Simões – Make-up-Marie Thauront
PRODUÇÃO – Vanderley Carvalho
DIREÇÃO – Carlos Maltez
PARTICIPAÇÃO ESPECIAL – Fred Dantas
APOIO CULTURAL – Suarez – Studio Domingos/Fotocomposição

Jussara veste Maria Gata

Os Roseiral Pintangueira não comentam outra coisa... o show de Jussara belissimamente montado no Teatro Castro Alves. Um sucesso! Platéia e palco sobre o palcão do TCA. O tecido de florões a recobrir o praticável no centro do palco, em expressivo volume. O xaile português a envolver Jussara, vestida de negro.

Confesso que te amei, confesso
Não coro de o dizer, não coro
Pareço outra mulher, pareço
Mas lá chorar por ti, não choro

Jussara está de partida para a carreira no sul maravilha. A tocata-despedida dá-se bem depois do show do TCA. Se deixa saudades, leva muita energia e imensa torcida para que ótimos dias lhe venham, acompanhados de sucesso e uma bela carreira.

Nos últimos dias a anteceder a viagem, Rosália passa horas ao piano, Jussara cantando, ensaiando. Quando pode, Camerino vem ensaiar fados. *Essa menina... pra cantar, você está mais do que pronta: é afinada, tem interpretação, sabe cantar! Tem experiência da noite, de palco... O que falta... só a vida ensinará. Nem todos somos capazes de aprender e hoje tudo é mais difícil que no meu tempo... a luta pelo lugar, pelo espaço, como se diz agora, a maioria esquecendo que há lugar para todos. Você mesma... não quis continuar no trio elétrico... digo com franqueza... eu, por mais que ame cantar, não sei se cantaria em cima do trio elétrico. Além do mais, acho os trios hoje em dia muito feios, sem forma, uns mastodontes.* Como lhe é comum, Rosália já tergiversa, entrando em outras conversas. *Você não conheceu o Jacaré... a garrafa de Saborosa, tremendamente iluminados! Beleza!*

Rosália, desde a malfadada ida a São Paulo para o casamento de Fortunato, perdera o prazer de visitar a cidade. Amizade com a Dulce Helena não teve como rolar, porém agora as crianças não dispensam a vinda anual à Bahia no mês de janeiro. A maior curtição é ir à praia. Até ao Morro de São Paulo Rosália leva a meninada para passar uns dias na casa da prainha dos amigos Liú e Carmilton – cheios de netos da mesma idade, uma farra! Depois do banho de mar subir o morro para o banho de água doce na Fonte Grande (onde Dom Pedro se banhou...). Subir o outro morro para ir ao Farol. Nos horários da lancha ir ao Portaló apreciar quem parte e quem chega. De noite as pequenas reuniões dançantes no Clube dos Veranistas – os menores denunciando namoricos dos adolescentes, estes escorraçando aqueles. Os adultos jogando baralho nas varandas ou sentados nos batentes jogando conversa fora, pegando a frescorola boa trazida pela maré. Serenatas em noite de luar (aqui a lua é mais bonita): *Vento que assovia no telhado / chamando para a lua espiar / vento que na beira lá da praia / escutava o meu amor a cantar.*

Mucinha, com a idade, vai ficando cada dia mais aperreada, nunca foi de dar muita bola aos netos paulistas, ainda mais depois de Juliana e André. Não adiantam as delicadas repreensões de Babi, Mucinha não tem olhos para os "meninos paulistas"... Como todo menino é sábio, eles também não lhe dão bola. Sequer a chamam avó, as atenções são todas para, e de, Vô Tonho e Vó Ró. Durante o ano escrevem cartinhas. *Quando é que Vó Ró vem em São Paulo ver a gente?*

Em julho de 90 Rosália resolve desencantar a viagem. Atende ao repetido convite dos "netos paulistas" mas vai mesmo é assistir à estréia de Jussara no MASP. Volta feliz a contar dos passeios que fez com Fortunato e os meninos, a mostrar os recortes de jornal sobre o show de Jussara. O crítico de música José Miguel Wisnik entusiasmou-se com as qualidades da cantora baiana. Anos depois, quando deixa a crítica para se dedicar à carreira de compositor e cantor, Zé Miguel não dispensa as participações de Jussara em seus discos e shows.

CORRENTEZA

A vida vai correndo, entre alegrias e tristezas, como é comum correr a vida. Amigos morrem. Vivaldo, seu Edgard em 92, Almiro em 93. Crianças nascem. Doenças, partidas, fins de caso, começo de namoro, paixões, amores. Sem contar a inflação, o suspiro da contenção seguido do desenfrear até três dígitos, juros, recessão, como é comum no correr da vida brasileira. Freqüentar shows e concertos, como é comum a quem gosta de música. Rosália em viagens ao sul maravilha e à Europa para ver shows e concertos, ouvir música.

Assistiu e assistirá a seus queridos pelo mundo afora. Rosália continuará nos aviões de carreira até os 90 anos de idade (ou mais?). Caetano Veloso na Itália, inesquecível a homenagem a Giulietta e Federico. Maria Bethânia – muitas vezes – no Coliseu do Porto e de Lisboa. Jussara Silveira no lançamento do CD de Chainho ou na Feira das Nações em Lisboa. Memorável noite, Rosália e Jussara a cantar na "casita de fados" A Baiúca, d'Alfama. Também assistiu a todos três, cada qual à sua vez, em Paris. Rosália, às temporadas em sua casa lisboeta, a levar parentes e amigos – tirante Mabel, sempre a recusar a travessia do Atlântico dentro de avião ou navio... No momento tenta convencer linda-figura a um bom passeio a Portugal e França. Camerino deixa a advocacia, passa seus clientes para Babi. Quanto mais convive com a companheira mais se convence, seu gostar do Direito é mera ilusão. Sua vida é a música e ponto. Babi sim. Para ela, acompanhar prazos, entrar com recursos, impetrar mandados, bater perna pelo fórum... é o de menos. Assisti-la no tribunal do júri a ganhar causas e mais causas é um show. Em 1995, com 30 anos de contribuição como autônomo ao INSS, se aposenta na proporcional, não sem antes passar por muitos aborrecimentos porque o INSS complica as coisas de uma tal forma, parece tudo preparado para um autônomo nunca conseguir se aposentar. Ele contribuíra a vida toda pelo máximo, fica com uma merreca de aposentadoria. Tenta deixar de contribuir como músico da orquestra. Impossível, por tratar-se de funcionário público federal. **pra depois receber outra merreca, com este salário de merda que a universidade paga aos músicos.** Aos 55 anos, jovial como é de tradição na família (o pai, aos 89, é um lépido "rapaz"; a tia, aos 71, "uma menina namoradeira"), aceita o cargo de diretor da orquestra. Aceita o convite da amiga pianista Graça Ferreira, e criam um Conjunto de Câmara, tendo por companheiros Lia na viola e Cândida no violoncelo (o quarteto será conhecido e reconhecido nacionalmente).

Foi Jussara, quando da gravação de seu primeiro CD na Bahia (resultado do Prêmio Cultura e Arte da Copene), quem levou Jota a uma tocata de Totonho e Mucinha. Chega na maior alegria: *Veja só, Rosália... descobri por acaso que o meu amigo Jota colocou letra no Bolero de mestre Almiro Oliveira. Nem sei como nunca havia trazido Jota aqui... certamente porque ele é mesmo um bombril, mil e uma... é veterinário, músico, cantor, compositor, produtor e diretor musical... o homem é danado mesmo.*

Jota cai nas graças de Rosália e Rosália nas dele. Tímido, bom papo, boas idéias. Tranforma-se em mais um freqüentador "de carteirinha" não apenas das tocatas, mas de vir bater papo com o pessoal sem mais nem menos. Sonda sobre a possibilidade de ouvir os discos com Rosália: *Totonho, a eletrola que toca 78 ainda funciona? – E eu sou homem de ter troços quebrados, Rosália? – Vamos, Jotão, ouvir.* Comovido, escuta os discos 78 – conhecia apenas o *Falsa baiana / O que é que a baiana tem* que a mãe possui. Ouviu ainda menino, não esqueceu. Há muito tempo em casa não mais existe radiola de 78 rotações. Também não esqueceu do povo antigo contar, a vendagem daquele 78 só fora superada em 1952 por Cascatinha e Inhana e seu *Índia / Primeiro amor*. Jota tenta engolir o choro, mas termina a audição lavado em pranto. *Dona Rosália... – Já lhe disse, menino, não me chame de dona nem de a senhora, por favor! – Eu esqueço... é o costume lá de casa...* (silêncio) Rosália sai pra fazer qualquer coisa, esquece a presença de Jota no ateliê. Quando dá fé e volta correndo, lá está ele, a tarde caiu, o ateliê clareado por uma fresta de luz vinda da iluminação do quintal, Jota recolocando os discos... *Jota, meu filho, me desculpe... demorei lá por dentro... – Ãããã? – Nada, Jota, é Mucinha chamando pra sopa! – Que horas são? – Sete. – Posso não, minha mãe tá me esperando. – Telefona!*

A sempre animada mesa do jantar. Rosália, Mucinha, Totonho, Dalila, Merino e Babi, com os dois pequenos, Juliana e André. Todos muito acolhedores com Jota, que de repente dispara: *Eu tava pensando... desde que ouvi don...* (engole) *Rosália pela primeira vez, antes até de ouvir os discos... agora tenho certeza... uma coisa que a gente podia fazer, não sabe? Gravar um CD!* Em volta da mesa, caras de interrogação. Silêncio. Rosália fala: *Você quer copiar os discos pra CD? Alguém me falou nisso, mas cuidado com meus discos, pra não quebrar; melhor levar só os que temos duplicata.* – É uma idéia, don... (engole de novo) *Rosália, a gente pode fazer isso também, não sabe, don... Rosália?* (Rosália ri por dentro ao notar que de tanto engolir o dona por ela reclamado, agora Jota adotou um "don", deixa pra lá) *Mas o que eu pensei mesmo é de gravar um CD de Rosália Roseiral cantando agora!* – Era só o que faltava, sabe quanto anos eu tenho, Jota? – *Não tem a menor importância, sua voz continua mais limpa do que de muito jovem por aí, além do mais... afinação, essas coisas, nem vou falar porque só vai sair pleonasmo.* A mesa vira uma esculhambação... todos falando ao mesmo tempo, opiniões as mais diversas até Totonho bater duas palmas pedindo calma e silêncio: *Gente, vamos cuidar disso já! Estou chegando aos noventa, mas quero ainda cuidar de contratos com gravadora e tudo mais, como nos velhos tempos!* Meio cabreiro, Jota explica, esse tipo de trabalho... são projetos... apresenta a uma Secretaria de Estado. *Ah, meu filho, aí eu estou fora... nunca aceitei favores de governo algum!* – *Não são favores, don Rosália... é obrigação do governo financiar a cultura.* – *Nada feito! Favor ou obrigação de governo? Não me misturo! Se ainda fosse uma empresa, como o disco de Jussara...* – *Podemos pensar outra solução...* – *Olhe, Jota, você está vendo aí, Totonho gostou da idéia, Merino a essa altura já deve estar pensando os instrumentos que vai tocar, olhe a cabecinha de Mucinha... fazendo arranjos! e eu não vou mentir pra ser porreta, também me animei. Faça o projeto e traga pra gente ver... me diga uma coisa... quantas músicas você coloca no CD?* – *Umas 13 a 15, no máximo, vocês têm a quem apresentar o projeto?* A família se entende e se conhece tanto, está toda a pensar o mesmo, é Camerino quem responde: *Faz o projeto, Jotão, e vem conversar com a gente!*

O projeto de Jota prevê como músicos a própria família e, conhecendo como já os conhece, sugere espaço para uns dois ou três convidados deles e oferece dois convidados seus: *Quem seriam? – Dois artistas que a admiram. – Só você, Jota... quem me admira é essa gente que você conhece, que freqüenta nossas tocatas. – Caetano Veloso e Maria Bethânia. – Você só inverteu a ordem das coisas... eu admiro esses meninos. Ai, Jota, nem sei se você já era nascido quando vi esses meninos começarem com Gracinha, Gil, Tonhezé no Vila Velha. O terceiro dos shows em conjunto que eles fizeram chamou-se* Nova bossa velha velha bossa nova, *fui os três dias em novembro de... 64, sim, foi no ano do golpe militar. Antes fizeram* Nós, por exemplo *e* Nós por exemplo 2 *em agosto e setembro, um dia só cada qual, onde mesclavam composições próprias com Caymmi e bossa-novistas, Noel... Uma beleza, tenho eles todos na memória, assim como* Mora na filosofia de Maria Bethânia, *fui ao Rio de Janeiro assistir* Opinião, Cavaleiro *de Caetano aqui no Vila e tantos mais... em 76 os* Doces Bárbaros, *reencontro dos quatro Maria Bethânia, Gilberto Gil, Caetano e Gracinha, a Gal Costa a partir do tropicalismo. Fui à estréia em São Paulo e ao Rio de Janeiro, todos os dias da Bahia eu assisti. No final de 68, quando prenderam os meninos... ai, seu Jota, quanto chorei quando soube. O show de despedida no Teatro Castro Alves quando partiram para o exílio em Londres. Vou te contar uma coisa, Jota... Em 69 estava eu em uma de minhas temporadas lisboetas quando estive com Jorge Amado e Zélia (sempre me visitavam quando nossas estadias coincidiam na terrinha). Chegando de Londres*

arrasados, tristes com a notícia recente da morte de grande amiga na Bahia, abafados por terem visitado os amigos exilados, ao mesmo tempo animados com a força das novas composições. E aí vem a parte que nunca contei a ninguém... tomei os endereços de Gil e Caetano e fui a Londres visitá-los...
– *Ah, tia, essa é demais, você nunca quis ir cumprimentá-los em camarim, só cumprimenta a quem conhece pessoalmente...*
– *Ouça o resto... ouça o resto, Merino! Fui até a porta, em Chelsea, e no meu entender, como não conhecia Caetano pessoalmente, como sabia das agruras... entendi que não estaria sendo solidária ao visitá-lo, seria inoportuno de minha parte. Passei um mês em Londres fazendo meu curso de inglês, tentei mais umas duas vezes ir lá... não tive coragem!* – *É sua cara mesmo, Rosália* (diz Babi), *vai assistir Maria Bethânia da Concha Acústica à Alemanha, Portugal nem se fala, todo mundo sabe como ela bem recebe os fãs no camarim, você nunca pisou os pés em nenhum!* Jota está pasmo... escuta tudo sem dar uma palavra, cada hora mais comovido, olha os próprios braços... Acaba dizendo o que não pretendia, nem queria, estendendo os braços totalmente arrepiados: *Estou um maxixe.* Rosália, disfarçando a emoção incontrolada de Jota: *Merino, meu filho, me faz favor, vai lá em casa, na gaveta da escrivaninha, pega o programa do Nova bossa... quero mostrar uma coisa a Jota, eu comecei falando disso e meti tanta conversa pelo meio...*

Pra você ver, Jota, como me identifico com esses meninos, veja aqui o programa, da primeira parte eu só não havia cantado em público Opinião, *é "pós" minha carreira! Na segunda parte, da mesma forma, só não visitaram meu repertório as posteriores, Jobim e Vinicius, Johnny Alf. Ainda cantei Antonio Maria... Mas é isso aí, Jotão, faça o projeto, Camerino e Totonho verão o que é possível fazer.* Babi interrompe: *Tam-*

nova
bossa velha

Sonhei que tu estavas tão linda - Lamartine Babo
Opinião - Zé Keti
Vida de Minha Vida - Ataulfo Alves
Feitio de Oração - Noel Rosa
De papo pro ar - Olegario Mariano
                  Joubert de Carvalho
Pra machucar meu coração - Ary Barroso
Gosto que me enrosco - Sinhô
Rosa - Pixinguinha
Pombo Correio - Benedito Lacerda
Sussuarana - Hekel Tavares
Na baixa do sapateiro - Ary Barroso

velha
bossa nova

Duas contas - Garôto
Copacabana - Alcyr Pires Vermelho
Valsa de uma cidade - Ismael Neto
Menino Grande - Antonio Maria
Fim de semana em Eldorado - Johnny Alf
Ninguém me ama - Antonio Maria
                 Fernando Lobo
Chega de Saudade - Jobim-Vinicius
Agora é cinza - Bide-Marçal
Samba da minha terra - Caymmi
A vida é o que a gente não quer - Caymmi

bém estou nessa, nosso escritório tem empresas como clientes... Jota está encantado com o programa na mão, na maior viagem: *Don Rosália, pensa algo assim... o passado e o novo? – Tá vendo? Vai dar tudo certo, vejam só como ele captou a minha mensagem!* Jota não conseguiu dizer que era sobrinho de Caetano e Bethânia nem a excitação de Rosália permitiu qualquer associação por conta do sobrenome.

Muitas reuniões depois, com escolhas tranqüilas e outras discutidas, chegou-se à conclusão. Não haveria entre os cantores e cantoras convidados nenhum profissional da ativa. Jota pensou em chamar Silvio Robatto para fazer a fotografia, mas ele no momento dedica-se a outras atividades. Optou-se por usar no trabalho gráfico a cópia da foto de 1954 enquanto as fotografias seriam atuais, feitas por Célia Aguiar. Primeira idéia de Jota, antes de saber da foto de 54. Célia Aguiar foi outra... Começa por ir profissionalmente a uma tocata, fica íntima da família inteira até voltar a tocar acordeom. Não o fazia desde os 12 anos de idade, e já passava dos 40. A criação gráfica por conta de Dalila, arquiteta, gradativamente deixando de lado a prancheta, voltando-se para diagramação de livros, criação de cartazes, folhetos etc. agora estreando na capa de CD. Tornou-se parceirinha de Jota. Quanto aos músicos, a escolha é tranqüila, quase não se precisa sair de casa.

Primeiras notas de Rosália, datilografadas por Totonho, COM ALGUNS PALPITES DE CAMERINO e *anotações de Jota Velloso*
- duas músicas de Almiro
(provavelmente "Fica Perto a Mim" e "Prece a São João") canto uma com Marle e a outra com Edy — COMBINAR — arranjo Mucinha, estudar com ela, Jota e as meninas para quais instrumentos
   Poderia gravar c/ a filarmônica APOLO de Sto. Amaro
- três fados
Totonho e Camerino, viola e guitarra portuguesas (talvez um deles com piano de Mucinha e percussão de Dalila) ⑤
   QUE TAL UM FADO RECENTE DE CAMANÉ OU MADREDEUS?

- <u>duas de Caetano</u>
uma dos anos 60 (Coração Vagabundo?) outra atual
Jota indicar arranjador *(poderia ser "Mãe" e o arranjador Luciano Bahia)* ⑦
- <u>uma de Gilberto Gil</u> (? "abacateiro... amanhecerá tomate e anoitecerá mamão")
idem > *"Refazenda"* ⑧

9/10 - <u>Caymmi</u> - uma ou duas? > *(acho que você deveria gravar uma música inédita de Roque Ferreira)*

14/15 - ESCOLHER COM CALMA quatro ou cinco do meu antigo repertório - discutir com o pessoal de casa e com Jota

<u>NOSSOS MÚSICOS IMPRESCINDÍVEIS:</u>
Mucinha, piano
quero que Fortunato venha gravar flauta ao menos em uma música
Totonho: viola, guitarra portuguesa, violão
Dalila: percussão
Camerino: o que se queira ou precise

PREPARAR TOCATAS de audição para Jota conhecer como instrumentistas e estudar aproveitamento:
NANAN: violão (triângulo se vier a entrar Gonzagão) > *adorei a idéia de ter Gonzagão*
DELINHA E CILA: acordeon
　　　HÁ MUITO QUE NÃO TOCAM, ESTÃO DESATUALIZADAS. A FOTÓGRAFA
　　　CÉLIA AGUIAR VEM SE SAINDO MUITO BEM NO ACORDEOM

E BATATINHA?

SÉRGIO STROMPA: piano
MARQUINHO: toda e qualquer percussão!

Quem eu quero que divida algumas faixas comigo:
Dalila, Marle e Edy
- explicar a Jota que <u>Walter Boaventura</u> está com quase 90 anos mas gostaria que ele cantasse
- uma voz masculina mais jovem, Jota quererá cantar comigo?

será um presente para mim participar desse trabalho.
OK!

Rosália fica satisfeita com o resultado do CD, afinal bancado por ela mesma, com uma tiragem de 1.500 cópias e cujo trabalho de ensaios e gravações foi feito todo em clima de grande afetividade, alegria e camaradagem, porém com todo rigor técnico e profissionalismo. Encara com total respeito o trabalho de Jota, dos músicos, da fotógrafa, de seus convidados... mas não aceita festa nem show de lançamento. Do ponto de vista pessoal considera tudo uma grande brincadeira, quer mais é dar CDs a amigos e a quem Jota ache por bem distribuir. Para comemorar, diz ela, nada melhor... Linda-figura finalmente aceita o convite (há anos repetido e por isso ou por aquilo nunca aceito) para uma temporada em Lisboa com ida de carro a Paris. Rosália adora fazer esse passeio, apresentar aos amigos e amigas o sul da Espanha. Quando pode passa a Semana Santa em Sevilha. Entra na França com passagem por Avignon, sobe até Paris (onde costuma devolver o carro e retornar de avião a Lisboa). No começo chamava tais viagens de "gastroculturais" ou "cultogastronômicas". Atualmente, de cultura apenas a arquitetura e o que mais estiver aberto aos olhos. Os fados, a dança flamenca... Os companheiros novatos, se quiserem, vão às igrejas, museus... ela já cansou disso. A gastronomia... ai, a gastronomia... o maior prazer das viagens. Adora freqüentar das mais escondidas tascas e bodegas circunvizinhas a feiras e mercados aos mais renomados *chefs* – sendo amiga de alguns deles.

Diz o ditado, cobra só vem aos pares...

Rosália está no maior assanho para essa viagem. Como se fora a primeira. Faz roteiros e reservas. Enlouquecida na internet, tenta encontrar alguma novidade além de seus amados pedacinhos de Europa, como Siverges na França e Peñiscola na Espanha. Em seu acelerado entusiasmo, ocupa todos ao seu redor. Quando a família está nessa animada inquietação chega uma carta da OAB-Bahia convidando Totonho a comparecer para autorizar a digitalização da Biblioteca Alcides Roseiral. Tarefa passada imediatamente a Camerino: *Ora, meu pai... OAB... uma lembrança que parece um esquecimento! – Que se há de fazer? O que custa? Vai lá, assina e pronto.*

Bem depois da Semana Santa, Camerino encontra, após 15 dias do computador dando pau, entre as centenas de spans, apenas duas correspondências que lhe interessam. De uma, dá conta ao pai: *De novo a OAB, agora querem que eu vá lá buscar papéis recolhidos dentro dos livros de meu avô.* A outra, imprime, para deleite de toda a família

camerino pitangueira
De: "Rosália Roseiral" <roseiral2000@hotmail.com>
Para: "Camerino Pitangueira" <camerinormp@yahoo.com.br>

Enviada em: quarta-feira, 20 de abril de 1996 22:43
Assunto: saudades

Meus queridos,
Como se fosse possível... e é! A Semana Santa este ano em Sevilla foi mais linda do que sempre. Graças a deus e a minhas amizades lá fiquei eu na sacada de meu próprio quarto do hostal a assistir de camarote (na das mantilhas desci à rua) Capuzes, penitentes, charolas de santos descomunais, inenarráveis, que os homens levam aos ombros, envoltos por veludos bordados, comandados pelo mestre engravatado ao ritmo das Bandas, verdadeiras orquestras de sopro e percussão... sempre é demais para o meu coração... a música, o ritmo a religiosidade TUDO! Choro! Choro! e... choro

A viagem tem sido ótima em tudo e por tudo. A companhia de viagem não me deixa dirigir. Raramente estivemos em grandes cidades (por isto os raros e-mails), sabem minha preferência pelas pequenitates... e consigo descobrir novas. Há uns quatro dias encontramos um hotelzinho que é a coisa mais linda... na beira de um rio... este hotel será irrepetível (uma miragem de deserto!). basta dizer que por lá ficamos dois dias!

Deixo para o final o motivo principal deste bilhete: Junho vem aí, preparem a festa dos 90 anos de Totonho – não tenham medo de gastar, em poucos dias passarei pela Suíça e remeterei uma boa grana. Quero estar de volta no meado de maio, o mais tardar.

Vou me despedindo com muitos beijos e saudades, carinhos e saudades para Juliana e André (em cada cidade onde amanheço compro uma boneca para ela e um carrinho para ele). Muitos beijinhos para minha Tietinha (já comprei três coleiras, cada uma mais linda). Para todos vocês, arrasantes CDs.

Mais beijos, Rosália

Camerino vai empurrando com a barriga a ida à OAB, recebe um telefonema cobrando sua presença para buscar os papéis. No jantar anuncia: *Alguns papéis? Olha ali em cima da peça o tamanho e a gordura do envelope... nem abri!* Babi é quem mais se anima, as crianças imitam a animação já aos pulos em volta da mesa: *Quero ver! Quero ver!* Mucinha já ralhando. *Acomoda! Aí não tem nada pra menino não. – Como é que cê sabe, vó? – Vamos terminar de jantar em paz, vamos! Sentem! Acomodem!* Babi surpresa, jamais vira a sogra demonstrar tal irritação. Com os olhos interroga Camerino. Com o olhar e um disfarçado gesto responde para Babi acomodar Juliana e André. Tieta põe as patas dianteiras no colo de Mucinha e a afaga com lambidinhas no braço. *Já fizeram as lições? – Já, tá tudo pronto, podemos ver o pacote,* diz Juliana toda metida a moça e André em volta fazendo mil macaquices. Camerino com eles, abaixado no canto da sala, fala bem baixinho: *Vamos fazer um trato? Vovó não tá legal, vocês viram... é porque naquele pacote... estão coisas de gente velha e vocês sabem como vovó tem horror a qualquer coisa que lembre velhice... então eu levo vocês pra casa, brincam um pouquinho e vão dormir. Amanhã, se eu encontrar alguma coisa de menino no pacote, eu dou a vocês.* Levantando-se, dirige-se aos demais. *Vou levar os meninos pra dormir e volto, me esperem...*

De volta, encontra o de sempre: Mucinha na cabeceira, Totonho à sua esquerda com a nora ao lado. Ele senta no lugar de Rosália, ao lado direito de Mucinha, as mãos dela entre as suas. *Mãe não fique assim... – Assim como, Camerino? – Assim, mãe, irritada, o que não lhe é comum... veja bem, eu não esqueci o que você me disse anos atrás, talvez a última vez em que a vi zangada como está agora, tenho na memória: "Sabe quantos anos tenho? 72! Sabe quantos anos eu tinha quando seu avô morreu? 16. DEZESSEIS!"* Interrompe Camerino, sem mais irritação na voz, uma lágrima escorrendo. *Pois é, filho... agora estou com 88... e não quero saber que passado traz este pacote.* Com a mesma calma, o mesmo carinho com que falara aos filhos, diz à mãe: *Vamos fazer um trato? Vá descansar, vai pro quarto ouvir seu radinho de pilha AM, que você adora... vou mais Babi, ela sabe de todas aquelas histórias. Eu as contei muitas vezes, são histórias a me remoer, não vou mentir. Vou mais Babi pro ateliê. Quer ir, pai? – Faço questão, tou velho mas não tou morto! – Sem provocações, pai! Viu, mãe? continuemos nosso trato, vou com eles abrir o tal de alentado pacote, creio que boas coisas poderão daí sair e, sendo boas, lhe mostramos amanhã. – Tá certo, filho, vão, vou arrumar umas coisas por aqui, depois subo. Amanhã resolvo se quero ver qualquer coisa.*

Vai dar meia-noite quando o trio dá a tarefa como encerrada. Sobre a escrivaninha de Totonho alguns montinhos:
- ✓ Recortes de jornais amarelecidos. A uma vista d'olhos não trazem nada interessante.
- ✓ Bilhetes... nada demais, exceto um. Separam para Mucinha: é a sua assinatura, sua letrinha infantil dirigindo carinhos para a mãe e para o pai em um remoto Natal.
- ✓ Algumas folhas e flores secas como era de costume ter-se dentro de livros.
- ✓ Cartões-postais... uma meia dúzia, sem interesse também.

Quanto a isto... sua mãe pode ver tudo... que há demais nessas bobagens? Tá vendo aí, Merino? Quando digo que Mucinha depois de velha deu pra procurar sarna pra se coçar...

O pessoal vem reclamando de uma impaciência de Mucinha aqui, uma atrapalhação acolá, mas ninguém ainda se deu conta que a natureza de Mucinha está a se alterar, a cabeça começa a falhar... O sofrimento da família será imenso ao diagnosticar-se a doença. Maior será a dor ao acompanhar, com carinho e compreensão, a esclerose que tomará conta de Mucinha e a fará definhar por longos três anos. A arteriosclerose primeiro lhe tomará o movimento das mãos, impedindo-a de tocar e escrever. Depois, sorrateiramente, irá levando a memória recente de Mucinha. No começo conhece-desconhece seus queridos em inquietantes idas e vindas. Fará de sua memória remota o presente, transformando Camerino em "Papai", Dalila em "Mamãe", desconhecendo totalmente o amado Totonho, sendo Rosália a sua "Babá". Chora pedindo mingau, canta cantigas de roda, faz pipi nas calças. Certo dia amanhece clamando pela presença de "meu filho Fortunato". A um telefonema do pai Fortunato chega a Salvador com os três filhos ao cair da tarde. Em casa, Mucinha já não dirige o olhar a mais ninguém. A cama hospitalar no quarto de Dalila. Mucinha rodeada por todos da família... De madrugada, ao último suspiro, Totonho, segurando firmemente a mão de sua amada, murmura: *Deus é testemunha... eu queria ir antes de você.*

Exatamente quando Babi sacode o envelope pra verificar se tudo foi mesmo examinado, Dalila chega da rua, estabanada como sempre, sem entender nada de estarem os três àquela hora no ateliê. Estabanada mas ligada, é quem vê rolar no chão um cartãozinho caído do envelope.

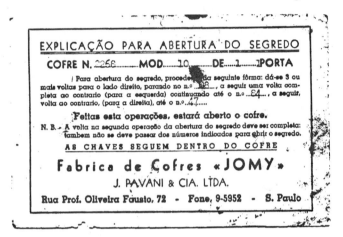

Deve ser daquele maldito cofre, onde o maldito Honoratinho (pela primeira vez, em mais de setenta anos, pronunciou o nome) *aparecia cada dia com um documento pra espezinhar Mucinha! Arre, que diacho! Bem fez Mucinha de não querer ver esta miséria!* Totonho irritadíssimo, revivendo coisas de mais de setenta anos. *É nisto que dá viver demais... pra lembrar do que não presta e esquecer do que precisa ser lembrado. Velhice é uma porra!* Mais uma vez Camerino, agora nem tão calmo porque ansioso, tenta acalmar o pai. *Pai... eu já era homem feito quando descobri que o porta-rádio no canto do ateliê, nada mais é do que um cofre "de cara pra parede".* – *Cofre, que cofre, menino? Eu nunca tive cofre!* De um salto Dalila já tirou o rádio de sobre o porta-rádio e Babi tenta desvirá-lo. Com esforço e vagar, mesmo não sendo grande, Camerino vai de pouco em pouco girando a peça até a porta e a marca ficarem visíveis "Jomy". Totonho, literalmente, põe as mãos na cabeça: *Meu Deus do céu! É o cofre particular do falecido dr. Alcides Roseiral! E eu lá me lembrava dessa desgraça?*

A mancha sobre o primeiro algarismo faz com que Camerino realize mais de uma tentativa... parecia 68, não foi. Nada de 98! E cada tentativa havia que ser completa com todas as idas e vindas. Antes de fazer a 08, Camerino pára, desalentado, olha para os outros. *Era isto que aquele miserável do Honoratinho queria!* Cumpriu mais uma vez: deu três voltas para o lado direito e parou no número 08; depois deu uma volta completa ao contrário, para a esquerda, e continuou até o número 84, de novo voltou para a direita até o 47.

Claque-claque na tranca... eis as entranhas do cofre: uma prateleira superior, sob a qual uma gaveta em toda a largura da peça, espaço até o piso. No espaço inferior, apólices do século XIX do Thezouro Nacional. Na prateleira superior, uma caixa. Dentro da caixa, o passaporte de Alcides Roseiral da Silva e algumas mil libras esterlinas em papel e em moedas de ouro. Foi um auê tão grande, Mucinha apareceu lá em cima na janela do quarto. *Que é isso assim, gente... vocês vão acordar a vizinhança!* Dalila corre pra debaixo da janela e sussurra e gesticula: *É dinheiro, mãe, mônei, grana!* – *Dinheiro nada, menina... largue de maluquice... se tivesse dinheiro dentro daqueles livros não tinha sobrado pra gente e, se sobrasse... dinheiro daquele tempo não vale nada mesmo,* deu um muxoxo virou as costas e foi dormir. Dentro da gaveta, o envelope sobrescrito:

Para ser lido após vinte anos da minha morte.
Ass.: Alcides Roseiral

Havia se passado mais de setenta. Dentro do envelope, presos por alfinete, um bilhete anônimo,

ALCIDÃO FAnCHOno
do PederaSTa
HONoRatinho

algumas folhas de papel manuscritas desamassadas,

Bahia, 12 de agosto de 1929
Prezado Dr. Alcides Roseiral,
Quem vos escreve é um admirador de Vossa pessoa que desde já róga desculpas pelos erros que possa commetter n'esta missiva. A discrição — ou a vergonha impéde minha identificação. Não vos accuso de coisa alguma, dou-me o direito ao anonymato para que melhor possais "usque ad finem" agir na égide de vossos direitos e hònra sem que nada cause pêjo a V.S. aqui ou alhúres se o acáso cruzar nossos caminhos.

Relato-vos que a carta anônyma que ora appènso a esta missiva foi-me posta abaixo da porta na madrugada mesma do horrífero crime commettido contra vosso filho. Digo-vos ainda que por breve instante tomei-me de estupòr sem atinár a causa de tamanha ignomínia a mim ser dirigida.

Creio ter encontrado a resposta no facto de que tal carta seria a centilha a accender-me a accurar factos que vim a saber ao ouvir o rádio na fatídica manhã em que tomei conhecimènto da triste sorte de vosso indigitádo filho. Como dizia – e desculpai-me a extensividade em assuntos tão vexatórios em opportunidáde tão cruel de Vossa existência – mas como dizia, ao saber do occorrido accendeu-me a centelha de que algo haveria de ligar a carta anònyma ao crime.

Não cuidei de perquirir sobre o auctor, pois de logo me veio à mente tratar-se de pessoa a mim muito próxima, pois capáz de me saber vivo e saber que, n'esta cidáde da Bahia, seria eu, talvez a única pessoa a fazer a illação certamente desejada pelo remettènte.

Hoje complétam-se sete dias do abominàndo assassinato. Não entrarei em aborrecidas minúcias de como alcancei a conclusão de tão pesarosas occorrências, mas juro! Sobre o túmulo de minha saudosa mãezinha! Encérro a mais absoluta certeza da honesta exatidão do que vos relato. Data vênia peço Vossa compreensão... Entreguei-me a tal averiguação com pureza d'alma e se escrevo tão dolorosa epístola é tão-somente para dar ao pai, offendido e traído, a possibilidade (caso a queira) da VINGANÇA!

O alcunhado Honoratinho a quem V.S. deu formação bacharelesca de alta categoria, dando além: guarida, amor e sociedade na banca de advocacia, este rapaz – com sua beleza angelical e pulchra delicadez de moça – conquistou V.S. de caso pensado. O amor e a obsequiosidade demmonstrados foram formas de manter V.S. apegáda (e quem sabe? Dependènte do pérfido!) até o ponto em que, provàvelmente o ser infame tomaria muito além de vossa clientela, usurparia Vossos bens, levaria infelicidade a Vossa família e em especial à menina Mucinha. O que o alcunhado Honoratinho não contava... Que o único familiar de V.S. por quem mantinha appréço (sendo também o único a estimá-lo) decidiria por bacharelar-se em Direito.

Talvez não remaneça em Vossa lembrança o quanto o rapaz Honorato, dissimuladamente, tentou convencer o Alcides Filho pela carreira médica. Certamente em vós será agradável a reminiscência de quão solícito e fádico esteve Honorato ao lado do Alcides Filho primeiranista de Direito jurando querer representar para o filho o que o pai representara para si próprio. Apparências... ardis... A assiduidade do calouro à banca, a visão da camaradágem saudável entre pai e filho fez com que o doentio Honoratinho fosse tomado pelo mais vil ciúme e pela delirante idéa de que seria posto porta afora do elegante e rentável escriptório de advocacia. Delírio causado tão-somente pela consciência dos mal-feitos que já vinha a praticar.

Triste fatalidáde! Honoratinho veio a conhecer o famigerádo Beréco no Cabaré do Tabaris a vangloriar-se dos crimes de morte que nas costas trazia. A vangloriar-se de que os cometia a mando e por prazer nunca tendo se ouvido dizer que a si nem a seus mandantes alguém pudesse imputár culpas.

Desculpai-me mais uma vez, Dr. Alcides Roseiral! Desculpai-me alongar-me no relato da desdita. Talvez seja esta missiva uma espécie de confissão (verás a tempo e hora o porquê).

Acamaradando-se de Beréco... viu Honoratinho a solução dos seus delirantes ódices. Não viveria Alcides Filho para occupár o seu lugar na famósa e respeitável banca de advocacia. Cortar-se-ia o mal pela raiz!

Caríssimo Dr. Alcides, este que vos escreve e que ao começo da missiva recusa-se identificár é um covarde, um mentiroso! Este que vos escreve, nunca teve o prazer de vos conhecer pessoalmente, porém teve meios de conhecer Vosso carácter e dignidade e dedica a V.S. gratidão e bem-querença. Este que vos escreve acompanhou de muito perto o crescimento intellectuál, profissional e econômico do menino Honorato proporcionado por V.S. Este que vos escreve, V.S. tem como "fallecido" há muitos anos. Este que vos escreve é um crápula que permitio o filho dizer-se orphão para encubrir os fracássos do pai; é um torpe que permitio cotidianamente ouvir do filho as maiores barbaridádes sem contraditar um ai; este que vos escreve, iniciou a própria desgráça ao aceitar ser tirado de sua casinha no Tororó e posto na Cidade Nova onde permitiu diáriamente ser torturado psychológicamente pelo filho; este que vos escreve é o desgraçado que gerou e criou o monstro Honorato Flores de Jesus.

Está assim exposta a razão de me terem posto o bilhete embaixo da porta.

Envergonhado despeço-me. Quando V.S. ler esta carta, o supposto orphão, já será orphão. Inventará mais uma de suas mentiras para o pai suicida.

Honorato de Jesus

PS: o correr da pena fez-me mudar de idéas presumidas, fez mostrar-me, o infame do meu filho usa tão-somente o Flores da mãe assim denegrindo a honra da desditosa – antes mais enxovalhasse o deste triste escriba.

O mesmo

e, por fim, mais uma carta:

Bahia, 12 de agosto de 1924
Quero crer que esta carta está sendo lida após 20 anos de minha morte. Quem sabe por um filho meu que nascerá dentro de três meses e que, com a fé que tenho em Deus,

formar-se-á em direito e meu bom Deus dar-me-á tempo e liberdade para criá-lo e fazê-lo meu successor.

Tento no momento preservar minha lucidèz a todo custo. Deus tem me dado esta força inaudita com que venho — nem sei como — tentando vencer o passamento do meu amado filho. Deus levou-me dois filhos pequenos e deu-me resignação. Deus deu-me a esposa e fiel companheira que me ampara e abençoa, deu-me a bondosa e inteligente filha as quais não mereço. Deus levou-me meu amado filho e por castigo — que mereço — não dar-me-á resignação.

Por castigo, estou viscerálmente tomado de ódio — sentimento que desprezo. Não reli a carta appênsa a esta porque a tenho inteira na memória. Se aquele pai desesperado teve a coragem de me fazer uma confissão, deixarei eu, aqui, minha confissão para o futuro.

Com sinceridade d'alma confesso

É a mais límpida verdade — e para tal não encontro explicação, apaixonei-me ruinosamènte por aquele que agora tomo conhecimento tratar-se de um crápula, perdi-me de amores pelo indigno "com sua beleza angelical e pulchra delicadez de moça".

O senhor Honorato de Jesus não é um torpe como se confessa, é (foi, porque pelo escrito, à esta hora estará morto) um infeliz Deus lhe dê a glória do céu, não tem culpa de ter posto o monstro no mundo. Que ele possa ver-me, de onde estiver, a executar a vingança. Vingança que é dele, que é minha, é do inocente Cidinho.

Os homens não aprendem a confiar nas mulheres. Não foram à toa as implicàncias de minha amada Violette pelo 'offerecido', pelo 'sirigaito' como cansou de insinuar-me. Por toda a vida agradecerei sua coragem, persistència e

pertinácia em acatar o namorisco de Mucinha com o jovem de quem recuso-me a gostar por conspícuo preconceito. Em que ilusões meti-me, meu Deus? Torpèza foi a minha, eu diria, se pudesse, ao senhor Honorato. Torpèza foi a minha em aceitar as loucas idéas do 'anjo' Honoratinho... Onde estava eu para crer nos benefícios da corte dele para com minha filha Mucinha? Eu, um homem até então digno, decente... submeter-me ao vexame de apoyar casamento de filha minha com o meu amante! Honradas e fortes mulheres que me rodeiam! Grato, Senhor meu Deus! Eu não mereço, o merecimento é todo delas.
 Com sinceridade d'alma confesso
 Bendita viagem marcada... No dia da partida irei ao escriptório onde direi impropérios mil ao Honoratinho ao dar um tiro certeiro no pústula, ou nada direi, apenas acertarei no meio daquela cara devassa. Deixarei o cofre aberto... procurações e arrazoados que a ele entreguei serão logo encontrados, serão meu álibi. Afinal, a passagem do vapor em que zarpo... já estava comprada...
 Em sã consciência
 Alcides Roseiral

ENQUANTO ISSO...

...do outro lado do oceano, em estado de graça, deitada em um *hôtel-château* no interior da França, com a cabeça no colo de linda-figura, está Rosália a divagar: **menina-pequena, conversas-de-gente-grande entreouvidas: ser mulher de trinta é ser balzaquiana e nada disso é lá boa coisa. cheguei aos trinta separada do primeiro marido (um crápula), viúva do segundo companheiro (mais que amado), rodeada de amigos e de alegria (depois de passado o primeiro baque da viuvez). danadinha de namoradeira, sempre com homens mais velhos, dava gêge pensar em namorar alguém mais novo. quando linda-figura de dezenove anos veio se aproximando (cada dia mais) eu mulher de trinta desentendia tudo. desentendia ser escolhida para dançar – sempre. desentendia as visitas desavisadas – constantes. as declarações? sonho. tanto desentendi que mesmo assim desentendida me apaixonei. porém o tempo de uma mulher de trinta é mais lento, é desnecessariamente mais pensado. é um tempo antigo que demora de chegar ao sim (ou ao não). quando lá cheguei... linda-figura já estava em outra e me disse: *demorou... dançou!* hoje estou eu aqui... entrada nos setenta, linda-figura aos sessenta – já não faz diferença a idade. a amizade ficou maior e mais plena no correr destes quarent'anos.**

Como se saindo de um encantamento, levantam-se. Lado a lado, estão numa janela, apreciam o rio correr lá embaixo. A luz do entardecer pede fotografias que não se fazem. Linda-figura lhe passa o braço sobre os ombros, envolve o pescoço. O tremor é interno mas a vermelhidão estupora no rosto. Linda-figura gira-se e gira Rosália lentamente, abraçando leve e firme, rosto com rosto – não tem como tirar o olho, não tem como escapulir dos escapulidos perdidos beijos de quarent'anos atrás. Corpo e corpo inteiramente colados. O primeiro – de um longo (curto) dia (noites) de gozos – vem ali mesmo no abraço de corpos vestidos, almas que começam a livrar-se de quarent'anos amordaçadas. Muito devagarinho, meio passo a meio passo, numa dança nunca dançada, nem antes desses quarent'anos passados, vão se afastando da janela em beijoabraços sem a violência da paixão – paixão é uma coisa louca e passageira –, beijoabraços de um amor curtido nos recônditos de corações saudosos emudecidos (envergonhados de tanta resistência?). Teria sido a travessia do Atlântico a lhes soltar tantas amarras? *Não existe pecado do lado de baixo do equador* – nem no de cima.

RJ, 21-5-2002 / Horto Florestal, BA 20-11-2003
(afinação em março de 2005)

As músicas citadas (listadas a seguir) foram lembradas a partir da escrita (ou a escrita veio da música?). Algumas pessoas de mesmo aparecem como personagens, mas são inventadas as suas participações. Enquanto espero que a memória não me tenha traído pois são reais os shows e carreiras dos artistas que homenageio.

Posto o ponto final, quis confirmar autorias, corrigir letras, datar, situar a primeira gravação. A seguir a bibliografia consultada. Na relação das músicas, as fontes da pesquisa aparecem entre parênteses.

(AO) partituras originais de Almiro Oliveira

(CA) Coleção Abril

(CT) SEVERIANO, Jairo e MELLO, Zuza Homem de. *A canção no tempo – vol. 1: 1901-1957*. São Paulo: Editora 34, 2ª edição, 1998 e *vol. 2: 1958-1985*. São Paulo: Editora 34, 1ª edição, 1998

(DC) CAYMMI, Stella. *Dorival Caymmi – o mar e o tempo*. São Paulo: Editora 34, 1ª edição, 2001

(E) encartes ou capas de compactos, LPs ou CDs

(FC) ROSEIRO, A. *Fados canções*. Portugal: editado pelo autor, s/num. edição, 1992

(LG) LUIZ GONZAGA – 50 anos de chão. Caixa com 3 CDs. BMG-RCA [1988]

(M) CEARENSE, Catullo da Paixão. *Modinhas*. São Paulo: Editora Fermata do Brasil, 3ª edição aumentada, 1972

(MS) os títulos e/ou letras citadas de Caetano Veloso foram conferidos no "guia de pesquisa Caetano Veloso/Maria Bethânia", de minha autoria que por sua vez é todo conferido nos encartes de discos, programas de shows e em *Todo Caetano 66/96*, livreto publicado pela Polygram anexo à caixa de discos em homenagem aos 30 anos de carreira, de novembro de 1996

(*nome do site quando há*, NET) internet

(PM) VASCONCELOS, Ary. *Panorama da música popular brasileira vol. I e vol. II*. São Paulo: Martins Editora, 1ª edição, 1964

(PR) programas de shows

as cartas datadas de 20 de abril e 30 de junho de 1951 contêm algumas frases de cartas escritas nos anos 20 por meu bisavô Wenceslau Guimarães para meu avô Chimbo (Hamilton Gomes de Oliveira Guimarães)

Forma de entrada na listagem de créditos:

1º verso citado: TÍTULO, Autor/es (*agradecimento ou* ©); ano da 1ª gravação, intérprete da 1ª gravação (confirmações)

quando é citado apenas o título ou quando o primeiro verso é o título, a entrada dá-se pelo título

A deusa da minha rua: DEUSA DA MINHA RUA, Newton Teixeira e Jorge Faraj; 1939 Silvio Caldas (CT)

A MAIS LINDA CANÇÃO, Domingos Gonçalves Cósta e Jaime Santos (E)

A minha casa fica lá detrás do mundo: FELICIDADE, Lupicínio Rodrigues; 1947 Quarteto Quitandinha (CA)

A tua presença entra pelos sete buracos da minha cabeça: A TUA PRESENÇA MORENA, Caetano Veloso; 1971 Maria Bethânia / LP "A tua presença..." (MS)

Agora eu vou mudar minha conduta: COM QUE ROUPA?, Noel Rosa; 1930 Noel Rosa (CA)

AI MOURARIA, Amadeu do Vale e Frederico Valério; 1945 Amália Rodrigues / 78rpm gravado no Brasil (*inst.Camões*, NET)

Amanhecerá tomate: REFAZENDA, Gilberto Gil; 1975 Gilberto Gil / LP Refazenda (*gilbertogil*, NET)

Amarga: QUI NEM JILÓ, Luiz Gonzaga e Humberto Teixeira; 1950 Luiz Gonzaga / 78rpm (CT)

Arranca a máscara da face: PIERRÔ, música: Joubert de Carvalho / letra: Paschoal Carlos Magno; 1931 Jorge Fernandes (CA)

Assim se passaram dez anos: DEZ ANOS (DIEZ AÑOS), Rafael Hernandez – versão Lourival Faissal; 1951 Emilinha Borba / 78rpm (*cifrantiga2*, NET)

ASSUM PRETO, Luiz Gonzaga e Humberto Teixeira; 1950 Luiz Gonzaga / 78rpm (CT)

ATIRE A PRIMEIRA PEDRA, Ataulfo Alves e Mário Lago; 1943 Orlando Silva (CA)

AVARANDADO, Caetano Veloso (© *Copyright 1966 by Editora Musical Arlequim Ltda. Av. Rebouças, 1700 – São Paulo – Brasil. Todos os direitos reservados*); 1967 Gal Costa / LP "Domingo" (MS)

CARINHOSO, música: Pixinguinha / letra: João de Barro; 1937 Orlando Silva / 78rpm (*cifrantiga*, NET)

Chamou querida: VIZINHO DO 57, Renê Bittencourt; 1950 Emilinha Borba (*cantorasdobrasil*, NET)

Chegaste na minha vida: NÚMERO UM, Benedicto Lacerda e Mário Lago; 1939 (CT)

Confesso que te amei: CONFESSO, música: José Galhardo / letra: Frederico Valério; 1951-52 Amália Rodrigues (*inst.Camões*, NET)

DAQUI NÃO SAIO, Paquito e Romeu Gentil; 1950 Vocalistas Tropicais (*cifrAntiga, NET*)

Das alegrias da vida: MINHAS FILHAS, Mabel Velloso in "Pedras de Seixo", 1980

De manhã, que medo: BARCO NEGRO, música: Caco Velho – Piratini / letra: David Mourão Ferreira; 1955 Amália Rodrigues / 45rpm (*inst. Camões*, NET)

Deixe, que eu siga novos caminhos: RISQUE, Ary Barroso; 1952 Linda Baptista (CA)

DEVOLVI, Adelino Moreira; 1960 Núbia Lafayette (E)

Dizem que a mulher é a parte fraca: GOSTO QUE ME ENROSCO, Sinhô; 1928 Mário Reis / 78rpm (PM)

DOBRADO LÁGRIMA DE PAI, Almiro Oliveira (AO)

DORA, Dorival Caymmi; 1945 Dorival Caymmi / 78rpm (DC)

Encosta tua cabecinha: CABECINHA NO OMBRO, Paulo Borges; 1958 Trio Nagô / 78rpm (CT)

Esse papo já tá qualquer coisa: QUALQUER COISA, Caetano Veloso; 1975 Caetano Veloso / LP "Qualquer Coisa" (MS)

Esse seu corpo moreno: DA COR DO PECADO, Bororó; 1939 Silvio Caldas (letra in *samba-choro*, NET) datação in (CT)

Esta história de um amor: HISTÓRIA DE UM AMOR, versão Edson Borges; original: HISTORIA DE UN AMOR, letra e música de Carlos Almaran (NET)

Este amor quase tragédia: FIM DE COMÉDIA, Ataulfo Alves; 1952 Dalva de Oliveira / 78rpm (CT)

Eu devia: LEMBRANÇAS, Raul Sampaio e Benil Santos; 1962 Miltinho (CT)

Eu não sei se o que trago no peito: NERVOS DE AÇO, Lupicínio Rodrigues; 1947 Déo (CA)

EU NÃO TENHO ONDE MORAR, Dorival Caymmi; 1960 Dorival Caymmi / 78rpm (DC)

Eu sou a mesma que você deixou: SOMOS IGUAIS, Jair Amorim e Evaldo Gouveia; 1964 Altemar Dutra (NET)

Eu vou pegar: PRA TE AGRADAR, Mabel Velloso in Pedras de Seixo, 1980

FADO DA CONTRADIÇÃO, Lourenço Rodrigues (versos) – João Nobre (música); 1953 Hermínia Silva (JS)

FALSA BAIANA, Geraldo Pereira; 1944 Ciro Monteiro (CA)

Faz três semana: SUSSUARANA, Hekel Tavares e Luís Peixoto; 1927 Gastão Formenti / 78rpm (PM)

FICA PERTO A MIM, Almiro Oliveira (AO)

Foi por vontade de Deus: ESTRANHA FORMA DE VIDA, música: Alfredo Marceneiro / letra: Amália Rodrigues; 1962 Amália Rodrigues / LP (*inst. Camões*, NET)

Foi um sonho medonho: NÃO SONHO MAIS, Chico Buarque; 1979 Chico Buarque para o filme *República dos assassinos* de Miguel Faria Jr (*chicobuarque*-net)

FUMANDO ESPERO, música: Juan Viladomat Masanas / letra: Félix Garzo, 1922, (versão Eugenio Pais) (NET)

Grande, grande era a cidade: FRIA CLARIDADE, JM Amaral – PH de Mello; 1951-52 Amália Rodrigues / 78rpm (*inst.Camões*, NET)

ÍNDIA, M. Ortiz Guerrero e J. Assunción Flores; versão: José Fortuna; 1952 Cascatinha e Inhana / 78rpm (*dicionáriocravoalbin*, NET)

JOÃO VALENTÃO, Dorival Caymmi; 1953 Dorival Caymmi / 78rpm (DC)

Junte tudo que é seu: SAIA DO CAMINHO, Custódio Mesquita e Evaldo Rui; 1946 Aracy de Almeida (CA)

JURA, Sinhô; 1928 Araci Côrtes (CA); 1928 Mário Reis (PM)

Linda: VOCÊ É LINDA, Caetano Veloso; 1983 Caetano / LP "Uns" (MS)

Mala de couro forrada: NO DIA QUE EU VIM-ME EMBORA, Caetano Veloso e Gilberto Gil (© *Copyright 1967 by Musiclave Editora Musical Ltda. Av. Rebouças, 1700 – São Paulo – Brasil. Todos os direitos reservados*); 1968 Caetano / LP "Caetano Veloso" (MS)

MARIA CANDELÁRIA, Klecius Caldas e Armando Cavalcanti; 1952 Blecaute (letra in net) datação in (CT)

MARIA DO COLÉGIO DA BAHIA, Tomzé; 1964 (E)

MARIA TRISTEZA, Gilberto Gil; 1964 (PR)

MARIA, Gilberto Gil, 1964 (PR)

Mas enquanto houver força em meu peito: VINGANÇA, Lupicínio Rodrigues; 1951 Trio de Ouro em abril e Linda Baptista em maio (CA)

Mas ninguém pode dizer: QUI NEM JILÓ, Luiz Gonzaga e Humberto Teixeira; 1950 Luiz Gonzaga / 78rpm (*cifrantiga3*, NET)

Meu coração não se cansa de ter esperança: CORAÇÃO VAGABUNDO, Caetano Veloso (© *Copyright 1966 by Musiclave Editora Musical Ltda. Av. Rebouças, 1700 – São Paulo – Brasil. Todos os direitos reservados*); 1967 Caetano e Gal / LP "Domingo", (c.1964) (MS)

Meu desespero ninguém vê: DIPLOMACIA, Batatinha e J. Luna; 1964 / show e 1965 / LP "Maria Bethânia" sob título SÓ EU SEI que posteriormente foi mudado pelos autores.

Meu deus, meu deus, por que me abandonaste: frase de Jesus na cruz.

Minha casa é tão bonita: MINHA CASA, Joubert de Carvalho; 1946 Silvio Caldas (CA)

Minha doce e triste namorada: NENHUMA DOR, Caetano Veloso e Torquato Neto (© *Copyright 1967 by Editora Musical Arlequim Ltda. Av.*

Rebouças, 1700 – São Paulo – Brasil. Todos os direitos reservados); 1967 Caetano e Gal / LP "Domingo" (MS)

Morreram todos: Pablo Neruda in Casa do Rio Vermelho de Zélia Gattai

Na minha Rua no 59: VIZINHO DO 57, Renê Bittencourt; 1950 Emilinha Borba (*cantorasdobrasil*, NET)

Na minha voz: SOL NEGRO, Caetano Veloso (*Copyright © Universal Music Publishing MGB Brasil; agradecimentos a Universal Music Publishing MGB Brasil*); 1964 Maria Bethânia e Maria da Graça (Gal) / show; 1965 idem / LP "Maria Bethânia" (MS)

Não existe pecado: NÃO EXISTE PECADO AO SUL DO EQUADOR, Chico Buarque e Ruy Guerra; 1973 Chico Buarque (CT)

Não queiras gostar de mim: NEM ÀS PAREDES CONFESSO, letra: Maximiano de Souza / música: Francisco Ferrer Trindade e Artur Ribeiro; 1962 Amália Rodrigues (*amália.com*, NET)

Não quero mais essas tardes mornais, normais: CINEMA OLYMPIA, Caetano Veloso; 1969 Caetano / LP – editado em 1972 "Barra 69" (MS)

Não sei: MULHER, fox-canção de Custódio Mesquita com letra de Sadi Cabral; 1940 Silvio Caldas (CA)

Não, eu não posso lembrar que te amei: CAMINHEMOS, Herivelto Martins; 1947 Francisco Alves (CA)

Ninguém sofreu na vida o que eu sofri: CABELOS BRANCOS, Herivelto Martins e Marino Pinto; 1948 Quatro Ases e um Curinga (CA)

Noite alta céu risonho: NOITE CHEIA DE ESTRELAS, Cândido das Neves; 1930, 1932 Vicente Celestino (CA)

Nos cigarros que eu fumo: PENSANDO EM TI, Herivelto Martins e David Nasser; 1957 Nelson Gonçalves (CA)

Nós somos as cantoras do rádio: CANTORES DE RÁDIO, Lamartine Babo e João de Barro / Alberto Ribeiro; 1936 Carmen e Aurora Miranda (*cifrantiga3*, NET e CT)

Nosso amor que eu não esqueço: ÚLTIMO DESEJO, Noel Rosa; 1937 Aracy de Almeida (CA)

Numa casa portuguesa fica bem: UMA CASA PORTUGUESA, A. Fonseca, R. Ferreira e V. M. Sequeira; 1953-56 Amália Rodrigues / 78rpm (datação in *inst.Camões*, NET) (FC)

Ó abre alas: ABRE ALAS, Chiquinha Gonzaga, partitura de 1899 (CA) (autoria e letra FC)

O ORVALHO VEM CAINDO, Noel Rosa e Kid Pepe; 1933 Almirante (CA)

O QUE É QUE A BAIANA TEM?, Dorival Caymmi; 1939 Carmen Miranda e Dorival Caymmi / 78rpm (DC)

O XIS DO PROBLEMA, Noel Rosa; 1936 (CT)

Olho as estrelas cansadas: SUBURBANA, Orestes Barbosa; 1938 Silvio Caldas (CA)

Onde andarás nesta tarde vazia: ONDE ANDARÁS, Caetano Veloso e Ferreira Gullar; 1968 Caetano / LP "Caetano Veloso", 1968 (MS)

ONTEM, AO LUAR, música: Pedro de Alcântara / letra: Catulo da Paixão Cearense; 1918 Vicente Celestino (CA) (letra in M)

PAISAGEM SERTANEJA, Almiro Oliveira (AO)

Passaste hoje ao meu lado: NÚMERO UM, Benedicto Lacerda e Mário Lago; 1939 (CT)

Podemos ser amigos simplesmente: CHUVAS DE VERÃO, Fernando Lobo; 1949 Francisco Alves (letra in NET) datação in (CT)

Por que você me olha com esses olhos de loucura?: PRECONCEITO, Antônio Maria e Fernando Lobo; 1953 Nora Ney (*decadade50*, NET)

PRECE A SÃO JOÃO, Almiro Oliveira, 1957 (AO)

PRIMEIRO AMOR (LEJANIAS), Hermínio Gimenez; versão: José Fortuna e Pinheirinho Jr.; 1952 Cascatinha e Inhana / 78rpm (*dicionariocravoalbim*, NET)

Quem é você que não sabe o que diz: PALPITE INFELIZ, Noel Rosa; 1936 Aracy de Almeida (CA)

Relembro sem saudade o nosso amor: FRACASSO, Mário Lago; 1946 (letra in NET) autoria e datação in (CT)

SAMBA MOLEQUE, Gilberto Gil, 1964 (PR)

Se de mim nada consegues: PERSEGUIÇÃO, Avelino de Sousa e Carlos da Maia; 1945 Amália Rodrigues / 78rpm gravado no Brasil (*inst. Camões*, NET)

SE É TARDE ME PERDOA, Ronaldo Boscoli e Carlos Lyra; 1957 (*carloslyra*, NET)

SE VOCÊ JURAR, Ismael Silva, Francisco Alves e Nilton Bastos[1]; 1931 Mário Reis e Francisco Alves (*cifrantiga3* e *geocities*, NET)

SEMPRE-VIVA, Almiro Oliveira (AO)

Severino retirante: MORTE E VIDA SEVERINA, João Cabral de Melo Neto in *Morte e Vida Severina*, Editora do Autor, 1966

Taí: PRA VOCÊ GOSTAR DE MIM, Joubert de Carvalho; 1930 Carmen Miranda (CA)

---

[1] Há controvérsias sobre autoria, porém duas declarações coincidem, Mário Reis e Orestes Barbosa afirmam ser Nilton Bastos o único autor.

Tão longe me mim distante: QUEM SABE, Carlos Gomes e Bittencourt Sampaio (*cifrAntiga*, NET)

TEM QUE SER VOCÊ, Caetano Veloso; 1981 Caetano / LP "Outras Palavras" (MS)

Tempo vamos fazer uma troca?: TEMPO de Mabel Velloso in Pedras de Seixo, 1980

Tire o seu sorriso do caminho: A FLOR E O ESPINHO, letra: Guilherme de Brito e música: Nelson Cavaquinho; 1957 Raul Moreno (*cifrantiga3*, NET)

Todo dia o sol levanta: CANTO DO POVO DE UM LUGAR, Caetano Veloso; 1975 Caetano / LP "Jóia" (MS)

Tu disseste em juramento: RASGUEI O TEU RETRATO, Cândido das Neves; 1935 (*seresteirosdeconservatória*, NET)

Uma tigresa de unhas negras: TIGRESA, Caetano Veloso; 1977 Caetano / LP "Bicho" (MS)

VAI VIGARISTA, Arnô Provenzano e Otolindo Lopes; 1955 Gilberto Alves (*prefeitura.sp*, NET)

Vai, segue o teu caminho: SE A SAUDADE ME APERTAR, Ataulfo Alves / Jorge de Castro; jan.1955 Nora Ney (*cifrantiga3*, NET)

Vai, vai mesmo: VAI, MAS VAI MESMO, Ataulfo Alves; ago.1958 Nora Ney (*cifrantiga3*, NET)

Vento que assovia no telhado: PRECE AO VENTO, Gilvan Chaves, Fernando Luiz e Alcir Pires Vermelho; 1956 Elizeth Cardoso / LP "Fim de Noite" (*cifrantiga*, NET)

Você é meu caminho: MEU BEM, MEU MAL, Caetano Veloso; 1982 Caetano / LP "Cores Nomes" (MS)

Você há de rolar como as pedras que rolam na estrada: VINGANÇA, Lupicínio Rodrigues; 1951 Trio de Ouro em abril e Linda Baptista em maio (CA)

Este livro foi composto nas tipologias Minion e Legacy Serif,
e impresso em papel off-white 80g/m²
no Sistema Cameron da Divisão Gráfica da Distribuidora Record